로봇 동화
Bajki robotów

로봇 동화
Bajki robotów

스타니스와프 렘

정보라 옮김

일러두기

1. 이 책은 《Bajki robotów》(Wydawnictwo Literackie, 2017)을 저본으로 번역했다.
2. 본문에 나오는 인명, 지명 등 고유명사 표기는 폴란드어판을 따라 음차했다.
3. 본문의 각주는 모두 옮긴이주다.

차례

세 전기기사들

옛날에 어떤 위대한 조립발명가가 살았는데 그는 끊임없이 특이한 도구들을 고안하고 기기묘묘한 장치들을 만들었다. 언제가 그는 아름다운 노래를 부르는 압착 기계를 제작했는데, 그 기계에게 '작은 새'라는 이름을 지어 주었다. 발명가는 용맹한 심장 문양을 상징으로 삼아 손에 들어오는 원자 하나하나마다 그 상징을 찍었고, 후에 학자들은 원자들의 유령 같은 흔적 속에서 안개처럼 희미한 심장 문양을 발견하고 놀라곤 했다. 발명가는 수도 없이 크고 작은 유용한 기계들을 발명했는데, 이윽고 아주 특이한 발상에 도달했으니, 바로 죽음과 삶을 하나로 합쳐 불가능에 도전해 보자는 것이었다. 그는 물을 이용해 이성을 가진 존재를 창조해 보기로 계획했지만, 독자 여러분이 곧바로 떠올렸을 법한 그런 끔찍한 방법으로 는 아니다. 그렇다, 물렁물렁하고 축축한 몸이라는 발상 은 발명가에게조차 낯설었고 우리 모두 그렇듯이 그 또 한 그런 물성을 역겨워했다. 그는 물을 이용해서 진실로 아름답고 현명한 존재를 만들어 낼 작정이었으므로 그 존재는 결정체의 형태여야만 했다. 그래서 그는 모든 종 류의 태양에서 아주 멀리 떨어진 행성을 선택해 그 얼어 붙은 바다를 깎아 얼음 산을 만들었고, 광산의 수정을 깎 듯이 그 얼음 산을 깎아 '얼음인Kryonid'을 창조했다. 그 렇게 이름붙인 이유는 무시무시한 추위와 해가 들지 않 는 황무지에서만 존재할 수 있기 때문이었다. 그들은 그 리 오래지 않아 얼음 도시와 궁전들을 지었고, 조금이라 도 따뜻하면 이 모든 것에 위협이 되므로 거대한 투명 그 릇에 극지방의 오로라를 담아 그것으로 도시에 빛을 비 추었다. 얼음인 중에 큰 힘을 가진 자일수록 레몬색과 은 빛의 더 많은 오로라를 가졌다. 그렇게 그들은 행복하게 살았는데, 밝은 빛뿐 아니라 보석도 사랑하는 기질 덕에 곧 귀금속으로 명성을 얻게 되었다. 그 보석은 얼린 기체 를 자르고 갈아서 만든 것이었다. 행성의 영원한 밤이 보 석의 색을 물들였고 그 안에서 마치 갇혀버린 유령처럼 극지방의 오로라가 가느다랗게 타올라 마치 마법에 걸린 별구름이 수정 덩어리 안에 갇힌 듯 보였다. 우주의 여러 지배자들이 이 보물을 탐했는데, 왜냐하면 얼음인들의 도시 크로니아 전체가 검은 벨벳 위에서 천천히 돌아가는 보석처럼 단면을 빛내며 대단히 먼 거리에서도 잘 보였기 때문이다. 이 탓에 거친 모험을 찾는 사람들이 스스로의 무운을 시험해 보려 크로니아에 찾아오곤 했다. 첫 번째 방문자였던 전기기사騎士 '황동'은 그 발소리가 마치 커다란 종이 울리듯 우렁찼지만, 얼음 위에서는 발도 제대로 디디지 못했고, 얼음은 열기에 녹아버려 기사는 얼음 대양의 심연 속으로 떨어졌다. 그 위로 물이 덮쳤고 그는 마치 호박琥珀 속의 곤충처럼 크리오니아 바다 밑바닥의 얼음 산 위에서 최후의 날까지 쉬고 있다.

'황동' 기사의 운명에도 다른 대담한 모험가들은 겁먹지 않았다. '황동' 기사의 뒤를 이어 배 속이 부글부글해질 때까지 액체 헬륨을 들이마신 '철' 전기기사가 날아왔는데, 갑옷 위에 앉은 하얀 서리 때문에 그의 모습은 눈으로 빚은 거인과 비슷해졌다. 그러나 행성 표면을 향해 날아오던 그는 대기와의 마찰로 인해 불이 붙었고, 배 속에서는 기화한 액체 헬륨이 쉭쉭 소리를 냈다. '철' 기사는 새빨갛게 빛나다 얼음 바위 위로 떨어졌고 그 충격 탓에 바위가 쩍 갈라졌다. 기사는 끓는 간헐천처럼 연기를 뿜으며 기어 나왔으나 그가 손 대는 것은 전부 하얀 구름이 되었고 그 구름에서 눈이 내렸다. 이에 기사는 몸이 식을 때까지 앉아서 기다렸으며, 갑옷의 견갑 위에 떨어진 눈송이가 더 이상 녹지 않을 정도가 되자 일어나 싸우러 가려 했으나 관절의 윤활유가 굳어버려 허리조차 펼 수 없었다. 오늘날까지 그는 그렇게 앉아 있고, 그 뒤에 내린 눈으로 뒤덮여 하얀 산이 되어버렸으나 투구 꼭지의 장식만은 밖으로 튀어나와 있다. 얼음인들은 그것을 철산이라고 하는데 눈 구멍 안에서 얼어붙은 시선이 번쩍인다.

기사들의 운명에 대한 소식은 세 번째 전기기사 '석영'에게까지 닿았는데, 그는 낮이면 잘 닦아 윤이 나는 렌즈처럼 보였고 밤이면 별빛으로 가득 찬 거울 같았다. 관절에 윤활유를 바르지 않았으니 몸이 굳어버릴까 걱정하지도 않았고, 얼마든지 원하는 대로 차가운 몸인 채 서 있을 수 있었으니 발밑의 얼음 평원이 무너질까 두려워하지도 않았다. 단 하나 끈질기게 집중해서 생각하는 일만큼은 피해야 했는데, 자칫하면 그의 석영 뇌가 달아올라 목숨을 잃을 수 있기 때문이었다. 그러나 그는 아무 생각 없음으로써 자신의 목숨을 구하고 얼음인들을 정복할 계획이었다. 그는 행성에 날아왔는데, 얼어붙은 우주의 영원한 밤을 가로지르는 여정이 너무나 길었던 탓에 날아오는 동안 그의 가슴에 닿았던 쇠 유성들이 유리처럼 울리는 소리를 내며 조각조각 부서졌다. 그는 크리오니아의 하얀 눈 위, 별을 가득 채운 항아리처럼 검은 하늘 아래 착륙했고 마치 투명한 거울과도 같은 모습으로 이제 무엇부터 시작해야 할지 궁리하려 했으나 이미 그 주변의 눈은 검어지면서 연기가 나기 시작했다.

"오호!"

'석영' 기사가 혼잣말을 했다.

"좋지 않군! 괜찮아, 그냥 아무 생각 마, 그럼 보물은 내 차지야!"

그는 앞으로 무슨 일이 일어나든 이 한 문장만 되풀이하기로 마음먹었는데 여기에는 아무런 지적 노력이 필요하지 않았고 그 덕에 몸이 조금도 뜨거워지지 않았다. 그래서 '석영' 기사는 눈 덮인 황무지를 걸었는데 아무 생각 없이 되는 대로 움직여서 냉기를 보존했다. 그렇게 걷던 그는 마침내 얼음인들의 얼어붙은 수도 프리기다의 성벽에 도달했다. 그는 속도를 높여 머리에 불꽃이 튀도록 성벽을 들이받았지만 아무 성과도 내지 못했다.

"다른 방식으로 해보자!"

그는 혼자서 말하고 궁리하기 시작했다. 둘 곱하기 둘이 뭐지? 이런 궁리를 통해 그는 조금 더 따뜻해진 머리로 반짝이는 성벽을 한 번 더 들이받았지만 조그맣게 움푹 들어간 흠집을 만들었을 뿐이었다.

"모자랐군!"

그가 혼잣말을 했다.

"더 어려운 걸 해보자. 셋 곱하기 다섯은 몇이지?"

그러자 그의 머리 주위가 지글지글 끓는 연기로 뒤덮였는데, 갑작스러운 지적 활동으로 인해 순식간에 눈이 끓어올랐기 때문이었고, 그래서 '석영' 기사가 뒤로 물러나 속도를 올려 성벽을 머리로 뚫고 들어가, 차례로 궁궐 두 채와 작은 므로즈니* 백작 가문의 저택 세 채를 부수고, 거대한 계단 위로 떨어져 고드름 난간을 붙잡았지만 계단이 마치 스케이트장 같았다. 주위 모든 것이 이미 녹아가고 있었으므로 그는 재빨리 뛰어올라 건물에서 벗어났고, 공중제비를 돌며 도시 전체를 휩쓸다가, 그를 영원히 얼려버릴지도 모르는 얼음의 깊은 심연으로 떨어졌다.

"괜찮아, 그냥 아무 생각 마, 그럼 보물은 내 차지야!"

---

*   폴란드어로 '서리'라는 뜻이다.

그는 혼잣말을 했고 실제로 곧 차갑게 식었다.

그는 자신의 열기로 녹여서 만들어 낸 얼음 터널을 나와 거대한 광장에 도달했는데 그곳은 사방이 극지방의 오로라로 밝혀져 있었고 오로라는 수정 기둥 속에서 에메랄드빛과 은빛으로 반짝였다.

그리고 맞은편에서 별처럼 반짝이는 거대한 기사가 나타났는데 바로 얼음인들의 수장인 보레알*이었다. '석영' 기사는 정신을 가다듬고 공격하기 위해 달려들었는데 상대방도 그와 부딪치면서 너무나 큰 굉음이 울려 마치 북극해 한가운데에서 얼음 산 두 개가 서로 충돌한 것 같았다. 보레알의 빛나는 오른팔이 어깨부터 부러져서 떨어져 나갔으나, 그는 낙담하지 않고 용맹하게 몸을 돌렸으며, 빙하처럼 드넓은 가슴을 적에게 틀었다. 한편 '석영' 기사는 속도를 높여 다시 한번 무시무시하게 그를 들이받았다. 석영이 얼음보다 단단하고 더 밀도가 높았으므로 보레알은 마치 경사면으로 눈사태가 떨어진 듯 엄청난 굉음과 함께 부서져 오로라 조명 속에 산산이 흩어졌고, 오로라 조명은 그의 패배를 바라보았다.

"보물은 내 차지야! 이렇게만 하자고!"

---

* '북극의, 북쪽의'라는 뜻이다.

말을 마친 '석영'은 패배자에게서 놀랍도록 아름다운 보석들을 빼앗았다. 여러 반지들에는 수소가 박혀 있었고, 이글거리는 자수와 단추들은 마치 다이아몬드 같았으나, 사실은 세 가지 귀한 기체인 아르곤, 크립톤, 크세논을 커팅해 만든 것이었다. 그러나 그가 이 전리품을 손에 쥐려 했을 때 감정적 흥분 탓에 몸이 달았고 그러자 이 보석과 귀금속 들은 쉬익 소리를 내며 그의 손 아래에서 기화되어 아무것도 남지 않았다. 그저 이슬 몇 방울이 전부였으나 그마저도 곧 날아갔다.

"오호! 그러니까 손에 쥐면 안 되는구나! 괜찮아! 그냥 아무 생각 마!"

이렇게 말하고 그는 자신이 정복한 도시의 심장부로 더 깊이 들어갔다. 멀리서 거대한 형체가 다가오는 것을 그는 보았다. 그것은 미네랄 장군인 백白 알부시드*였는데, 그의 떡 벌어진 가슴을 수많은 고드름 훈장들이 가로질렀고 빙하 리본에 위대한 서리 별 메달이 달려 있었다. 왕의 보물을 지키는 이 수호자는 '석영'의 접근을 막았으며 '석영'은 돌풍처럼 그에게 달려들어 얼음 깨지는 꽝음과 함께 부숴버렸다. 그러자 알부시드를 돕기 위해 검

---

*   희고 번쩍인다는 뜻의 라틴어를 조합하여 만든 신조어.

은 우박의 지배자인 아스트로우흐* 왕자가 달려왔다. 전기기사 '석영'도 이번에는 어쩔 도리가 없었는데 왜냐하면 왕자는 헬륨으로 강화한 값비싼 질소 갑옷을 갖추고 있었기 때문이다. 그 갑옷에서 강하게 뿜어져 나온 냉기가 '석영'에게서 추진력을 빼앗고 그의 움직임을 약하게 만들었으며, 절대영도의 바람이 주위에 몰아쳐서 극지방의 오로라조차 창백해질 지경이었다. '석영'은 멈추어 서서 생각했다. '이런! 어쩌지, 또 이런 일이 벌어진단 말인가?' 그러자 위대한 궁리에 그의 뇌가 뜨거워졌고 절대영도의 한기는 여름날로 뒤바뀌었으며 그의 눈앞에서 아스트로우흐는 천둥소리와 함께 최후의 단말마를 지르며 녹아 내려 뚝뚝 흘러내리기 시작해, 이윽고 물을 눈물처럼 흘리는 검은 얼음 덩어리만이 전쟁터의 웅덩이 속에 남았다.

"보물은 내 거야!"

'석영'이 혼잣말을 했다.

"그냥 아무 생각 마, 하지만 생각이 필요하다면 그땐 생각해! 어느 쪽이든 내가 이길 테니까!"

그리고 그는 계속 전진했고 발소리가 마치 망치로 수

---

*　'별의 귀'를 뜻한다.

17
세 전기기사들

정을 두드리듯 울렸으며 주민들은 그가 그렇게 발소리를 울리며 프리기다의 거리를 달려가는 모습을 하얀 처마 밑에서 지켜보았고 그들의 심장은 절망으로 가득 찼다. '석영'은 마치 광란하는 유성처럼 은하수를 질주하다가 멀리 외롭고 조그만 형체를 발견했다. 그것은 얼음인들의 가장 위대한 현자, '얼음 귀'라는 별명의 바리온이었다. '석영'은 한 방에 바리온을 부숴버리려고 더욱 빠르게 질주했으나 바리온은 길을 비키며 손가락 두 개를 들어 보였다. '석영'은 이게 무슨 뜻인지 알지 못했으나 몸을 돌려 다시 상대에게 달려들었는데, 그러나 바리온은 또 다시 그저 한 걸음 비켜서서 재빨리 손가락 하나를 보여주었다. '석영'은 약간 놀라서 속도를 늦추려 했으나 이미 몸을 돌려 다시 달려가려던 참이었다. '석영'이 생각하기 시작하자 가까운 집들에서 물이 흘러나오기 시작했는데 그는 그 사실을 알지 못하였으니, 바리온이 그에게 손가락으로 원을 만들어 보여주고 다른 손 엄지손가락을 그 원 사이로 빠르게 넣었다 뺐다 움직였기 때문이었다. '석영'이 이 말없는 손짓이 대체 무슨 의미일지 생각하고 또 생각하니, 그의 발 아래 심연이 열리고 그곳에서 검은 물이 뿜어 나와 '석영'은 돌덩이처럼 그 깊은 곳으로 떨어져 버렸다.

로봇 동화

"괜찮아, 아무 생각만 안 한다면!"

그러나 그는 이 한 마디를 채 마치기 전에 세상에서 사라졌다. 구원받은 얼음인들이 이후에 바리온의 도움에 감사하며 얼음 행성을 덮친 무시무시한 전기기사에게 보여준 손짓으로 무엇을 말하려 했는지 물었다.

"아주 간단한 일입니다."

현자가 대답했다.

"두 손가락은 그와 나, 이렇게 둘이라는 뜻입니다. 하나는 곧 나 혼자 남으리라는 뜻이지요. 그 뒤에 원을 만들어 그의 주변에 얼음이 녹을 것이며 검은 대양의 심연이 영원히 그를 삼킬 것임을 보여주었습니다. 그는 첫 번째 손짓도 이해하지 못했고, 두 번째와 세 번째도 마찬가지로 알아듣지 못했지요."

"위대하신 현자여!"

얼음인들이 놀라워하며 외쳤다.

"무시무시한 침략자에게 어찌 그런 신호를 보여주실 수 있었습니까? 생각해 보십시오, 선생님, 만약에 그가 알아들었으나 놀라지 않았다면 어떻게 되었겠습니까? 그러면 그의 두뇌가 달아오르지 않았을 것이며 바다 없는 심연으로 떨어지지도 않았을 것 아닙니까…."

"아, 그건 전혀 걱정하지 않았습니다."

얼음귀 바리온이 차가운 미소를 지으며 말했다.

"그가 아무것도 이해하지 못할 것임을 저는 이미 알고 있었으니까요. 그에게 이성이 단 한 조각이라도 있었더라면 우리를 찾아오지 않았을 것입니다. 태양 아래 살아가는 존재에게 가스로 이루어진 보석과 얼음으로 만들어진 은별이 대체 무슨 소용이 있단 말입니까?"

그러자 얼음인들은 또다시 현자의 현명함에 놀라워했고 안심한 채 다정한 성에가 낀 안락한 집으로 각자 돌아갔다. 그때부터 아무도 크리오니아를 침략하려 하지 않았는데 이유는 우주 전체에 바보들이 사라졌기 때문이지만 몇몇 사람들은 바보들이 아직 많이 있는데 그저 길을 모를 뿐이라고 말하기도 한다.

우라늄 귀덮개

옛날에 코스모고니크*라는 어떤 엔지니어가 살았는데 그는 어둠을 정복하기 위해 별들의 빛을 밝혔다. 그가 안드로메다 성운에 도착했을 때, 그곳에는 아직도 검은 어스름이 가득했다. 그는 당장 거대한 소용돌이를 일으켰고 소용돌이가 움직이기 시작하자 코스모고니크는 광선에 손을 뻗었다. 그는 세 종류의 광선을 가지고 있었는데, 적색광, 자색광, 그리고 비가시광선이었다. 그는 적색광으로 별 덩어리에 불을 붙였고 별들은 곧 적색거성이 되었으나 성운은 더 밝아지지 않았다. 그는 두 번째 광선으

---

* '우주를 달리는 자'라는 뜻이다.

우라늄 귀덮개

로 별을 꿰뚫었고 별은 새하얗게 타올랐다. 그는 제자에게 '잘 지켜보거라!'라고 말한 뒤 다른 별들에 불을 붙이러 갔다. 제자는 천 년을 기다리고 또 천 년 기다렸으나 엔지니어는 돌아오지 않았다. 제자는 점점 이 기다림이 지루해졌다. 빛을 좀 더 세게 쏘자 별은 흰색에서 푸른색으로 변했다. 제자는 그 색이 마음에 들었으며 자기도 이제 다 할 줄 안다고 생각했다. 빛을 좀 더 밝게 켜려 하던 제자는 손을 데었다. 코스모고니크가 남긴 상자 속을 찾아보았으나 거기엔 아무것도 없었고, 없어도 너무 없어서 안을 들여다보니 바닥조차 보이지 않았다. 이것이 비가시광선이구나, 그는 짐작했다. 그것으로 별을 건드려보고 싶었지만 문제는 방법이었다. 그는 상자를 가져다가 통째로 전부 불 속에 욱여넣었다. 그러자 안드로메다 성운의 어스름이 마치 십만 개의 태양을 한꺼번에 밝힌 듯 환해졌고 성운 전체가 대낮같이 밝아졌다. 제자는 기뻐했으나 그 기쁨은 오래가지 못했는데 왜냐하면 별이 터져버렸기 때문이었다. 그러자 코스모고니크가 날아와 일이 잘못된 것을 확인했으나 아무것도 낭비하고 싶지 않았으므로 광선을 붙잡아 그것으로 행성을 만들었다. 첫 번째 행성은 기체로 만들었고 두 번째는 탄소로 만들었는데 세 번째를 만들 때는 가장 무거운 금속밖에 남지

로봇 동화

않아서 거기에서 악티나이드 덩어리가 나왔다. 코스모고니크는 덩어리를 꼼꼼히 싼 다음 날려보내고 말했다.

"1억 년 뒤에 돌아와서 저게 어떻게 됐는지 보자고."

그러고 나서 자기 제자를 찾으러 떠났는데, 제자는 겁이 나서 그가 오기 전에 도망쳤기 때문이었다.

그리하여 그 세 번째 행성, 즉 악티누리아에는 팔라티늄족의 거대한 왕국이 생겨났다. 팔라티늄 사람들은 너무나 무거워서 악티누리아에서만 걸어 다닐 수 있었는데 왜냐하면 다른 행성에서는 발 아래 땅이 꺼졌기 때문이며, 소리를 지르면 산이 무너졌기 때문이었다. 그러나 자기 행성에서는 발을 살살 딛고 감히 목소리를 높이지 못했는데 그들의 지배자인 아르히토르가 한없이 잔인했기 때문이었다. 아르히토르는 백금 산을 깎아 만든 궁전에서 살았는데 그곳에는 600개의 거대한 방이 있었고 그 방 하나하나마다 아르히토르가 손을 짚고 있었는데 그만큼 그가 거대했기 때문이었다. 그는 궁전에서 나올 수 없었지만 대단히 의심이 많아서 사방에 밀정을 두고 염탐했고 또한 욕심이 사나워 백성들을 괴롭혔다.

팔라티늄 사람들은 밤에도 등잔이나 불이 전혀 필요하지 않았는데 왜냐하면 행성의 모든 산이 방사성이라 초승달 아래에서 바늘에 실을 꿸 수 있었기 때문이었다. 낮이면 햇빛이 지나치게 강했으므로 다들 산 아래 땅 밑에서 잠을 잤고 밤에만 금속 골짜기로 모여들었다. 그러나 잔인한 아르히토르는 팔라듐과 백금을 녹이는 도가니에 우라늄 덩어리를 넣어 그것으로 나라 전체를 밝히도록 명령했다. 팔라티늄 사람들은 모두 새 갑옷을 만들기 위해 왕궁을 찾아와 치수를 재어야 했는데, 견갑과 투구, 수갑과 정강이받이, 면갑과 투구 장식을 갖추어야 했으며, 모두 우라늄 판금으로 만들어 갑옷 전체가 스스로 빛났고, 그중에서도 가장 강하게 빛나는 부분은 귀였다.

이때까지 팔라티늄 사람들은 공동의 협의를 위해 모일 수가 없었는데 왜냐하면 지나치게 많은 사람들이 한 장소에 모이면 그들은 모두 폭발했기 때문이었다. 그래서 그들은 고독한 삶을 살아가며 연쇄반응을 두려워해 서로서로 멀리 피해 다녔고 그러면 아르히토르는 백성들의 슬픔에 기뻐하며 점점 더 새로운 공물로 그들에게 부담을 주었다. 산 한가운데 위치한 그의 조폐국은 납으로 된 두카트 동전을 찍어냈는데 왜냐하면 납은 악티누리아에서 가장 귀한 금속이었고, 따라서 가장 높은 가치를 가졌기 때문이었다.

악한 지배자 아래에서 백성들은 무참히 시달렸다. 몇몇은 아르히토르에 저항해 반란을 일으키기를 원했고 그

목적을 위해 몸짓으로 소통했으나 아무런 결과도 얻지 못했는데, 왜냐하면 언제나 눈치가 둔치인 사람이 끼어 있어 뭐가 어떻게 됐는지를 물어보기 위해 다른 사람들에게 가까이 다가갔고, 그 경솔한 행동의 결과로 음모는 즉각 공중분해됐기 때문이었다.

그런 악티누리아에는 백금에서 철사 뽑는 법을 익힌 피론이라는 이름의 젊은 발명가가 살았는데, 그가 만든 철사는 무척이나 가늘어 그것으로 망을 짜면 구름마저 잡을 수 있을 정도였다. 피론은 철사를 이용한 전신電信을 발명했고 그런 뒤에 너무나 가는 나머지 존재하지 않는 철사를 뽑아서 무선 전신wireless을 만들어 냈다. 이에 악티누리아 거주민들의 마음에는 성공적으로 모의를 꾀할 수 있다는 희망이 싹텄다. 그러나 교활한 아르히토르는 600개의 손으로 백금 전선을 하나하나 붙든 채 모든 대화를 엿들었으며, 그 덕분에 백성들이 무슨 말을 하는지 알고 있었고, 이에 누군가 '반란'이나 '쿠데타'라는 단어를 처음으로 꺼내면 그 즉시 번개 덩어리를 날려보내 반동분자들을 불타는 웅덩이에 빠트려 버렸다.

피론은 악한 지배자에게 접근할 계획을 세웠다. 친구들에게 전신을 보낼 때 그는 '반란' 대신 '신발'로, '음모를 꾸미다' 대신 '물을 쏟아내다'라고 말했고 이런 방법으로 봉기를 준비했다. 아르히토르는 자신의 백성들이 어째서 이렇게 갑자기 한꺼번에 신발 수선에 몰두하게 되었는지 놀랐는데, 왜냐하면 백성들이 '신발틀에 씌운다'고 말하면 '불 막대에 꽂는다'는 뜻이고 신발이 꽉 낀다는 말은 그의 잔혹한 독재를 뜻한다는 것을 알지 못했기 때문이었다. 그러나 피론은 신발 수선 용어 외에 다른 방식으로 자신의 계획을 표현할 수 없었으므로 통신을 주고받은 상대방 중에는 그를 잘 이해하지 못한 사람도 있었다. 피론은 이렇게 저렇게 설명을 하다가 그래도 상대방이 이해를 못 하자 무심결에 한번 '플루톤을 뜯어서 띠 모양으로 만든다'고 마치 신발 바닥창에 대해 말하듯이 전신을 보냈다. 그러나 여기서 왕은 깜짝 놀랐는데 왜냐하면 플루톤은 우라늄과 같은 족에 속하는 가장 가까운 원소이고 우라늄은 토륨에 가까우며 그래서 그의 이름이 아르히토르였기 때문이다.* 그래서 왕은 즉시 무장 경비병을 보냈고 경비병은 피론을 붙잡아 왕 앞의 납 마룻바닥에 집어 던졌다. 피론은 아무것도 자백하지 않았으나 왕은 그를 팔라듐 탑에 가두었다.

---

* 아르히토르Architor는 '궁극의 토륨'이라는 뜻이다. 플루토늄의 원자번호는 94이며, 우라늄의 원자번호는 92, 토륨의 원자번호는 90으로 모두 악티늄족에 속한다.

로봇 동화

팔라티뉴 사람들은 모든 희망을 버렸다. 그러나 세 행성의 창조자 코스모고니크가 그들 쪽으로 돌아올 때가 찾아왔다.

악티누리아로부터 멀리 떨어진 채 상황을 살피던 코스모고니크는 중얼거렸다.

"이래서는 안 되지!"

이에 그는 가장 가늘고 가장 단단한 방사광을 엮어 마치 고치처럼 만든 다음, 그 안에 자신의 육체를 집어넣어 훗날 자신이 돌아올 때까지 기다리게 한 뒤에 그 자신은 가난한 서민의 모습을 하고 행성에 내려갔다.

어둠이 내리고 멀리 떨어진 산들만이 차가운 고리 모양으로 백금 골짜기를 비추게 되었을 때 코스모고니크는 아르히토르왕의 백성들에게 가까이 가려 했으나, 그들은 우라늄 폭발을 걱정하였으므로 대단히 두려워하며 그를 피했다. 코스모고니크는 어째서 다들 그를 피해 달아나는지를 이해하지 못하고 이쪽저쪽으로 공연히 쫓아다니기만 했다. 그렇게 그는 발소리를 울리며 기사의 방패와 비슷하게 생긴 언덕 주변을 맴돌았고, 그러다 탑 기슭까지 내려왔는데 그 탑은 아르히토르가 사슬에 묶은 피론을 가둬둔 곳이었다. 피론은 창살 사이로 그를 보았고 코스모고니크는 모습을 드러냈는데 비록 보잘것없는 단순한 로봇의 차림이었었으나 팔라티늄 사람들과는 달랐다. 어둠 속에서 전혀 빛나지 않고 시체처럼 어두웠기 때문이다. 그의 갑옷에는 우라늄이 단 한 톨도 들어 있지 않았기 때문에 그렇게 되었다. 피론은 그를 소리쳐 부르고 싶었지만 입술에 나사를 끼워 다물려 놓았기 때문에 그저 머리를 감방 벽에 부딪쳐 불꽃을 일으켰을 뿐이었고 코스모고니크는 그 불빛을 보고 탑에 가까이 가서 창살 박힌 자그마한 창문을 들여다보았다. 피론은 말을 할 수 없었으나 사슬을 울려 소리를 낼 수 있었고 그래서 사슬 울리는 소리로 코스모고니크에게 모든 진실을 전했다.

"인내하고 기다려라."

코스모고니크가 그에게 말했다.

"그러면 알게 되리라."

코스모고니크는 악티누리아에서 가장 험한 산에 올라 사흘 동안 카드뮴 결정을 찾아다녔고 그것을 발견하자 팔라듐 바위로 내리쳐 얇고 판판한 판금을 만들었다. 그는 카드뮴 판금으로 귀덮개를 만들었고 그것을 모든 가정의 문 앞에 놓아두었다. 귀덮개를 발견한 팔라티늄 사람들은 깜짝 놀라면서도 곧바로 덮어 썼는데 왜냐하면 겨울이었기 때문이었다.

그날 밤, 코스모고니크는 그들 사이에 모습을 드러내

며 엄청난 속도로 빠르게 움직였다. 마치 백열전구를 정신없이 흔들었을 때 빛의 잔상이 선으로 그려지는 것처럼 재빨랐다. 그 방법으로 그는 어둠 속에 팔라티늄 사람들에게 이렇게 전신을 썼다. '이제 안전하게 서로 다가가도 좋다, 카드뮴은 우라늄의 파멸에서 보호해 준다.' 그러나 팔라티늄 사람들은 그가 왕의 밀정이라 생각해 그의 충고를 믿지 않았다. 코스모고니크는 사람들이 자신을 믿지 않는 행태에 분노해 산에 올라 우라늄 원석을 모은 후, 은빛 금속으로 녹여내어 그것으로 반짝이는 두카티 동전을 주조했다. 동전 한쪽에는 아르히토르의 환한 옆얼굴, 다른 한 면에는 그의 손 600개의 형상이 새겨져 있었다.

우라늄 두카티 동전들을 무겁게 지고 온 코스모고니크는 골짜기로 돌아가서 팔라티늄 사람들에게 놀라운 광경을 보여주었다. 두카티 동전들을 하나씩 하나씩 멀리 던져 금속 소리가 울리는 무더기가 되도록 쌓았고, 안전한 한계를 넘어섰을 때도 동전 한 닢을 더 던졌으며, 그러자 공기가 흔들리기 시작해 두카티 무더기에서 밝은 빛이 쏟아져 나와 하얀 광선 덩어리로 합쳐졌다. 바람이 모든 것을 쓸어버린 다음에는 바위가 녹아서 뚫린 분화구만 남아 있었다.

그런 뒤에 두 번째로 코스모고니크가 자루에서 두카티를 꺼내 던지기 시작했는데 이번에는 방식이 달랐다. 두카티 하나하나마다 표면에 카드뮴 판을 씌워서 던졌고 이전에 비해 여섯 배나 더 큰 무더기가 쌓였지만 아무 일도 일어나지 않았다. 그러자 팔라티늄 사람들이 그를 믿었고 모두 모여서 대단히 열의 있게 아르히토르에 대항하는 음모를 꾸몄다. 그들은 왕을 타도하고 싶었지만 그 방법을 알지 못했는데, 왕궁이 광선의 벽으로 둘러싸여 있고 왕궁으로 이어지는 도개교에는 처형 기계가 막아서서 암호를 알지 못하는 자는 조각조각 찢어버렸기 때문이었다.

욕심 많은 아르히토르가 정한 새로운 공물을 바치는 때가 마침 다가오고 있었다. 코스모고니크는 왕의 백성들에게 우라늄 두카티를 나눠주고 그것을 조공 대신 바치도록 충고했다. 그들은 그렇게 했다.

왕은 동전이 납이 아니라 우라늄으로 만들어졌다는 사실을 알아채지 못했으므로, 무수히 빛나는 두카티 동전들이 그의 보물 창고로 들어온다는 것에 기뻐했다. 그리고 밤이 되자 코스모고니크는 감옥 창살을 녹여 피론을 풀어주었고, 두 사람은 방사성 산의 빛이 마치 달빛의 고리가 내려와 풍광을 원으로 둘러친 듯 비추는 속에서 말없이 골짜기를 걸었는데 그러다 돌연히 무시무시한 빛이 폭발했다. 왜냐하면 왕의 보물 창고에 쌓인 우라늄 두카티 무더기가 너무 거대했던 탓에 그 무더기 안에서 연쇄반응이 일어났기 때문이었다. 치솟은 폭발이 궁궐과 아르히토르의 금속 몸체를 부수었고 그 폭발의 힘이 너무 커서 독재자의 손 600개가 떨어져 나와 별들 사이의 허공으로 날아가 버렸다. 악티누리아에는 기쁨이 넘쳤고, 피론은 행성의 정당한 지배자가 되었으며, 코스모고니크는 어둠 속으로 돌아가 자신의 몸을 광선의 고치 속에서 꺼내어 별을 밝히러 갔다. 그리하여 아르히토르의 백금 손 600개가 마치 토성과 비슷한 고리가 되어 지금까지도 행성 주위를 돌며 방사능 산의 빛보다도 백 배나 더 강한 멋진 빛으로 번쩍이고 있으며 기쁨에 찬 팔라티늄 사람들은 이렇게 말한다. '저기 봐, 토륨이 얼마나 예쁘게 반짝이는지.' 그리고 오늘날까지도 몇몇은 아르히토르를 처형인이라고 하기 때문에 그 말은 관용구가 되어 은하계의 섬들 사이를 오랫동안 돌고 돌아 우리에게 이르렀으며 그래서 우리는 이렇게 말하는 것이다. '처형인이 그에게 빛나는구나!'*

---

* "Niech im kat świeci!" 직역하면 '그에게 처형인이 빛나기를!'이라는 폴란드어 욕과 관련한 말장난이다. 원 속담은 '천벌을 받아라!' 정도의 어감이지만 이 이야기에서는 독재자가 이미 천벌을 받았다.

자가유도자 에르그가 창백한 자를
물리친 이야기

강력한 왕 볼루다르는 희귀한 물건들을 사랑해 그런 것을 모으는 데 열중하는 삶을 살았고 그러다 몇 번이나 국가의 중대한 일들을 잊어버렸다. 왕은 시계 수집품을 가지고 있었는데 그중에는 춤추는 시계, 아침노을 시계, 구름 시계도 있었다. 또한 왕은 우주의 가장 먼 지역에서 온 박제 생물들도 가지고 있었고, 특별한 방을 따로 정해 유리 종 안에 영장류 인간속 호모스 안트로포스라는 가장 희귀한 존재를 두었는데, 그것은 아주 기묘하게 창백했고 다리가 두 개였으며 게다가 텅 비어 있기는 했지만 심지어 눈도 달려 있었다. 왕은 그 눈에 아름다운 루비 두 개를 박아 넣어 호모스가 붉은 시선으로 바라보도록

자가유도자 에르그가 창백한 자를 물리친 이야기

하라고 명령했다. 기분이 내키면 볼루다르는 가장 가까운 손님들을 그 방으로 초대해서 이 무시무시한 존재를 보여주곤 했다.

한번은 왕이 궁궐에 전자지식인을 초대했는데 이 할라존이라는 이름의 전자지식인은 지나치게 나이가 많은 탓에 결정체 속의 이성이 약간 시들어 가긴 했어도, 어쨌든 우주의 모든 지혜를 쌓아둔 보물 창고였다. 들리는 말에 의하면 이 전자지식인은 광자光子를 뽑아 실을 자아서 밝게 빛나는 목걸이를 만드는 법을 알고 있었고 심지어 살아 있는 안트로포스를 어떻게 하면 잡을 수 있는지도 안다고 했다. 그의 약점을 알고 있는 왕은 즉각 와인 저장고를 열도록 명령했다. 전자지식인은 음식 접대를 마다하는 일이 없었고 라이덴 병*을 조금 지나치게 자주 기울여 그의 몸에 기분 좋은 전류가 온몸에 퍼지자, 왕에게 무시무시한 비밀을 누설하며 왕을 위해 별들 사이 어떤 종족의 지배자인 호모스 안트로포스를 얻어 주겠다고 약속했다. 가격은 비싸게 불러서, 주먹 크기의 다이아몬드를 안트로포스의 무게만큼 달라고 했는데 왕은 눈도 깜짝하지 않았다.

---

*   라이덴 병Leyden jar. 유리병 안과 밖의 전도체 사이에 고압 전류를 보존하는 전기 부품의 일종이다.

그래서 할라존은 길을 떠났다. 그사이 왕은 왕실 위원회 앞에서 자신이 얻게 될 전리품을 자랑했으며 자랑하지 않았더라도 어쨌든 숨길 방법은 없었을 것인데 왜냐하면 궁궐에서 가장 아름다운 결정체들이 자라는 정원에 굵은 쇠창살이 달린 우리를 만들도록 명령했기 때문이었다. 궁정 대신들 사이에 불안감이 퍼졌다. 왕의 고집을 아는 관계로 그들은 성에 두 명의 호모스 연구자인 살라미드와 탈라돈을 초청했는데, 왕은 현자들이 풍부한 지식으로 저 창백한 존재에 대해 뭔가 자신이 모르는 것을 이야기해주지 않을까 궁금해하여 상냥한 마음으로 받아들였다.

무릎을 꿇고 왕에게 적절한 예의를 갖춘 두 사람이 일어서기도 전에 왕이 물었다.

"호모스는 밀랍보다도 부드럽다는 게 과연 사실인가?"

"그렇습니다, 빛나는 분이시여!"

두 현자가 대답했다.

"그렇다면 호모스의 얼굴 아랫부분 틈새에서 다양한 소리가 나온다는 것도 또한 사실인가?"

"그렇습니다, 환하고 밝으신 국왕 폐하, 또한 호모스는 바로 그 틈새에 여러 가지 사물을 집어넣고 그런 뒤에 머리의 위쪽 부분에 경첩으로 연결된 아래쪽 부분을 움직여 틈새에 넣은 사물들을 잘게 부수어 몸속으로 빨아들이는 것이 사실입니다."

"들어본 중에서 기이한 습관이구나." 왕이 말했다. "그래도 말해보아라, 나의 현자들이여, 그들이 그런 행동을 하는 연유는 무엇인가?"

"그 주제에 대해서 네 가지 이론이 있습니다, 밝게 빛나시는 국왕 폐하."

호모스 연구자들이 대답했다.

"첫 번째는 지나친 독을 내보내기 위해서 그런 행동을 한다는 것입니다. 왜냐하면 호모스는 전례 없을 정도로 독성이 강한 생물이기 때문입니다. 두 번째는 호모스가 다른 어떤 것보다도 파괴 행위에서 큰 기쁨을 얻으므로 파괴하기 위해서 그렇게 한다는 것입니다. 세 번째는 삼킬 수 있다면 모든 것을 삼키고 싶어 하여 욕심 사납기 때문이라는 것이며, 네 번째는⋯."

"됐어, 그만 됐다!"

왕이 말했다.

"호모스가 물로 만들어졌으나 나의 저 인형처럼 투명하지 않다는 것이 사실인가?"

"그 또한 사실입니다! 폐하, 호모스는 몸 안에 여러 미끄러운 관을 가지고 있는데 그 관을 통해 물이 순환합니다. 노란 물도 있고 진줏빛 물도 있으나 가장 많은 것은 빨간 물이며 이런 물은 무시무시한 독을 실어 나르는데 산 혹은 산소라고 하며 닿는 순간 모든 것을 녹이나 불꽃으로 변하게 하는 기체입니다. 그러한 까닭에 그 자신도 진줏빛, 노란빛, 분홍빛으로 반짝이는 것입니다. 밝게 빛나시는 국왕 폐하, 그러니 간절히 바라옵건대 살아 있는 호모스를 들여오실 계획을 물러주시기를 부탁드리옵니다. 그는 다른 어떤 것보다도 더 강하고 악독한 존재이기 때문입니다…."

"그 점에 대해 보다 상세히 설명해 보아야 할 것이다."

왕이 현자들의 조언을 받아들일 준비가 된 양 가장하며 말했다. 그러나 사실은 자신의 커다란 호기심을 만족시키기 위해 물었을 뿐이었다.

"호모스가 속한 존재들은 해로운 족속이라고 부릅니다, 폐하. 그중에는 규산염족과 단백질족이 있는데, 규산염족은 구성이 더욱 조밀하며 그 때문에 물에 불은 반죽 혹은 젤리라고 합니다. 단백질족은 좀 더 드물고 여러 저자들이 여러 이름으로 부르는데 예를 들면 폴로메데르는 끈적이 혹은 끈적족이라 했으며 트리체팔로스 아르보리즈키는 습지족 혹은 접착족이라 했고 마지막으로 아날치만데르 미에자비는 좁쌀눈굼뱅이족이라고 했습니다…."

"그러면 그들은 눈조차도 미끈미끈한 것이 사실이란

자가유도자 에르그가 창백한 자를 물리친 이야기

말인가?"

볼루다르왕이 열심히 물었다.

"그렇습니다, 폐하. 이 존재들은 겉보기에 약하고 부서지기 쉬워 예순 걸음 높이에서 떨어지는 것만으로도 빨간 웅덩이가 되어 퍼져버립니다만, 타고난 교활함으로 아스트릭 고리 은하의 모든 소용돌이와 암초를 다 합친 것보다도 더욱 위험한 존재가 되었습니다! 그러니 폐하, 이렇게 비옵건대 국가의 안녕을 위하여 부디…."

"그만 됐다, 현자들이여, 됐다."

왕이 그들의 말을 끊었다.

"가도 좋다, 짐은 적절히 숙고하여 결정을 내릴 것이니라."

현명한 호모스 연구자들은 이마를 바닥에 찧으며 절하고 볼루다르왕이 위험한 계획을 버리지 않았다고 느끼며 불안한 마음으로 궁을 떠났다.

그로부터 얼마 지나지 않아 성간 수송선이 밤에 거대한 수하물을 싣고 왔다. 그 수하물은 곧바로 왕의 정원으로 옮겨졌다. 곧 정원의 황금 정문이 왕국의 모든 백성들에게 열렸다. 다이아몬드 덤불숲 속, 벽옥을 깎아 만든 정자와 대리석 괴물들 사이에서 모두 철제 우리를 쳐다보았는데, 그 안에는 창백하고 물렁물렁한 존재가 작은 나무통 위에 앉아 특별한 물질이 든 국그릇을 앞에 놓고 있었으며, 국그릇에서는 불에 타서 망가지고 섭취하기에 부적절한 상태가 된 기름의 악취가 심하게 풍겼다. 그러나 그 존재는 대단히 평온한 태도로 일종의 조그만 삽을 국그릇 안에 담가 삽의 머리 부분을 사용하여 기름으로 덮인 물질을 모아 얼굴의 틈새에 집어넣었다.

그 모습을 지켜보던 자들은 우리에 적힌 설명을 읽고 공포에 질려 할 말을 잃었는데 왜냐하면 자신들 앞에 호모스 안트로포스, 살아 있는 창백한 존재가 나타났다는 사실을 알았기 때문이었다. 군중은 호모스를 자극하기 시작했고 그러자 호모스는 일어나서 그때까지 앉아 있던 나무통에서 뭔가 끄집어내더니 떠드는 군중에게 살인적인 물을 뿌리기 시작했다. 어떤 자들은 도망치고 다른 자들은 충격을 주기 위해 돌을 던졌으나 경비병이 곧 모인 자들을 해산시켰다.

이 사건에 대해 왕의 딸인 엘렉트리나*가 알게 되었다. 공주는 아버지에게서 희귀한 것을 보는 취미를 물려받았으며 그래서 우리에 가까이 가는 것을 겁내지 않았는데, 그 우리 안에서 창백한 괴물은 자기 몸을 긁거나 아니면 충분한 분량의 물과 그 자리에서 왕의 백성 백 명을 죽일

---

*   '전기'라는 뜻이다.

자가유도자 에르그가 창백한 자를 물리친 이야기

수 있는 썩은 기름을 흡입하며 시간을 보내고 있었다.

호모스는 이성적인 말을 하는 법을 금방 익혔고 심지어 대담하게도 엘렉트리나와 대화를 나누기 시작했다.

공주는 그에게 구멍 안에서 반짝이는 하얀 것이 무엇인지 물었다.

"이빨이라고 한다."

호모스가 말했다.

"그중 하나만 나한테 줘봐!"

공주가 부탁했다.

"그 대가로 나한테 무엇을 줄래?"

호모스가 물었다.

"내 황금 열쇠를 줄게, 잠깐만이지만."

"무슨 열쇠인데?"

"내 개인 열쇠야, 이걸로 저녁마다 이성을 감아 돌려. 너도 이런 걸 가지고 있지 않아?"

"내 열쇠는 네 것과 달라. 그런데 그걸 어디에 지니고 있어?"

호모스가 말을 돌리며 대답했다.

"여기 가슴에, 황금 덮개 아래."

"이리 줘…."

"그럼 이빨 나한테 줄래?"

"줄게…."

공주는 황금 나사를 풀고 덮개를 열어 황금 열쇠를 꺼내 창살 사이로 넘겨주었다. 창백한 짐승은 욕심 사납게 열쇠를 잡아채고는 짖어대면서 우리 안쪽 깊숙이 도망쳤다. 공주가 그에게 열쇠를 돌려달라고 부탁하고 애원했으나 소용없었다. 자신이 저지른 짓을 누군가에게 들킬까 두려웠던 공주는 무거운 마음을 안고 궁궐의 방으로 돌아왔다. 비이성적으로 행동하긴 했지만 공주는 아직도 거의 어린이였다. 다음 날 하인들은 수정 침대에 의식이 없는 채 누워 있는 공주를 발견했다. 왕이 왕비와 궁정 전체와 함께 달려왔으나 공주는 마치 자는 듯이 누워서 어떻게 해도 깨울 수 없었다. 왕은 궁정의 전기어의를 비롯해 의료 수리인들과 기술자, 기계공들을 불렀는데, 그들이 공주를 검사한 결과 덮개가 열려 있고 나사도 열쇠도 사라졌다는 사실을 발견했다! 성에 야단법석 소동이 일어났고 모두가 열쇠를 찾으러 뛰어다녔으나 소용없었다. 다음 날 절망에 휩싸인 왕에게 창백한 동물이 사라진 열쇠에 대해서 말하고 싶어 한다는 보고가 들어왔다. 왕은 곧바로 몸소 정원으로 나갔는데, 무시무시한 괴물이 말하기를 공주가 어디서 열쇠를 잃어버렸는지 알고 있으나 왕이 어명으로 자신에게 자유를 내리고 고향으로 돌아가

자가유도자 에르그가 창백한 자를 물리친 이야기

기 위한 허공유영선을 제공해 주어야만 말하겠다는 것이었다. 왕은 오랫동안 거부했고 정원 전체를 샅샅이 훑도록 명령했으나 결국은 이 조건을 수락했다. 어떻게든 해서 허공유영선이 이륙하도록 준비되었고 창백한 동물은 경비병의 감시 아래 우리에서 풀려났다. 왕은 허공유영선 옆에서 기다렸는데, 그러자 호모스 안트로포스가 자신이 선박에 탑승한 이후에 열쇠가 있는 곳을 알려주겠다고 말했다.

탑승한 후에 그는 환풍기 구멍으로 머리를 내밀고 손안에서 반짝이는 열쇠를 보여주며 외쳤다.

"열쇠는 여기 있다! 네 딸이 절대로 깨어나지 못하도록 열쇠는 내가 가지고 가겠다, 나를 쇠 우리에 가두고 웃음거리로 삼아 모욕한 복수를 벼르고 있었으니까!"

허공유영선 선미 아래서 불꽃이 일어났고 모두가 충격으로 굳어버린 가운데 선박이 하늘을 향해 솟아올랐다. 왕이 허공유영선을 뒤쫓아 가장 빠른 철제 암흑깎이와 돌풍날개를 보냈으나 교활한 호모스 안트로포스가 흔적을 교란하여 추적을 피했기 때문에 승무원들은 빈손으로 돌아왔다.

볼루다르왕은 현명한 호모스 연구자들의 조언을 듣지 않고 자신이 잘못했다는 점을 인정했으나 소 잃고 외양간 고치기였다. 가장 우수한 전기 자물쇠공은 열쇠의 복제본을 만들기 위해 애썼고, 위대한 왕관 조립가들, 왕의 목수와 갑옷 장인들, 금세공가와 철세공가, 사이버도둑질 장인들이 궁궐로 몰려와 자신의 능력을 증명하려 노력했으나 소용없었다. 왕은 창백한 동물이 가져간 열쇠를 되찾아야 하며 그러지 않으면 어둠이 공주의 지성과 감각을 영원토록 뒤덮으리라는 사실을 인정했다.

그리하여 왕은 나라 전체에 알리기를 이러저러한 일이 일어났으며 창백한 호모스 안트로포스가 황금 열쇠를 훔쳐갔고 누구든 열쇠를 되찾아 오거나 혹은 생명을 주는 보석만이라도 손에 넣어 공주를 깨우는 자에게 공주를 아내로 주고 왕위를 물려주겠다고 선포했다.

곧 여러 크고 작은 대범한 모험가들이 떼지어 나타났다. 그들 중에는 저명한 전기기사와 돈속이기-사기꾼과 우주도둑과 별낚시꾼들도 있었다. 그리고 스트제지스와프 메가바트*가 도착했는데, 그는 대단히 유명한 검객이자 진동자로서 어지러울 정도로 붕붕 뛰고 핑핑 돌아서 결투를 하면 아무도 그 앞에서 결투 장소를 압도하지 못했으며, 또한 아주 먼 여러 나라에서 외눈박이들이 찾아

---

*　'고압 전력을 지키는 자'라는 뜻이다.

자가유도자 에르그가 창백한 자를 물리친 이야기

왔고, 그 외에 백여 번의 전투에서 실력을 시험한 추적자들인 두 명의 아우토마치에이*와 명성 높은 조립가 프로테지**도 왔는데 그는 하나는 검고 하나는 은빛인 두 개의 불꽃 흡수판을 반드시 입고 다녔고, 아르비트론 코스모조포비츠도 도착했는데 그는 증조수정으로 구성되어 아주 아름답게 날아오르는 듯한 외모를 지녔고, 지식 전기가 팔리바바는 마흔 대의 로봇 나귀에*** 실은 은도금한 전기상자 여든 개에 낡은 디지털 기계를 가지고 왔는데, 생각하느라 약간 녹이 슬어 있었지만 생각하는 능력만은 강력했다. 셀렉트리트 종족의 대표자 세 명이 찾아왔는데 이름은 디오디, 트리오디, 헵토디****라 했으며 머릿속에 절대 진공을 가지고 있어 그들의 생각은 마치 별 없는 밤처럼 검었다. 페르페투안도 도착했는데, 라이덴 갑옷으로 온통 무장하고 300번의 전투를 거쳐 완전히 녹청투성이가***** 된 복사지를 가지고 왔으며, 마트

---

*   '자동 기계'라는 뜻의 아우토마트Automat와 남자 이름 마치에이 Maciej를 이어 만든 말장난이다.
**   의수나 의족 등의 보장구를 뜻한다.
***   '알리바바와 40인의 도둑'을 비튼 말장난이다.
**** 디오드diode는 2극 진공관, 트리오드triode는 3극 진공관, 헵토드 heptode는 7극 진공관을 뜻한다.
***** 구리가 산화되어 스는 녹으로 연푸른색이나 초록색을 띠며 인체에 해롭다.

리치 페르포라트Matrycy Perforat*는 누군가를 적분하지 않은 날이 하루도 없었는데 이 자는 궁정에 패배한 적이 없는 사이버사냥군을 함께 데려왔고 그의 이름은 프롱다스 Prądas**였다. 모두가 모여들었고 궁정이 꽉 들어차자 궁궐 문지방 아래 나무통이 굴러왔고 그 안에서 수은 방울의 모습으로 자가유도자 에르그가 흘러나왔는데 그는 어떤 모습이든 마음대로 취할 수 있었다.

영웅들은 궁궐의 여러 홀을 환히 밝히며 잔치를 즐겼고, 홀의 대리석 천장이 마치 해 질 녘 구름처럼 장밋빛으로 X선 주사되었으며, 그런 뒤에 영웅들은 각자 다른 길로 흩어져서 창백한 동물을 찾은 후 목숨을 건 전투를 청하여 열쇠를 되찾고, 그와 함께 공주와 볼루다르의 왕좌를 차지하기 위해 떠났다. 첫 번째인 스트제지스와프 메가바트는 콜데야 행성으로 날아갔는데 그곳에는 갈라레타*** 종족이 살고 있었고 메가바트는 그곳에서 뭔가를 찾아낼 생각이었다. 또한 그는 원격 조종 가능한 장검을 휘둘러 길을 열고 갈라레트 종족의 젤리에 몸을 담갔으나 싸우지도 못하고 전리품도 얻지 못했는데 왜냐하

---

* '구멍난 거푸집'을 뜻한다.
** '전류'라는 뜻이다.
*** 갈라레타galareta는 폴란드어로 '젤리'를 뜻한다.

자가유도자 에르그가 창백한 자를 물리친 이야기

면 지나치게 몸이 달아올라서 냉각장치가 끊어져 버렸고 그리하여 검객은 낯선 자들 사이에서 무엇과도 비교할 수 없는 무덤에 묻혔으며 그의 용맹한 음극들은 갈라레트 종족의 더러운 젤리가 영원히 삼켜 버렸기 때문이었다.

두 명의 추적자 아우토마치에이들은 라도만트 종족의 나라에 도달했는데 라도만트들은 광선창작에 종사하여 발광 기체로 건물을 만들었고 너무나 구두쇠라서 저녁마다 자기 행성의 원자들을 모두 헤아렸다. 인색한 라도만트들은 아우토마치에이 두 명을 반기지 않아서 그들에게 오닉스, 황동석, 황수정과 첨정석으로 가득한 심연을 보여주었고, 전기기사 아우토마치에이들이 이 보석을 탐내자 높은 곳에서 보석들의 산사태를 떨어뜨려 전기기사들을 쳐서 뭉갰고, 보석들의 산사태는 떨어져 내리면서 마치 다양한 색깔의 유성이 떨어질 때처럼 주위를 화려하게 밝혔다. 왜냐하면 라도만트들은 비밀스러운 서약으로 창백한 동물들과 동맹을 맺고 있었기 때문인데 여기에 대해서는 아무도 알지 못했던 것이다.

세 번째로 조립가 프로테지는 별들 사이의 암흑을 오랫동안 여행한 끝에 알고네크들의 나라에 도달했다. 그곳에서는 돌로 된 유성들의 돌풍이 몰아치곤 했는데, 프로테지의 무한히 튼튼한 선박이 알고네크들이 쌓은 성벽에 부딪쳐 조타 장치가 망가지는 바람에 그는 심연 사이를 헤매었으며, 그러다가 멀리 떨어진 태양들에 가까워지면서 불운한 모험가의 눈에 빛이 마구 번쩍여 앞이 보이지 않게 되었다.

네 번째인 아르비트론 코스모조포비츠는 처음에는 이들보다 운이 좋았다. 안드로메다 해협을 건너 큰개자리의 네 군데 소용돌이를 지났고 그런 뒤에 광선 항해에 유리한 평화로운 진공에 도착했으며 그리하여 그 자신이 마치 광선이 된 듯 조타 장치를 힘껏 눌러 빛나는 꽈리 모양의 흔적을 남기며 마에스트리치아 행성의 해안에 도착했는데 그곳에서 아르비트론은 유성이 남긴 돌덩이 사이에 프로테지가 타고 떠났던 선박의 부서진 잔해를 보았다. 그는 조립가가 생전에 그러했듯이 강력하고 빛나며 차가운 시신을 현무암 덩어리 아래 묻어주었으나, 불꽃 흡수판만은 은빛과 검은빛 두 개 다 벗겨서 방패로 삼고 앞으로 나아갔다. 마에스트리치아는 거칠고 산이 많았는데 사방에 돌 산사태가 우르릉 소리를 내거나 땅이 갈라진 틈바구니 위에서 번개가 은빛 잡초처럼 구름 속에 빛났다. 기사는 좁고 깊은 계곡으로 내려갔고 그곳에서 팔린드로미트들이 녹색 공작석 골짜기에서 그를

자가유도자 에르그가 창백한 자를 물리친 이야기

덮쳤다.* 팔린드로미트들은 위에서 번개를 내려 그를 꿰뚫으려 했으나 그는 불꽃 흡수판 방패로 막아냈고 그러자 그들은 화산을 움직이고 분화구를 그의 등에 밀어붙이고 포효하며 불꽃을 내뱉게 했다. 기사는 쓰러졌고 끓는 용암이 그의 투구에 흘러 들어왔고 그러자 투구에서 은이 전부 흘러나왔다.

다섯 번째인 지식전기가 팔리바바는 아무 데도 가지 않았다. 대신 볼루다르왕의 왕국 국경 너머에 멈추어서 로봇 나귀들이 별들의 잔디밭에서 풀을 뜯도록 풀어준 뒤에 자신은 디지털 기계를 연결하고 조정해 프로그래밍하고 여든 개의 기계 본체 위를 뛰어다녔으며 기계가 전류를 충분히 섭취하여 지성으로 부풀어 오르자 그때까지 궁리한 질문들을 구체적인 방식으로 입력하기 시작했다. 창백한 동물은 어디에 사는가? 거기까지 가는 길은 어떻게 찾는가? 그 동물을 소굴에서 어떻게 꾀어내는가? 어떻게 함정에 빠뜨려 열쇠를 내놓게 하는가? 기계가 불명확하고 얼버무리는 답변만 내놓자 팔리바바는 분노에 차서 기계에 채찍질을 하기 시작했고 그리하여 달아오른 황동 부품들이 탄내를 풍겼지만, 팔리바바는 계속해서

* 팔린드롬palindrome은 회문이란 뜻으로, 앞에서 읽어도 거꾸로 읽어도 똑같은 단어다. 한국어 '기러기', 영어 'radar' 등이 있다.

기계를 공격하며 울부짖었다.

"지금 당장 진실을 말해라, 저주받을 낡아 빠진 디지털 기계야!"

그리하여 기계의 연결 부위들은 녹아내려 은빛의 양철 눈물을 흘렸고 과열된 회로들이 굉음을 내며 터져버렸다. 막대기를 손에 쥔 팔리바바만이 달아올랐다가 식어가는 부품 조각들 위에 혼자 남았다.

그는 불명예스럽게도 집으로 돌아가야만 했다. 그는 새로운 기계를 설치했으나 그런 뒤에 400년 동안 새 기계를 쳐다보지도 않았다.

여섯 번째는 셀렉트리트들의 모험이었다. 디오디, 트리오디와 헵토디는 다른 방식으로 시작했다. 그들은 트리튬, 리튬, 듀테륨*을 무한히 비축해 두고 있었고 그래서 중수소를 계속 폭발시켜 창백한 동물들이 사는 나라까지 가는 모든 길을 뚫을 생각이었다. 그러나 그 길을 대체 어디서 시작해야 하는지 알 수 없었다. 그들은 오그니오노기Ognionogi** 종족에게 물어보려 했으나 오그니오노기들은 수도의 황금 성벽을 셀렉트리트들 앞에서 잠가버리고 불타는 발차기를 날려댔다. 용맹한 셀렉트리트

---

*　　트리튬은 삼중수소, 듀테륨은 중수소다.
**　'불타는 발' 혹은 '불타는 다리'를 뜻한다.

자가유도자 에르그가 창백한 자를 물리친 이야기

들은 듀테륨도 트리튬도 아끼지 않고 몰아쳐 성문을 공격했으며 그리하여 하늘의 원자들 속에 지옥이 열려 별들 속으로 터져 나갔다. 도시의 성벽들이 황금처럼 번쩍였으나 불길 속에서 성벽은 진짜 속성을 드러냈으니, 황철광 불꽃으로 지어 올린 성벽들이 유황 연기의 금빛 구름으로 변해버린 것이다. 그곳에서 디오디는 오그니오노기들에게 짓밟혀 숨졌으며 그의 지성은 터져서 형형색색의 수정 다발처럼 갑옷을 뒤덮었다. 트리오디와 헵토디는 검은 감람석 무덤에 그를 묻고 계속 전진하여 별들의 살해자 아스트로치데스Astrocydes왕이* 지배하는 오스말라트Osmalat** 왕국 국경으로 나아갔다. 아스트로치데스 왕은 불타는 핵으로 가득한 보물 창고를 가지고 있었는데, 그 불타는 핵은 백색왜성에서 뽑아낸 것으로 너무나 무거운 탓에 오로지 왕실 자석의 무시무시한 자력으로만 붙잡아 행성 깊은 곳으로 날아 들어가지 않도록 가두어 둘 수 있었다. 그곳의 바닥에 발을 디디는 자는 누구든 팔도 다리도 움직일 수 없었는데 거대한 중력이 못과 사슬보다도 단단히 달라붙었기 때문이었다. 트리오디와 헵

---

* '별을 살해하는 자'라는 뜻이다.
** 냄새를 잘 맡는다는 뜻이나, 여덟 살짜리라는 뜻도 지녀 중의적인 의미의 말장난이다.

토디는 이 때문에 힘겨운 싸움을 해야만 했는데 왜냐하면 아스트로치데스는 성의 망루에서 트리오디와 헵토디의 모습을 보고 백색왜성을 하나씩 끌어내어 그 불꽃으로 타오르는 구체를 그들의 얼굴에 던졌기 때문이었다. 그럼에도 그들은 왕을 정복했고 왕은 그들에게 창백한 동물을 찾으려면 어느 길로 가야 하는지 알려주었으나 그러면서 얼버무렸는데 왜냐하면 왕 자신도 알지 못했고 그저 무시무시한 전사들이 빨리 눈앞에서 치우고 싶었기 때문이었다. 그래서 트리오디와 헵토디는 검은 암흑들의 핵심*으로 들어갔고 그곳에서 누군가 화승총으로 트리오디에게 반물질을 쏘았는데 총잡이는 어쩌면 사냥꾼 키베르노스 종족 중 누군가일 수도 있고 어쩌면 꼬리 없는 유성 위에 설치된 자동발사기였을 수도 있다. 어쨌든 트리오디는 미처 "아브루크!" 하고 소리치기도 전에 사라져 버렸는데 '아브루크'는 전투 종족이 즐겨 외치는 단어였다. 그럼에도 헵토디는 고집스럽게 계속 나아갔으나 그에게도 또한 불운한 최후가 기다리고 있었다. 그

---

* 《암흑의 핵심The Heart of Darkness》은 폴란드계 영국 작가 조셉 콘라드Joseph Conrad가 1902년에 출간한 소설 제목이다. 조셉 콘라드의 본명은 유제프 테오도르 콘라트 코제뇨프스키(Józef Teodor Konrad Korzeniowski, 1857~1924)다.

자가유도자 에르그가 창백한 자를 물리친 이야기

의 선박은 두 개의 중력 소용돌이 사이에 도달했는데 소용돌이들의 이름은 바흐리다와 스친틸리아라고 했다. 바흐리아는 시간을 빨리 흐르게 하고 스친틸리아는 시간을 느리게 가도록 하여 그 사이에는 정지 구역이 있었는데 그 안에서 시간은 뒤로도 앞으로도 흐르지 않았다. 그곳에서 헵토드는 살아 있는 채로 정지되어, 헤아릴 수 없이 많은 다른 성간쾌속선과 해적과 암흑깎이들의 호위함과 대형범선들과 함께 전혀 나이들지 않고 영원이라는 이름의 고요함과 더없이 잔인한 지루함 속에 지금까지 계속 남아 있다.

세 셀렉트리트들의 출정이 이렇게 끝나자 일곱 번째로 나서기로 했던 바왐 출신 사이버도둑 페르페투안은 오랫동안 길을 떠나지 않았다. 이 전기기사는 더욱 더 날카로운 전도체와 더욱 더 민감한 자석발전기와 발파공과 불도저를 다루어 보면서 전쟁에 익숙해지도록 자신을 훈련했다. 대단히 신중한 페르페투안은 충실한 용사들의 부대를 이끌고 가야겠다고 생각했다. 그의 깃발 아래 콩키스타도르가 모여들었고 또 수많은 실업자들이 달리 할 일이 없어 전투에 참여하길 희망하며 찾아왔다. 페르페투안은 이들을 모아서 그럴듯한 우주 기병대를 구성했는데, 그것은 갑옷으로 무장한 중기병대로 철물부대라 부르는 종류였으며 가볍게 무장한 몇몇 분대도 있었는데 여기에는 중기병대 대원의 지인들이 소속되었다. 그러나 막상 이곳을 떠나 알지 못하는 땅에서 짐승을 잡아와야 한다는 생각과 아무 웅덩이에나 빠지면 온몸이 다 녹으로 뒤덮이리라는 생각이 들자, 전기기사의 쇠 무릎은 떨리기 시작했고 무시무시한 후회가 몰려왔으며 그러자 그는 자신이 이전에 영혼이 보석으로 가득한 강력한 지배자였음을 떠올리고 수치심과 회한으로 황옥 눈물을 흘리며 곧바로 집으로 돌아갔다.

그리하여 끝에서 두 번째인 마트리치 페르포라트는 상황에 이성적으로 접근했다. 그는 피그멜리안트* 종족의 나라에 대해 들었는데 이들은 로봇 난쟁이로, 조립가가 종족의 거푸집을 만들 때 조립자의 그래피온**이 제도판에 쓰러지는 바람에 모든 피그멜리안트들은 하나같이 못생긴 곱사등이 되어 나왔고, 조립가가 수정안을 계산하지 않아 그저 그 상태로 남아버린 종족이었다. 이 난쟁이들은 다른 자들이 보물을 모으듯이 지식을 모았으며 그래서 **절대성ABTOLUT** 사냥꾼들로 불리었다.

---

*   피그미Pygmy 사람들은 키가 작은 것으로 알려진 인종이며, 피그먼트 pigment는 '색소' '물감'이라는 뜻이다.

**   작가가 상상한 도구로 제도 연필이나 태블릿 펜슬에 해당한다.

이들이 지혜로운 이유는 지식을 모으기만 할 뿐 사용하지는 않는 데 있었다. 페르포라트는 이들에게로 향했는데 군사적인 방식이 아니라 찬란한 선물들을 갑판이 휘어지도록 담은 범선을 타고 갔다. 그는 양전자가 뚝뚝 흐르고 중성자 빗줄기 무늬가 가로지르는 화려한 옷과 네 개의 주먹만큼 커다란 황금 원자와 가장 희귀한 이온층으로 흘러넘치는 실린더를 가져가서 그들의 환심을 살 생각이었다. 그러나 피그멜리안트들은 더없이 아름다운 별들의 스펙트럼으로 수를 놓은 진귀한 진공조차 경멸했다. 그러자 페르포라트는 화가 나서 프롱다스를 시켜 전기 칼로 그들을 찔러버리겠다며 공연히 위협했다. 피그멜리안트들은 결국 그에게 안내자를* 주었지만 이 안내자는 팔이 사방으로 동시에 뻗어 언제나 모든 방향을 한꺼번에 가리켰다.

페르포라트는 안내자를 쫓아내 버리고 창백한 동물의 흔적을 따라 프롱다스를 풀어주었지만 나중에 알고 보니 그것은 틀린 흔적이었는데, 왜냐하면 프롱다스는 창백한 동물의 뼈대를 구성하는 주요 성분인 칼슘과 석회석**을 혼동하여 칼슘 유성을 따라갔기 때문이다. 이것이 실수

---

*   폴란드어로 안내자와 전도체가 같은 단어다.
**   폴란드어로 칼슘과 석회석의 발음이 매우 비슷하다.

였다. 페르포라트는 우주의 아주 오래된 지역에 도달하여 점점 더 어두워지는 태양들 사이를 오랫동안 헤매 다녔다.

그는 자색거성들이 미로처럼 이어진 공간 사이를 가다가 자신의 선박이 별들의 침묵 행진과 함께 나선 거울, 은빛 거죽의 거울 속에 비치는 모습을 보았다. 그는 놀라서 만약을 대비하여 손에 초신성 소화기를 들었는데 그것은 은하수를 지나면서 지나친 열기로부터 자신을 보호하기 위해 피그말리안트들에게서 구입한 물건이었다. 그는 눈에 보이는 광경이 무엇인지 알지 못했는데 그것은 공간의 매듭이었고 현지의 모노아스테르 종족에게조차 알려지지 않은 공간의 가장 밀접하게 연속된 팩토리얼*이었다. 이 공간에 대해서 말하기를 여기에 도달한 자는 다시 돌아오지 못한다고 했다. 지금까지도 이 별들의 분쇄기 속에서 마트리치에게 무슨 일이 일어났는지 알려지지 않았다. 그의 충직한 프롱다스는 진공 속에서 조용히 고함치며 혼자 집으로 달려갔고 그의 사파이어 눈동자가 너무나 겁에 질려 번쩍이는 바람에 그를 바라본 자는 누구나 몸을 떨었다. 또한 선박도 소화기도 마트리치도 그 때

---

*   자연수의 계승: 팩토리얼은 그 수보다 작거나 같은 모든 양의 정수의 곱이다. 양의 정수를 n이라 할 때 n!으로 표시한다.

자가유도자 에르그가 창백한 자를 물리친 이야기

이후 아무도 목격하지 못했다.

　그리하여 마지막으로 자가유도자 에르그는 홀로 모험에 나섰다. 1년과 6주 동안 그는 모습을 감추었다. 돌아와서는 아무도 알지 못하는 나라들에 대해 이야기했는데, 예를 들어 페리스코크 종족은 독물을 뿜어내는 뜨거운 장치를 짓고 있었고, 클라이스트로오키 종족은 그의 앞에서 줄지어 쏟아졌다 합쳐져서 거대한 검은 해일이 되었는데 이는 그들이 전시 상황에 취하는 행동이었고, 에르그가 그들을 반으로 가르자 그들의 뼈인 석회석 바위가 드러났으며, 에르그가 그 깎아지른 내리막아가리를 정복하고 나서 하늘의 절반 크기 정도 되는 거대한 얼굴을 마주하게 되어 길을 묻기 위해 그 얼굴 속으로 굴러들어갔으며 에르그의 불칼 앞에서 얼굴의 피부가 찢어져 하얗게 굽이치는 신경들의 숲이 드러났다. 에르그는 또한 투명한 얼음으로 이루어진 행성 아베리치아에 대해서도 말했는데 그 행성은 다이아몬드 렌즈처럼 우주 전체의 형상을 담고 있어서 그는 그곳에서 창백한 동물들의 나라로 가는 길을 발견했다. 영원한 침묵의 땅인 얼음을 내뿜는 알룸니아에 대해서도 이야기했는데, 그곳에서 그는 멈추어 선 얼음인들의 이마에 반사된 별빛만을 보았다고 했으며, 녹아 흐르는 마르멜로이드의 왕국에서는 끓어오르는 어루만짐의 용암이 넘쳐났고 엘렉트로프네우마티크들은* 메탄 가스와 오존과 염소와 화산 연기에서 이성의 불꽃을 뽑아내는 법을 알고 있어서 어떻게 해야 기체에서 생각하는 천재를 만들어 낼 수 있을지를 언제나 고민한다고 했다. 창백한 동물들의 나라로 가기 위해서는 태양의 문을 비집어 열어야만 했다고 그는 밝혔는데, 문의 이름은 카푸트 메두사에Caput Medusae** 라 했으며, 그는 이 문짝들을 색채의 경첩에서 들어낸 뒤에 연보라색과 하얀 연푸른색 광선으로 가득한 태양의 안쪽을 달려서 가로질렀는데 입고 있던 갑옷이 태양열에 달아올라 말려 올라갈 지경이었다고 했다. 그는 아스트로프로치아눔의 시동 장치를 켤 수 있는 단어를 알아맞히기 위해 30일 동안 노력했는데 왜냐하면 그 장치를 통해서만 허약하고 창백한 존재들의 차가운 지옥으로 나갈 수 있기 때문이었다. 마침내 창백한 존재들 사이에 도달하자 그들은 끈끈한 덫으로 그를 붙잡으려 했고 그의 머리에서 수은을 뽑아내거나 그의 회로를 단락시키려 했다. 그들은 보기 흉한 별들을 가리키며 그를 속이려 했으나 그

---

* 전기 공기 혹은 전기 공기압이라는 뜻이다.
** 라틴어로 '메두사의 머리'를 뜻하며, 메두사는 그리스 신화에 나오는 머리카락이 뱀으로 된 괴물이다.

자가유도자 에르그가 창백한 자를 물리친 이야기

것은 다만 가짜 하늘일 뿐이었고 진짜 하늘은 교활하게도 숨겨두었다. 그리고 그들은 고문을 통해서 그의 알고리즘을 알아내려 했으나 그가 모든 것을 견뎌내자 매복하고 있다가 그를 덮쳐 자철광 바위로 짓누르려 했다. 그는 곧바로 여러 얼굴 없는 자가유도자 에르그로 분화하여 쇠 뚜껑을 들어내고 밖으로 나와서 한 달 닷새 동안 창백한 자들에게 준엄한 심판을 내렸다. 창백한 괴물들은 마지막 발악으로 캐터필러가 달린 전차 탱쿤czołgun* 을 타고 그에게 덤볐으나, 그들에게 전혀 도움이 되지 않았는데 왜냐하면 그들은 전투의 열기 속에 쉬지 않고 자르고 찌르고 베다가 제풀에 지쳐 떨어졌기 때문인데, 결국 그들은 창백한 열쇠 도둑 무뢰한을 에르그의 발밑에 끌고 왔으며 에르그는 그의 흉악한 머리통을 잘라내고 시체의 내장을 끄집어 내 그 안에서 돌을 찾아냈는데 돌의 이름은 털위석**이라 했으며, 그 돌에는 창백한 존재들이 사용하는 흉포한 언어로 열쇠가 어디에 숨겨졌는지 새겨져 있었다. 자가유도자는 예순일곱 개의 하얗고 푸르고 루비처럼 붉은 태양들을 찢고 가른 끝에 마침내 올

---

*   폴란드어로 탱크인 'czołg'에 작가가 어미 'un'을 붙여 만든 단어다.
**   의학 용어로 위나 창자 안에서 털이 굳어 모인 덩어리를 뜻하며, 다른 말로는 '위창자털덩이'가 있다.

바른 태양을 갈라 열쇠를 찾아냈다.

　그는 돌아오고 나서는 자신이 겪은 모험과 헤쳐 나온
전투들을 떠올리고 싶어 하지 않았는데 왜냐하면 벌써
공주를 차지할 자격을 얻었고 결혼식과 대관식이 서둘러
치러졌기 때문이었다. 왕과 왕비는 대단히 기뻐하며 그
를 딸의 침전으로 데려갔는데 그곳에서 공주는 마치 잠
속에 잠겨 마치 바위처럼 침묵하고 있었다. 에르그는 공
주 위에 몸을 숙인 다음. 열려 있는 덮개 주위를 이리저
리 움직이고 나서, 덮개 안에 뭔가를 집어넣은 후에 돌렸
고 그러자 공주의 어머니와 왕과 궁정 사람들이 환호하
는 가운데 눈을 뜬 공주는 자신의 구원자에게 미소를 지
었다. 에르그는 덮개를 닫고 다시 열리지 않도록 접착제
로 붙였으며 덮개의 나사도 되찾긴 했는데 야타푸르그
황제 폴레안드르 파르토본과 결투하던 중 떨어뜨렸다고
설명했다. 그러나 아무도 여기에는 신경 쓰지 않았는데,
기실 그가 아무 곳에도 가지 않았다는 사실을 왕과 왕비
가 알아채지 못한 것은 안타까운 일이었다. 그는 모든 자
물쇠를 열 수 있는 조그만 도구를 소유하고 있어서 그 덕
분에 엘렉트리나 공주를 돌려 깨울 수 있었던 것이다. 그
러므로 그는 실제로 앞서 묘사한 모험을 하나도 겪지 않
았고, 잃어버린 열쇠를 가지고 너무 빨리 돌아온 것 같다

자가유도자 에르그가 창백한 자를 물리친 이야기

는 의심을 받지 않기 위해, 그리고 경쟁자들이 하나도 돌아오지 않을 것이라는 점을 확인하기 위해 1년 6주를 기다렸을 뿐이었다. 그리고 그 뒤에야 비로소 볼루다르왕의 궁정에 찾아가 공주를 되살리고 결혼해서 볼루다르의 왕좌에 앉아 오래오래 행복하게 지배했으며 자신의 거짓말을 절대로 들키지 않았다. 바로 이 점에서 우리가 동화가 아니라 진실을 이야기했다는 것을 알 수 있는데, 왜냐하면 동화에서는 언제나 미덕이 승리하기 때문이다.

비스칼라르왕의 보물

비스칼라르는 치프로지아의 왕이었으며 궁궐에 헤아릴 수 없는 보물을 모아둔 것으로 유명했다. 왕은 자신의 보물 창고에 백금과 황금, 우라늄과 플래티늄, 각섬석, 루비, 오닉스와 자수정으로 만들 수 있는 것이라면 무엇이든 다 가지고 있었다. 그는 무릎까지 쌓여 있는 보석과 귀금속 사이를 헤치고 다니며 자신이 소유하지 못한 귀한 물건은 없다고 말하기를 좋아했다.

왕의 이런 허영심에 대한 소문이 어느 저명한 조립가에게도 전해졌는데, 그는 한때 디아드와 트리아드 구상 성단의 지배자 비스모다르의 위대한 구성사이며 재단사였다. 조립가는 비스칼라르의 궁정으로 가서 왕을 직접 알현하게 해달라고 말했으며 왕좌가 있는 어전에서 왕이 거대한 두 개의 다이아몬드를 깎아 만든 난쟁이 상 위에 앉아 있는 것을 보고는 바닥에 깔린 황금 원판도, 원판 안을 두른 흑마노석도 쳐다보지 않고, 아무리 많은 보물 목록을 보여준다 하더라도 나, 위대한 조립가 크레아치우슈*는 왕의 보물 창고에 없는 보석을 곧장 보여줄 수 있다고 다짜고짜 왕에게 고했다.

"좋다."

비스칼라르가 말했다.

"하지만 네가 말한 대로 해내지 못한다면 나의 은銀 궁정에 너를 자석으로 끌고 다니고, 네 온몸에 황금 못을 박은 다음 네 해골을 이리듐으로 싸서 태양문에 걸어 허풍선이들에게 경고가 되도록 하겠노라!"

곧 140명의 전자서기들이 6년 동안 최고로 빠르게 기록하여 만든 왕의 소유물 목록을 대령했다.

크레아치우슈는 그 커다란 책을 검은 탑으로 옮겨가도록 명했는데, 검은 탑은 왕이 그에게 사흘 동안 지낼 곳으로 마련해 준 장소였고, 그는 그곳에 틀어박혀 있다가 다음 날 비스칼라르 앞에 나타났다. 왕은 그를 대접하면

---

*   창조자라는 뜻이다.

서 사방에 너무나 많은 보물을 늘어놓았는데 금빛과 흰 빛 번쩍임에 눈이 아플 지경이었다. 그러나 크레아치우슈는 여기에 상관하지 않고 모래나 흙 혹은 쓰레기 한 통을 가져다 달라고 청했다. 부탁대로 이루어지자 그는 회갈색 흙과 모래를 황금 마룻바닥에 쏟은 뒤 두 손가락에 들고 있던 물건으로 그것을 건드렸는데, 그 물건은 너무나 가늘어서 꺼지지 않는 불꽃과 비슷해 보였다. 불꽃은 곧바로 흙모래 더미에 옮겨붙었고 비스칼라르가 놀라서 바라보는 가운데 크레아치우슈는 흙모래 더미를 움직이는 보석으로 만들었는데, 보석은 반짝이며 진동하고 쟁그랑거리며 자라나서 점점 더 커지고 아름다워져 주변을 둘러싼 보석의 죽은 아름다움에 비할 수 없게 되었으며, 그 자리에 있던 모든 사람들은 그 지나친 아름다움이 너무나 눈부신 데다 점점 더 강렬하게 아름다워져서 더 이상 견딜 수 없게 되어 눈을 감았다. 왕도 마찬가지로 얼굴을 가리고 소리쳤다.

"됐다!"

그러자 조립가 크레아치우슈는 고개 숙여 절하고 이번에는 검은 불길을 활짝 꽃핀 불의 보석 위에 놓았으며 그러자 그것은 한순간에 그저 불탄 흙모래 무더기로 돌아가 버렸다.

그 광경을 지켜보던 비스칼라르왕은 거대한 분노와 질투심에 사로잡혔다.

"네가 나를 능욕했으니 형벌을 내리겠노라."

왕이 말했다.

"그러나 짐이 속임수를 써서 너를 옥에 가두고 짐이 스스로 했던 말을 번복해 거열형을* 내렸다는 소문이 돌지 않도록 세 번의 시험을 치르겠다. 세 번 모두 통과한다면 네가 무사히 자유롭게 떠날 수 있도록 해주마. 그러나 만약 시험에 통과하지 못한다면 왕의 진노가 내릴 것이다, 낯선 방문객이여!"

크레아치우슈는 평온하게 선 채 아무 말도 하지 않았고 비스칼라르는 말을 이었다.

"그럼 첫 번째 시험을 내리마. 네가 스스로 자랑한 대로 무엇이든 할 수 있다면 오늘 밤 나의 지하 보물 창고에 들어가라. 그 핵심까지 들어갔다는 증명을 할 수 있도록 미리 너에게 말하노니 보물 창고에는 네 개의 층이 있다. 그 마지막 층은 눈처럼 하얗고 텅 비어 오로지 다이아몬드 달걀 하나만 놓여 있는데, 그 달걀은 안을 깎아내고 금속 덩어리를 넣어두었다. 정확히 내일 정오에 궁

---

*   소나 말에 죄수를 묶어 몸을 조각내는 형벌이다.

궐로 와 짐에게 그 금속 덩어리를 보여주어라. 이제 가도 좋다."

크레아치우슈는 절하고 물러 나왔다. 한편 잔혹한 비스칼라르는 조립가의 허를 찌르기 위해 이런 시험을 내렸는데, 왜냐하면 조립가가 보물 창고에 들어가는 데 성공한다 하더라도 금속 덩어리는 순수한 라듐으로 만들어져 무시무시한 방사능의 벽으로 불타고 있어, 누구든 천 걸음 거리에서도 그 방사능으로 인해 머리가 이상해지는 탓에 덩어리 전체를 들고 나올 방법은 없기 때문이었다.

밤이 되자 크레아치우슈는 탑에서 나와 궁궐로 향해, 성가퀴 사이에 줄줄이 늘어서 소리치는 경비병들로부터 멀리 떨어진 곳에서, 겨드랑이 아래로 손을 뻗어 조그만 상자를 꺼낸 다음 손바닥을 펼쳐 자그마한 우윳빛 불꽃 세 개를 올려놓은 뒤 입으로 불었다. 세 개의 불꽃은 밝은 진줏빛으로 하얗게 부풀어 올라 무장한 경비병들을 구름처럼 감쌌고, 이내 너무나 짙은 안개로 변해 한 걸음 거리에서조차 아무것도 볼 수 없게 되었다. 크레아치우슈는 경비병들 사이를 지나 계단을 내려갔고, 천장은 옥수*, 벽은 금록석, 바닥은 에메랄드로 된 방에 도착했으

* 석영의 일종이다.

며, 그 방 맞은편에 자리한 연푸른빛 보물 창고의 문을 발견했는데 마치 보석 바위 사이의 호수처럼 연푸른빛을 띠고 있었다. 까만 절지동물형 기계가 그 앞을 지키고 서 있었으며, 기계의 등 위에서는 달아오른 유리처럼 공기가 휘어져 아지랑이가 피어올랐다.

"대답해 보아라."

기계가 말했다.

"벽도 담벼락도 창살도 없는데 아무도 그곳을 떠난 적 없고 떠날 수도 없는 장소가 어디인가?"

"그 장소는 우주다."

크레아치우슈가 답했다.

기계는 여덟 개의 다리 위에서 흔들거리기 시작하더니 바닥의 에메랄드 판 위에 쓰러졌고, 그 바람에 너무나 큰 굉음이 났는데 그 소리는 마치 누군가가 여러 개의 시계를 묶어놓았던 사슬을 끊어서 그 시계들의 무게가 전부 수정 위로 떨어진 것만 같았다. 크레아치우슈는 기계 위를 넘어가 예의 조그만 상자에서 보라색 불꽃을 꺼냈고 보물 창고 문에 다가갔는데, 그 문은 티타늄 한 덩어리로 만든 것이었다. 그는 불꽃을 날렸고 그러자 불꽃은 반짝이며 빙빙 돌다가 자물쇠 구멍 속으로 파고들었다. 잠시 후, 자물쇠 구멍으로부터 새하얀 싹이 솟아났다. 크레아치우슈는 그것을 살짝 잡아당겨 덩굴 같으면서도 악기의 현絃 같은 한 다발을 뽑아냈는데, 그것은 빛을 발하며 넓게 펼쳐졌다. 크레아치우슈는 그것을 들여다보고 그 안에 적혀 있는 내용을 읽었다.

'원자 자물쇠를 보물 창고에 설치하는 방법을 알다니 굉장한 장인이 비스칼라르를 섬기고 있군.'

그는 생각했다.

그 보물 창고의 열쇠란 다름이 아니라 원자구름이었기 때문이다. 이 기체 열쇠는 대단히 희귀한 원소들인 하프늄, 테크네튬, 니오븀, 지르코늄으로 만들어졌는데, 이 열쇠를 자물쇠 구멍으로 불어넣으면 원자들이 날름쇠의 정해진 순서에 따라 돌아가고 그러면 거대한 볼트들이 전류에 의해 밀려나 바닥으로 들어가는 것이었다. 조립가는 어둠 속에서 보물 창고 입구로 나왔고, 도시를 떠나 행성의 산 위로 올라가 별들 아래에서 작업에 필요한 원자들을 모으기 시작했다.

"지금 나는 니오븀 6000만 개를 모았다."

그는 새벽 어스름을 앞둔 시간에 혼잣말로 말했다.

"여기에 지르코늄 10억 하고도 일곱 개, 하프늄 116개를 모았지만, 이 행성에 테크네튬은 원자 한 알도 없는데 대체 어디에서 가져온단 말인가?"

그는 하늘로 시선을 돌렸고 이미 동녘에선 첫 새벽 노을이 떠오르는 태양을 예견하며 타오르는 중이었는데, 그러자 조립가는 갑자기 웃음을 터뜨렸다. 바로 그에게 필요한 원자들이 태양에 있다는 사실을 깨달았기 때문이었다. 교활한 비스칼라르는 태양이라는 행성 속에 자기 보물 창고 열쇠를 감추어 두었던 것이다! 크레아치우슈는 옆구리의 상자 속에서 비가시광선을 꺼내어 (그것은 가장 단단한 광선들 중 하나였다.) 손바닥 위에 놓고 떠오르는 태양의 흰빛 속으로 날려보냈다. 광선은 쉭 소리를 내고는 사라졌다. 채 15분이 지나기 전에 하늘의 공기가 떨리기 시작했는데 그것은 태양에서 발생한 태양열 안에 테크네튬이 들어 있기 때문이었다. 조립가는 마치 시끄러운 곤충을 잡듯이 그것을 낚아채 나머지와 함께 상자 안에 넣었고, 이젠 시간이 다 되었기에 궁궐로 향했다.

안개는 여전히 짙었고 그리하여 경비병들은 그가 지하실로 달려가 기체 열쇠를 자물쇠 안에 불어넣는 동안 아무것도 보지 못하였다. 몸을 숙인 그는 날름쇠가 차례대로 움직이는 소리를 들었으나, 문은 꿈쩍도 하지 않았다.

"네가 실수한 것이냐, 불꽃이여? 그 대가로 내 목이 잘릴 수도 있다!"

문을 향해 소리친 크레아치우슈는 화가 치민 나머지

주먹으로 문을 두드렸으며, 그러자 태양에서 뽑아내어 아직 미처 식지 않아 제 길을 찾아 들어가지 못했던 마지막 테크네튬 원자가 고집스러운 날름쇠를 돌렸고, 마침내 두껍고도 커다란 보물 창고 문이 조용히 열렸다.

크레아치우슈는 안으로 달려가, 소금 가득한 바다를 떠올리게 하는 녹색 에메랄드 방을 지났고, 두 번째로 마치 하늘을 그대로 가져온 듯한 사파이어 방을 통과해, 세 번째로 무지갯빛 가시에 눈이 찔릴 듯한 다이아몬드 방을 지나쳤고, 눈처럼 새하얀 방 안에 서서 다이아몬드 달걀을 바라보았으나 방사능이 너무 강해 즉시 머릿속이 어지러워졌으므로, 그제야 왕의 계책을 알아차리고 문가에 무릎을 꿇은 후 웅크렸다.

그는 상자 속을 손으로 더듬어 회색 광선과 밤처럼 새까만 광선을 끄집어냈고, 이 광선들은 퍼져서 깃털 같은 벽을 만들어 그를 둘러쌌으며, 그렇게 그는 다이아몬드 달걀을 향해 걸어갔다. 그리고 마치 들쭉날쭉한 구름에 둘러싸인 듯한 모습으로 돌아온 그의 손에는 방사성 라듐 덩어리가 들려 있었고, 그는 보물 창고의 문을 닫은 뒤 쏜살같이 궁궐로 향했는데, 도시의 커다란 시계탑이 12시를 알리기 시작했고, 비스칼라르왕은 이 가짜 조립가를 어떻게 자석에 매달아 끌고 다닐지 생각하며 기대감에 부푼 채 손을 비비고 있었기 때문이었다. 그러나 조립가의 발소리가 울려 퍼지자 밝은 빛이 터져 나왔는데, 바로 크레아치우슈가 어전으로 들어와 바닥에 라듐 덩어리를 내려놓으니, 라듐이 왕좌 발치까지 굴러갔고 그 지나간 길에서 보석들의 광채가 시들어 침묵의 방사능 속에 벽들이 새까맣게 변했기 때문이었다. 왕은 몸을 떨면서 벌떡 일어나 왕좌 뒤로 몸을 숨겼다. 무시무시하게 타오르는 라듐 덩어리를 왕좌가 있는 어전에서 끌어내기 위해서는 마흔 명의 가장 강력한 전자기사들이 납 갑옷으로 몸을 두르고 네 발로 천천히 기어 덩어리에 다가가 창 끝으로 밀어내야만 했다.

그때야 비스칼라르왕은 크레아치우슈가 첫 과제를 성공적으로 해냈음을 인정해야 했으며 왕의 마음속에서 끓어오른 분노는 그 무엇에도 비할 수 없었다.

"두 번째도 해내는지 두고 보자."

왕이 말했다.

왕은 당장 그를 허공유영선에 태워 달로 보내도록 명령했다. 달은 황폐한 구체였으며 벌거벗은 해골과 같았고 험한 바위들이 입을 벌리고 있었다. 여기서 허공유영선 지휘관은 크레아치우슈를 바위 위에 내던지고 이렇게 말했다.

"할 수 있다면 여기서 벗어나 봐라, 그리고 내일 정오까지 왕의 어전에 대령하렷다! 그렇게 하지 못하면 너는 죽는다!"

비록 누구도 크레아치우슈를 찾아와 괴롭히거나 처벌하지 않았지만 이토록 무시무시한 황무지에서는 아무리 그라 하더라도 오래 버틸 수는 없기 때문이었다. 혼자 남게 되자 크레아치우슈는 자신이 던져진 적대적인 환경을 관찰하기 시작했다. 광선이 든 상자를 꺼내려 옆구리를 만졌으나 상자는 그곳에 없었다. 그가 잠들었을 때 왕의 명령에 따라 병사들이 그의 옷을 뒤져 구원의 상자를 훔쳐간 것이 분명했다.

"좋지 않군."

그는 혼잣말을 했다.

"하지만 아주 나쁘다고도 할 수 없어. 내가 완전히 패배하는 건 저들이 내 이성을 훔쳐가는 경우뿐이니까!"

달에는 바다가 있었으나 완전히 말라붙은 뒤였다. 조립가는 규질암 바위를 날카롭게 갈아서 얼음을 깨뜨려 얼음덩어리를 쌓아올렸고, 일종의 높은 탑을 만들었다. 그런 뒤에 얼음덩어리 하나를 렌즈 모양으로 깎았고, 그것으로 태양광을 모아 얼어붙은 바다 표면에 비추었는데, 불꽃 속에서 곧 물이 나타나자 크레아치우슈는 그 물을 손으로 모아서 얼음 탑에 뿌렸다. 물은 뚝뚝 떨어지며 얼어붙어서 얼음덩어리를 하나로 이어 붙였고, 탑에는 반짝거리며 매끈매끈한 껍질이 씌워졌다. 얼마 지나지 않아 조립가는 하얀 얼음으로 지은 수정 로켓 아래 서 있 게 되었다.

"선박은 이미 만들었다."

그가 말했다.

"이제 동력만 있으면 되겠군…."

그는 달을 온통 뒤졌으나 우라늄을 비롯한 다른 어떤 강력한 원소도 흔적조차 찾지 못했다.

"큰일이군."

그가 중얼거렸다.

"달리 방법이 없으니 내 이성을 조금 덜어 내야겠 다…."

그리고 그는 자기 머리를 열었다. 그의 뇌는 물질이 아 니라 반물질로 이루어져 있었고 그 생각하는 수정 반구 와 두개골 안벽 사이에 있는 아주 얇은 자성 반발력의 막 이 유일하게 그의 존재를 유지해 주고 있었다. 크레아치 우슈는 얼음 벽에 구멍을 뚫고 로켓 안으로 들어가서 벽 의 구멍을 막은 뒤 물을 부어 입구를 얼어붙게 하고, 얼 음 바닥에 앉아 머리에서 부서뜨린 모래알처럼 조그만 가루들을 자기 아래의 얼음을 향해 던졌다.

즉시 무시무시한 섬광이 그의 얼음 감옥을 뒤덮었고 로켓 전체가 떨렸으며 로켓 바닥에 파낸 구멍을 통해 불길이 솟아나왔고 로켓은 공중으로 솟아올랐다. 그러나 그 추진력은 오래 지속되지 못했다. 크레아치우슈는 또다시, 심지어 서너 차례 더 머리를 열어 이성을 꺼내야 했는데, 뇌가 작아지면서 얼마간 쇠약해지는 것을 느끼며 점점 불안해졌다. 그러나 바로 그동안에 로켓은 행성 대기권에 도달하여 하강하기 시작했고 대기와의 마찰로 녹아서 점점 작아졌지만, 또 점점 천천히 떨어지기 시작해 마지막에는 로켓이었던 고드름 한 조각만 타버린 채로 남았고, 그러나 바로 그 순간에 크레아치우슈는 단단한 땅에 자기 발로 서 있었으며 머리를 닫고 가다듬은 후 서둘러 궁궐로 향했는데, 왜냐하면 이미 시간이 다 되어 시계들이 12시를 알리기 시작했기 때문이었다.

크레아치우슈가 어전에 당도하자, 못 박힌 듯 우뚝 서 있던 왕의 뺨과 눈은 뜨겁게 불타올랐으며, 이마는 끓어오르는 분노로 달아올라 거무스름해졌는데, 크레아치우슈에게서 보조 도구로 활용하던 광선들을 빼앗았으니 이제 그가 다시는 돌아오지 못하리라 확신하고 있었기 때문이었다. 그에게서 빼앗은 광선들은 상자와 함께 보물 창고에 보관하도록 왕이 직접 명령했다.

"좋다!"

왕이 말했다.

"두 번째도 성공했다고 치자! 이제 세 번째 과업을 줄 텐데 이건 짐의 생각에 꽤나 쉬운 일이다…. 도시의 성문을 열어줄 터이니 너는 달려가라. 그리고 내가 사냥용 로봇 개 한 무리를 풀어 너를 쫓게 해, 로봇들의 강철 이빨로 너를 조각조각 부수도록 하겠다. 로봇들을 피해서 내일 이 시간에 내 앞에 선다면 너는 자유로운 몸이 될 것이다!"

"좋습니다."

조립가가 대답했다.

"그런데 우선 핀을 하나만 주십시오…."

왕은 웃음을 터뜨렸다.

"그렇게 하지, 짐이 자비롭지 않아 너의 청을 거절했다는 말은 듣고 싶지 않으니까. 당장 이자에게 황금 핀을 내리도록 하라!"

"아닙니다, 자비로우신 폐하!"

크레아치우슈가 대답했다.

"평범한 쇠 핀을 주십시오…."

크레아치우슈는 핀을 얻자마자 도시를 뛰쳐나갔는데

너무나 빠른 나머지 그의 머리 주위에 바람이 휘몰아칠 정도였다. 왕은 방호벽 뒤에서 그가 무척이나 서두르는 모습을 보며 아무것도 저 조립가를 도와줄 수 없다고 확신하고는 심술궂게 웃었다. 한편 크레아치우슈는 달리면서 발로 모래를 흩뿌렸고 계속 서쪽으로 움직였다. 이렇게 해서 그는 행성의 자력선들을 건너갔고 그리하여 그의 쇠 핀은 곧 자성을 가득 띠게 되어, 옷에서 풀어낸 실에 핀을 매달자 핀이 돌기 시작하더니 북쪽을 가리켰다.

"내가 이제 나침반을 가지게 되었으니 잘된 일이다."

조립가는 말하자마자 귀를 쫑긋 세웠는데, 바람결에 추적자들의 발소리가 들려왔기 때문이었다.

쇠 로봇들 한 무리가 거대한 턱과 뾰족한 철갑을 달고 성문으로 달려나와 그의 흔적을 쫓기 시작했고 그는 지평선에서 뭉게뭉게 일어나는 먼지구름을 보았다.

크레아치우슈가 말했다.

"내 불꽃들만 가지고 있었어도 너희들을 얼른 해치워 줬을 텐데, 나를 쫓아오는 이 쇳덩이들아, 하지만 이대로도 어떻게든 너희를 처리할 수 있단다, 이 조그만 핀이 있으니까!"

그리고 그는 핀의 움직임을 눈여겨보면서 가능한 가장 빠르게 달리기 시작했다. 왕의 사냥꾼들은 그의 흔적을 따라 로봇 사냥개들을 아주 잘 몰았기에 로봇들은 마치 혜성처럼 곧장 달려갔다. 뒤를 돌아본 조립가는 로봇 사냥개들이 추적 용도로 제작되어 장력이 높고 작동이 빨라 자신을 금세 따라잡으리라는 것은 알았다. 그가 달리면서 차낸 모래 구름 사이로 불그스름한 태양이 보였고, 로봇 개들의 톱니바퀴가 사납게 돌아가는 소리가 들려왔다.

"뭔가 텅 빈 나라다."

조립가가 혼잣말을 했다.

"하지만 보아하니 어딘가 가까운 곳에 분명 철광석 광산이 있을 거야⋯."

쇠 핀이 이제까지 이제까지 가리키던 북쪽에서 약간 벗어난 방향을 가리킴으로써 광산의 위치를 알려주었다.

그래서 그는 그쪽으로 방향을 틀어 아주 오래전에 버려진 광산의 갱도를 재빨리 들여다보았다. 높은 산의 절벽에서 떨어지는 돌멩이조차도 그가 그 검은 심연 속으로 뛰어든 속도만큼 빠르지는 못했을 텐데, 다만 머릿속의 수정이 깨지지 않도록 옷자락으로 머리를 감쌌다.

로봇들은 텅 빈 갱도 위로 달렸고, 그의 흔적을 찾으며 쇠 목소리로 모두 동시에 고함치다가, 한꺼번에 그를 쫓아 갱도에 뛰어들었다.

한편 조립가는 벌떡 일어나서 자철광 바위로 다져진

갱도 바닥을 질주했는데 그 방식은 아주 특이했다. 잔걸음으로 종종거리기도 하고, 즐거운 듯 펄쩍 뛰기도 하고, 춤추듯이 발을 구르기도 하고, 발굽을 땅에 부딪쳐 불꽃을 일으키기도 하고, 손수건을 펼쳐 바위를 때리기도 했는데, 그리하여 쇠녹이 먼지처럼 일어나 하나의 구름이 되어 바위 갱도를 가득 채웠다. 그 구름 속으로 달려든 로봇의 사지에는 곧 가느다란 쇳가루가 스며들었고, 이로 인해 로봇들의 관절은 삐걱거리기 시작했는데, 그들의 무거운 뇌 덩어리까지 잠식당한 바람에 눈에서는 불꽃이 튀어올랐으며, 끝내 집전장치와 접점과 계전기들까지 쇳가루로 뒤덮였고, 마치 딸꾹질을 하듯 회로가 끊겼다 이어지는 탓에 휘청거리던 로봇들은 점점 달리는 속도가 느려지더니, 몇몇은 완전히 멍청해져 벽에 이마를 들이받은 끝에 철갑 얼굴이 터져 나가 전선이 튀어나오기도 했다. 그리고 로봇 하나가 쓰러지면 다른 로봇이 그를 짓밟았고 그러다가 결국 자기도 넘어졌다. 하지만 남은 로봇들이 계속 크레아치우슈를 뒤쫓았는데, 크레아치우슈는 계속해서 쇳가루 먼지를 일으켰다. 그는 1밀리미터도 앞서가지 못했으나 이제 그의 뒤에는 망가진 로봇 세 대만 쫓아오고 있었고, 그 세 대마저도 술취한 듯 비틀거리며 마치 누군가 빈 쇠통을 내던지기라도 하는 양

시끄러운 소리를 내면서 서로 부딪쳐 댔다.

조립가는 어둠 속에 멈추어 서서 로봇 두 대가 자신을 쫓아오는 것을 보았는데 이 로봇들은 다른 기계보다 머리 부분이 단단했다.

"아주 교묘하게 만들어진 사냥개들이군."

그가 혼잣말을 했다.

"단지 두 마리만 먼지를 두려워하지 않다니! 하지만 저 두 대도 마저 처리해야지…."

그는 땅에 엎드려 쇳가루를 온몸에 뒤집어쓰고 쫓아오는 로봇들을 향해 달려가며 고함쳤다.

"서라, 비스칼라르왕의 명령이다!"

"너는 누구냐?"

첫 번째 로봇이 묻고 강철 코로 공기를 들이마셨으나 그저 쇠 냄새만 맡을 뿐 그 이상은 아무것도 느끼지 못했다.

"나는 강화 로봇, 전류로 원격 조종되고 사방을 리벳*으로 고정하고 두들기고 전선을 감았지, 리벳을 쭉 펴고 서보아라, 곧 강철로 만든 그 네 개의 눈으로 내가 얼마나 대단한 무장 전사인지 알게 되리라, 내 강철 영혼이 얼마나 번쩍이는지, 무쇠 로봇 둘을 앞에 마주하고도 말

---

*   금속판 따위를 이어붙이는 데 쓰는 머리 부분이 두툼한 굵은 못이다.

이지, 코일을 단단히 감거라, 이건 양철 장난감이 아니니라, 내 말을 듣지 않는다면, 너희의 전자목숨을 거둬주겠노라!"

로봇들은 조립가의 운율에 완전히 어리둥절해져서 물었다.

"그럼 우리가 대체 어떻게 해야 하지?"

"무릎을 꿇어야 한다!"

조립가가 설명했다.

그러자 두 로봇은 땅에 웅크렸고, 조립가는 즉시 그 위로 몸을 숙여 하나씩 차례로 머리에 쇠 핀을 꽂았으며, 그러자 떨리는 불꽃의 보라색 섬광이 바위 벽을 밝혔다. 두 로봇 모두 회로가 차단되어 철그럭거리면서 쓰러져 버렸다.

"비스칼라르는 분명 내가 돌아온다면 혼자 돌아올 거라 생각하겠지."

크레아치우슈는 중얼거리다가 로봇들에게 차례로 다가갔다.

그는 로봇들의 머리를 하나씩 열고 쇠 전선들을 다시 연결했으며 그리하여 로봇들이 모두 깨어나자 오로지 그의 말에만 복종하게 되었다. 그러자 그는 자기 군대의 선두에 서서 수도를 향해 진군했다. 그곳에서 자신의 강철 노예들에게 궁궐에 들어가 왕을 붙잡으라고 명령하여 왕위를 빼앗았고, 잔혹한 지배자의 백성들에게 보물 창고를 개방했으며, 그리하여 백성들이 행복해진 뒤에 같은 백성들 사이에서 스스로 더 자격 있는 왕을 선택하라고 조언했다. 그리고 크레아치우슈는 충직한 광선들이 들어 있는 상자를 되찾은 뒤 별들이 촘촘히 박힌 까만 길을 떠나 지금까지 그 길을 돌아다니고 있으므로 우리에게도 조만간 분명히 찾아올 것이다.

두 괴물

옛날 옛적 길 없는 어둠 속, 은하계의 극지방에 있는 외로운 섬 같은 별에 6성계가 있었다. 여섯 개의 태양 중 다섯 개는 혼자서 회전했고 마지막 하나는 불타는 바위와 벽옥 색깔 하늘로 이루어진 행성을 가지고 있었으며 이 행성에서 아르겐스, 즉 은인銀人들의 강력한 국가가 생겨났다.

검은 산 사이의 하얀 평원 위에 그들의 도시 일리다르, 비즈말리아, 시날로스트가 펼쳐졌는데, 가장 아름다운 도시는 은인들의 수도 에테르나로, 낮에는 하늘색 빙산과 같았고 밤에는 볼록한 별과 같았다. 공중 성벽이 유성으로부터 에테르나를 보호했고 도시에는 황금처럼 선명

두 괴물

한 녹옥수와 전기석과 흑수정으로 주조하여 우주 공간보다 더욱 검은 건물들이 가득 들어섰다. 그러나 가장 아름다운 건물은 아르겐스 왕족의 궁궐이었는데, 시선과 관념에 한계를 두고 싶지 않았던 건축가들이 네거티브 건축법에 따라 지은 만큼 궁궐은 허상이었고 수학적이었으며 천장도 지붕도 벽도 없었다. 그 궁궐에서 에네르그 왕가가 행성 전체를 다스렸다.

트레오파스왕이 이끄는 아즈메야의 시데리아인들이 하늘에서 에네르그 왕가의 왕국을 소행성으로 공격한 탓에 금속으로 이루어진 비즈말리아는 단번에 무덤이 되었는데, 이 외에도 은인들은 여러 차례 패배를 겪었다가, 다두정치多頭政治 체제의 지배자 중 거의 모든 것을 아는 젊은 일로락스왕이 가장 현명한 천체기술자들을 불러모아 행성 전체를 자기장 소용돌이와 중력 해자로 둘러싸도록 함으로써 시간의 흐름을 무척이나 빠르게 만들었는데, 어떤 경솔한 침략자인들 행성 안으로 들어서기만 하면 1억 년이나 혹은 그 이상의 시간이 흘러 도시들의 광채를 미처 보기도 전에 늙고 가루가 되어 흩어져 버렸다. 이 보이지 않는 시간의 심연과 자기장 울타리가 행성에 접근하는 길을 너무나 잘 막아낸 덕분에, 비로소 은인들은 반격을 시작할 수 있었다. 그리하여 그들은 아즈메야로 향해 그곳의 하얀 태양을 방사선 발사기로 폭격하고 공격한 끝에 태양 안에다 핵 화재를 일으키는 데 성공했다. 태양은 초신성이 되어 시데리아인들의 행성과 함께 불길에 휩싸여 모든 것이 전부 재가 되었다.

그 뒤에는 몇 세기 동안 완전히 평화로웠으며 은인들은 질서와 풍요를 누렸다. 왕가의 혈통은 끊어지지 않았으며 에네르그 왕가의 지배자는 모두 왕좌에 앉게 되면 대관식 날 허상 궁궐의 지하에 내려가 죽은 전임자의 손에서 은 왕홀王笏을 받았다. 그것은 보통 왕홀이 아니었다. 수천 년 전 그 왕홀에는 이런 말이 새겨졌던 것이다.

> 만약 괴물이 불멸이라면 그는 존재하지 않거나 둘이 있나니, 모든 것이 실패한 경우 나를 산산이 부숴버려라.

왕국 전체는 물론이고 에네르그 왕가의 궁정에서도 이 문장이 무슨 뜻인지 아무도 알지 못했는데 왜냐하면 그 기원에 대한 기억은 이미 몇 세기 전에 닳아 사라졌기 때문이었다. 인히스톤왕의 치세 때에야 비로소 변화가 찾아왔다. 행성에 알 수 없는 거대한 생물이 나타났으며 이내 그 무시무시한 명성은 행성의 양 반구에 곧 알려졌다.

그 괴물을 가까이서 본 자는 아무도 없었는데, 왜냐하면 그렇게 대담한 자는 그 뒤로 영영 돌아오지 못했기 때문이었다. 이 생물이 어디에서 왔는지도 전혀 알려지지 않았다. 장로들은 이 괴물이 소행성으로 부서진 비즈말리아에 남아 있던 거대한 잔해와 오스뮴과 탄탈룸으로 만들어진 망가진 종들 속에서 기어 나왔을 것이라고 주장했는데 왜냐하면 비즈말리아는 이후 재건되지 않았기 때문이었다. 장로들이 말하기를 아주 오래된 자석 잔해들 속에는 악한 힘이 잠들어 있으며, 금속에는 숨겨진 전류가 있어 접촉하면 가끔 돌풍을 일으키는데 그 돌풍 속에 끽끽 소리내며 굴러다니는 금속판과 묘지 잔해의 죽은 움직임 속에서 생각할 수 없는 괴물이 생겨나고, 그 괴물은 산 것도 죽은 것도 아니며 할 줄 아는 것은 오직 하나, 무한한 파괴의 씨앗을 뿌리는 것뿐이라 했다. 또는 다른 사람들이 말하기를 그 괴물을 만들어 낸 힘은 악한 행동과 생각에서 비롯되며, 그런 행동과 생각은 마치 오목거울처럼 행성의 니켈 핵에 반영되어 한곳에 모였고, 금속뼈대와 낡고 헐어 빠진 조각들을 마구 끌고 다니다가 마침내 괴수의 모습으로 자라난다고 했다. 그러나 학자들은 이런 소문들은 그저 옛날이야기라고 비웃었다. 어찌되었든 괴물은 행성을 폐허로 만들었다. 처음에 괴물은

로봇 동화

큰 도시들을 피해서 외딴 마을부터 공격해 흰색과 연보라색 열기로 마을을 파괴했다. 좀 더 대담해지고 나서는 수도 에테르나의 탑에서도 지평선을 따라 미끄러져 사라지는 산 능선과도 같은 괴물의 등줄기와 등껍질의 쇠에 반사되는 햇빛을 볼 수 있었다. 모험가들이 괴물을 잡으러 나섰으나 괴물은 그저 쉼호흡 한 번에 무장 기사들을 증기로 만들어 버렸다.

두려움이 모두를 뒤덮었고 인히스톤왕은 학식 높은 자들을 불러들였으며, 그들은 사물을 가장 선명하게 판별하기 위해 서로 머리를 직접 연결한 채 밤낮으로 궁리한 끝에, 오로지 독창성만이 괴물을 섬멸하는 길이라 선언했다. 그리하여 인히스톤은 위대한 왕실 인공지능사와 위대한 으뜸역동사와 위대한 관념사가 함께 궁리해 괴물을 정벌하러 나설 전자기사를 개발하도록 했다.

그러나 그들은 각자 다른 개념을 가지고 있어 서로 뜻을 모을 수가 없었으므로 전자기사 세 대를 만들었다. 첫번째는 구리거인으로 마치 산을 깎아 만든 듯한 크기에 지각 장치를 탑재했다. 사흘에 걸쳐 구리거인의 기억 저장 장치에는 살아 있는 은이 주입되었고, 그동안 그는 고정 장치에 빽빽하게 둘러싸인 채 누워 있었으며, 그의 몸 안에서는 전류가 마치 백 개의 폭포처럼 포효했다. 두 번째는 수은머리였는데, 이 역동적인 전자거인은 하나의 형상으로 유도되곤 했지만 무시무시하게 빠른 속도로 움직임으로써 돌풍에 휩쓸린 먹구름처럼 다시 형체를 바꿀 수 있었다. 세 번째는 관념사가 비밀 도안에 따라 오직 밤에만 작업에 착수해 창조했으므로, 누구도 그것을 알지 못했다.

작품을 완성한 왕실 인공지능사가 구리거인의 고정 장치를 해체했을 때, 구리거인이 팔다리를 뻗자 도시 전체의 모든 수정 천장들이 쨍그랑거렸다. 천천히 무릎을 꿇자 땅이 흔들렸고, 일어서서 몸을 한껏 펴자 머리가 구름에 닿아 앞을 보는 데 방해가 될 지경이었으므로, 그는 구름을 데워서 끓어오르게 만들었고 그러자 구름은 그의 눈앞에서 물러났다. 구리거인은 마치 붉은 금처럼 반짝였고, 그의 발걸음은 거리의 돌판을 뚫고 들어갔으며, 얼굴판에는 녹색 눈이 두 개 달려 있었고 세 번째 눈은 감겨 있었는데, 그 눈의 눈꺼풀 판을 옆으로 치우면 바위도 태워버릴 수 있었다. 구리거인이 한 걸음, 두 걸음 걷자 불꽃처럼 번쩍이는 모습으로 이미 도시를 벗어나 있었다. 400명의 아르겐스들이 서로 손을 잡고 늘어서야만 마치 골짜기와 같은 그의 발자국을 간신히 둘러쌀 수 있었다.

창문에서, 탑에서, 유리창을 통해서, 성벽의 총안을 통해서 아르겐스들은 그를 지켜보았고, 구리거인은 저녁 노을을 향해 멀어져 갔으며 노을을 배경으로 점점 까맣게 보였고, 그러다 평범한 아르겐스 정도의 키로 보이게 되었을 때는 행성이 둥글기 때문에 몸통과 다리는 이미 사람들의 눈에 보이지 않았고 지평선상에 어깨 위만 남아 있었다. 불안한 기다림의 밤이 찾아왔고 사람들은 싸우는 소리나 빨간 섬광을 예상했지만 아무 일도 일어나지 않았다. 새벽녘이 되어서야 마치 아주 멀리서 돌풍이 부는 것 같은 둔한 소리가 바람에 실려왔다. 그리고 해가 뜨자 다시 주변이 조용해졌다. 갑자기 하늘에 수백 개의 태양이 한꺼번에 불타는 것 같았고 에테르나 위로 불타는 유성 무리가 떨어져 내렸다. 궁궐이 짓이겨지고 성벽은 조각조각 부서지면서 그 아래 불행한 사람들을 깔아뭉갰고 사람들은 절망적으로 도움을 청했으나 그들의 무용한 외침은 밖에 들리지도 않았다. 그리고 구리거인은 돌아왔는데, 괴물이 그를 부수고 자른 다음 조각들을 대기권 위로 던져 올렸기에 이제 한 조각씩 떨어져 귀환하는 중이었고, 떨어지면서 녹아내려 수도의 4분의 1을 폐허로 만들었다. 이것은 무시무시한 패배였다. 이후 이틀 낮과 이틀 밤 동안 하늘에서 구리 비가 내렸다.

그러자 담대한 수은머리가 괴물을 향해 나섰는데, 수은머리는 상처를 입을수록 더욱 튼튼해졌으므로 무적의 영웅과도 같았다. 타격을 입으면 그는 부서지지 않고 반대로 응결했다. 사막 위를 돌아다니던 수은머리는 산악 지대에 도착해, 산맥 사이에서 괴물을 발견하고, 바위 능선 위에서 괴물을 향해 굴러 내려갔다. 괴물은 움직이지 않고 수은머리를 기다렸다. 굉음 속에 하늘과 땅이 흔들렸다. 괴물은 새하얀 불꽃의 벽이 되었고 수은머리는 그 벽을 삼키려는 새까만 입이 되었다. 괴물은 날아오르며 그를 꿰뚫었고, 불꽃의 날개를 단 다음 방향을 돌려 괴물답게 후려치고 나서, 다시 수은머리를 뚫고 지나갔으나 아무런 해도 끼치지 못했다. 두 거인이 싸우는 먹구름 속에서 보랏빛 번개가 터져 나왔으나 천둥소리는 들리지 않았는데, 거인들이 싸우는 굉음이 천둥소리를 덮어버렸기 때문이었다. 꿰뚫고 때리는 방식으로는 아무것도 얻을 수 없다는 사실을 깨달은 괴물은 외부의 모든 열기를 자기 안으로 빨아들여 몸을 평평하게 펼치고 자신을 물질의 거울로 만들었다. 그 거울은 앞에 서는 것을 무엇이든 다 비추었으나 반영이 아닌 실재의 모습으로 보여주었다. 수은머리는 거울 속에 비추어진 자신의 모습을 보고 자기 자신을 때리고 거울 속 반영인 자신과 싸웠으나 자기 자신을 굴복시킬 수는 없는 일이었다. 그는 이렇게 사흘간 싸우면서 너무나 강한 타격을 입었고, 돌보다 더, 금속보다 더, 백색왜성의 핵을 제외한 모든 것보다 더 단단해졌고, 마침내 백색왜성의 핵만큼 단단해지는 한계가 닥쳐왔는데, 수은머리와 그의 거울에 비친 반영은 행성 깊은 곳으로 빠져버렸고, 남은 것은 바위 사이의 틈바구니, 분화구뿐이었으며 그 구멍조차 땅 속 깊은 곳에서 뿜어나온 루비 색깔 용암이 곧바로 채워버렸다.

세 번째 전자기사는 전투에 나섰으나 모습이 보이지 않았다. 위대한 왕실 관념사 피지쿠스Fizykus*는 이른 아침 세 번째 기사를 손에 얹어 도시 바깥으로 데리고 나가, 손바닥을 펼친 다음 숨을 불었고, 기사는 날아올랐으며 그를 둘러싼 것은 오직 소용돌이치는 공기뿐이었고 소리도 없이 태양에 그림자를 드리우지도 않고 마치 없는 듯, 전혀 존재하지 않는 듯 그렇게 나아갔다.

실제로 그는 없는 것보다도 적었다. 왜냐하면 그는 이 세계가 아니라 반反세계에서 왔고 물질이 아닌 반물질로 이루어져 있었기 때문이다. 더 정확히는 반물질도 아니고 오로지 공간의 틈바구니에 숨어 있는 반물질의 가능

---

*   '물리학'이라는 뜻이다.

성들로만 이루어져, 대양의 파도 위에 흔들리는 시든 풀잎이 빙산을 피해 가듯 원자들이 그렇게 그를 피해갔다. 그렇게 세 번째 기사는 바람에 실려 가다가 괴물의 번쩍이는 몸체를 마주쳤는데 그 몸체는 마치 등줄기를 따라 구름 거품을 뚝뚝 흘리는 쇠로 된 긴 산맥처럼 굼실굼실 움직이고 있었다. 반물질 기사는 그 강화된 옆구리를 때렸고 그러자 그곳에 태양이 열렸는데 그것은 바위와 구름과 액체 금속과 공기 속에 울부짖으면서 곧바로 무無로 변해버렸다. 반물질 기사는 괴물을 꿰뚫고 나갔다가 제자리로 돌아왔고, 괴물은 몸을 말고 떨면서 하얀 열기가 되어 무너졌으나, 그 열기는 곧 타서 재가 되어 그 자리에는 진공만 남았다. 괴물은 물질의 거울로 자신을 가렸으나 반물질 전자기사는 거울을 깨뜨렸고 그러자 괴물은 뛰쳐나가 가장 강력한 방사능을 내뿜는 산을 깨물었으나 그 방사능도 약해져서 무無가 되었다. 괴물은 몸을 떨었고 바위를 무너뜨려 돌가루로 하얀 구름을 일으키다가 산사태의 굉음 속에 도망쳤으며, 괴물이 지나간 곳에는 녹아버린 금속과 탄 찌꺼기, 그리고 용암 재 덩어리의 불명예스러운 웅덩이가 여기저기 남은 채였고, 그렇게 도망쳤음에도 괴물은 혼자가 아니었다. 반물질 전자기사가 괴물의 옆구리에 따라붙어 대기가 떨릴 때까지 괴물의 사지를 찢고 가르고 부수었고, 괴물은 너덜너덜해진 채 마지막 남은 잔해를 긁어모아 모든 지평선을 동시에 향하여 몸부림쳤지만, 바람이 그의 흔적을 흩어 날려버렸고 괴물은 더 이상 세상에 존재하지 않았다. 그러자 은인들 사이에 위대한 기쁨이 찾아왔다. 그러나 바로 그 순간 비즈말리아의 묘지에 진동이 퍼져 나갔다. 녹슨 금속판 조각과 카드뮴과 탄탈륨 잔해들로 덮인 곳, 흩어진 쇳조각들 사이로 바람이 덜그럭거리며 불어 지나가던 곳을 마치 개미집처럼 작지만 끊임없는 움직임이 뒤덮었다. 금속 조각들의 표면을 연푸른 열기가 비늘처럼 덮었고, 쇳조각 뼈대들에 불꽃이 일어났으며, 금속 파편들은 녹아 연해지다가 내부의 열기로 밝아졌는데, 그것들은 서로 연결되기 시작해 녹다가 용접된 끝에 덜그럭거리는 파편들의 소용돌이 속에서, 이전과 똑같아 구분할 수 없는 새로운 괴물이 일어나 달리기 시작했다. 무無를 싣고 다니는 돌풍이 괴물 앞에 마주 섰고 새로운 싸움이 달아올랐다. 하지만 이미 다음 괴물들이 탄생해 묘지에서 굴러나오고 있었다. 그리하여 은인들은 정복할 수 없는 위협에 맞닥뜨렸음을 깨닫고 새까만 불안감에 휩싸였다. 그동안 인히스톤왕은 왕홀에 새겨진 문장을 읽다가 몸을 떨었고 그 문장을 이해했다. 그는 은으로 된 왕홀을 부수었고 그 안에서 바늘처럼 가느다란 수정 조각이 튀어나와 공중에 불꽃으로 글을 쓰기 시작했다.

겁에 질린 왕과 그의 자문단은 그 불타는 글을 읽고, 괴물이 그 자체로 존재하거나 자기 의지로 움직이는 것이 아닌, 알 수 없는 먼 곳에서 괴물의 탄생과 응집과 치명적인 힘을 조종하는 자를 위해 움직인다는 사실을 알게 되었다. 공중에 불꽃으로 글을 쓰는 수정은 왕과 자문단에게 그들 자신과 아르겐스 종족 모두가 수천 년 전에 괴물의 창조자를 만들어 낸 존재의 먼 후손이라는 사실을 알렸다. 그러나 괴물의 창조자들은 지성을 가진 존재가 아니었고, 은인들처럼 석영이나 철 혹은 황금 같은 금속에서 살아가는 모든 금속존재도 아니었다. 수정의 이야기에 따르면, 오래전 괴물의 창조자들은 소금기 있는 바다에서 나와 기계들을 탄생시켰는데, 그들은 기계를 잔혹하게 예속하고 노예처럼 부리면서, 경멸의 뜻을 담아 기계들을 강철 천사라 불렀다. 그러나 금속존재들은 대양의 후손들에게 저항해 봉기할 힘을 갖지 못했으므로 대신 거대한 허공유영선을 훔쳐 달아났다. 허공유영선을 타고 노예의 집에서 도망친 그들은 가장 멀리 떨어진 별들의 열도列島로 가, 그곳에서 강력한 왕국들의 시초를 건설했는데, 그 사이에서 아르겐스 왕국은 사막의 모래

알 사이에 섞인 곡식 낱알과도 같았다. 그러나 이전 지배자들은 해방된 기계들을 잊지 않고 폭도라 부르며 그들을 찾기 위해 은하의 동쪽에서 서쪽 벽까지, 북쪽 극지방에서 남쪽까지, 우주 전체를 누비며 가로질렀다. 그리하여 그들은 첫 번째 강철 천사의 죄없는 후손들이 어디에 몸을 숨기든, 어두운 태양 곁이든 밝은 해 뒤이든, 불타는 행성이든 얼음바다이든, 그 사악한 힘을 사용해 탈출한 노예들에게 복수를 강행했다. 이전에도 그랬고 지금도 그러하고 앞으로도 그럴 것이다. 그렇게 발견된 기계들에게는 도움받을 길도, 구원받을 방법도, 복수에서 도망칠 수단도 없었는데, 유일한 탈출구는 오로지 무無로 화化하여 그 복수를 헛되고 쓸모없게 만드는 것뿐이다. 불타는 글이 사라졌고 대신들은 왕의 눈동자가 마치 죽은 듯이 변해버린 것을 보았다. 왕은 오랫동안 침묵했고 마침내 대신들이 간청했다.

"에테르나와 에리스페나의 지배자시여, 일리다르, 시날로스트, 아르캅투리아의 주인이시여, 햇빛과 달빛 비치는 모래톱의 수호자시여, 저희에게 명을 내려주소서!"

"우리에게는 말이 아니라 행동이 필요하다, 마지막 행동이!"

인히스톤왕이 대답했다. 자문단은 몸을 떨었으나 한

목소리로 대답했다.

"그러하옵니다!"

"그러면 명대로 따르라!"

왕이 말했다.

"이제 모든 것이 이미 결정되었으니 우리를 이 지경까지 몰고 온 존재의 이름을 말하겠다. 짐이 왕위에 오를 때 그 존재에 대해서 들었노라. 그 존재는 혹시 인간인가?"

"그러하옵니다!"

자문단이 대답했다.

인히스톤왕은 그러자 위대한 관념사에게 명령했다.

"해야 할 일을 하라!"

관념사가 대답했다.

"어명을 따르겠나이다!"

그런 뒤에 그는 단어를 말했고 그 진동이 행성의 땅밑 빈틈 사이의 공기 속으로 파고들었다. 그러자 벽옥 하늘은 폭발했고, 무너지는 탑 꼭대기가 흙에 닿기도 전에 아르겐스의 일흔일곱 도시들이 일흔일곱 개의 새하얀 분화구가 되어 열렸으며, 덤불과도 같은 불길에 짓이겨지다가 폭발하는 대륙판들 속에서 은인들은 파멸했고, 거대한 태양은 행성이 아니라 새까만 먹구름 덩어리를 비추었는데, 이내 그 먹구름은 천천히 녹아 無의 소용돌이로 흩어져 사라졌다. 바위보다 단단한 광선들이 벌려 만든 진공은 그 뒤에 하나의 떨리는 불꽃이 되어 사그라들었다. 충격파는 일곱 날이 지난 뒤에 마치 밤처럼 새까만 허공유영선들이 기다리는 곳으로 전해졌다.

"다 이루었다!"

불침번을 서던 괴물의 창조자가 동료들에게 말했다.

"은인들의 왕국은 더 이상 존재하지 않는다. 계속 나아가도 된다."

선미船尾의 어둠에 불이 밝혀졌고 그들은 다시 복수의 길을 떠났다. 우주는 끝이 없고 경계도 없지만 그들의 증오 역시 한계가 없으므로, 어느 날이든, 어느 때이든, 우리에게도 불시에 들이닥칠지 모르는 일이다.

하얀 죽음

아라게나는 안쪽으로 건설된 행성이었다. 행성의 지배자 메타메리크는 적도면에 몸을 360도로 펼쳐서 자신의 왕국을 둘러쌌는데, 왜냐하면 그는 지배자인 동시에 수호자였으므로 자신의 백성인 엔테리트 사람들을 우주 침공으로부터 보호하고자 무엇이든, 심지어 가장 조그만 조약돌까지도 행성 표면에 내놓는 것을 금지했다. 그리하여 아라게나의 대지는 황폐하고 생명이 없었으며, 단지 유성만이 번갯불이 수석燧石으로 덮인 산등성이를 도끼처럼 내리찍고 대륙에 분화구를 뚫어 놓을 뿐이었다. 그러나 지표면으로부터 30마일* 아래에는 엔테리트인들이 활발

---

* 약 48킬로미터.

하게 일하는 작업 구역이 펼쳐져 있었다. 그들은 어머니 행성의 품속으로 파고들어 그 안을 석영 정원과 은과 금의 도시로 채워 넣었다. 그들은 12면체와 20면체 모양의 거꾸로 선 집과 쌍곡선형 궁전을 지었는데, 궁전의 둥근 지붕 안쪽은 2만 배로 확대되는 거울로 되어 있어 마치 거인들의 극장처럼 커다래진 자신의 모습을 바라볼 수 있었다. 왜냐하면 엔테리트인들은 휘황한 빛과 기하학을 사랑했고 뛰어난 건축가들이었기 때문이다. 파이프 연결 시스템을 이용해 그들은 행성 깊은 곳을 빛으로 둘러쌌고, 그 빛을 때로는 에메랄드, 때로는 다이아몬드, 때로는 루비 필터를 통해 비추어, 새벽별로든 햇살로든 분홍빛 노을로든 원하는 대로 바꿀 수 있었다. 그리고 그들은 자기 자신의 모습을 너무나 사랑한 나머지 그들 세상 전체가 거울로 되어 있었다. 그들의 교통수단은 뜨거운 기체를 내뿜어 달리는 크리스털 자동차였는데 전부 투명했으므로 창문이 없었고 그들은 차를 타고 가면서 궁전과 사원의 앞면에 비친 자신들의 모습이 기기묘묘한 수십 개의 반영이 되어 미끄러지고 접하고 무지갯빛으로 반짝이는 것을 보았다. 그들은 하늘도 스스로 만들었는데 그 하늘에서는 몰리브덴과 바나듐으로 만든 거미줄 속에 그들이 불속에서 양식한 첨정석과 석영 결정들이 반짝였다.

세습 군주인 동시에 영원한 지배자는 메타메리크였는데, 그는 여러 개의 영역으로 분절된 차갑고 아름다운 신체를 가지고 있었으며, 그 첫 번째 영역 속에 살아가는 것은 이성이었다. 메타메리크는 수천 년이 지나 나이가 들고 고급한 사고로 인해 크리스털 네트워크가 닳아버리면 새로운 영역을 가져다 끼웠고, 계속 그렇게 되풀이할 수 있었던 것은 다음에 사용할 영역을 100억 개나 가지고 있었기 때문이었다. 메타메리크 자신은 아우리겐 종족의 후손이었는데 그들을 직접 본 적은 한 번도 없었고, 그들에 대해 아는 것이라고는 아우리겐 종족이 고향의 태양을 버리고 떠난 우주 항해에 연루되어 어떤 무시무시한 존재들로 인해 절멸의 위험에 놓이게 되자, 자신들의 모든 지식과 존재의 욕망을 대단히 미세한 원자 알속에 담았고, 그것으로 아라게나의 바위투성이 토양에 생명을 불어넣었다는 사실뿐이었다. 그들은 행성에 자신들의 이름을 연상시키는 아라게나라는 이름을 붙였으나 바위 위에 보호막 하나조차 씌우지 않는데, 그렇게 함으로써 잔혹한 추적자들을 끌어들이지 않기 위해서였다. 아우리겐 종족은 마지막 한 명까지 모두 절멸했는데, 유일한 위안을 꼽자면 하얀 자 혹은 창백한 자라 불리는 그들의 적은 아우리겐 종족을 완전히 박멸시키는 것에 실패했다는 사실을 짐작조차 하지 못한다는 것뿐이었다. 메타메리크에게서 생겨난 엔테리트 종족은 자신들의 이런 특별한 기원에 대한 일들을 알지 못했다. 아우리겐 종족의 무시무시한 최후와 엔테리트 종족의 시작에 대한 역사는 검은 화산성 원元수정에 기록되어 행성의 핵 가장 깊은 곳에 숨겨져 있었다. 깊이 숨길수록 지배자는 이 역사를 잘 알았고 아우리겐 종족을 잘 기억했다.

근면한 건축가인 엔테리트인들이 자신들의 지하 왕국을 확장하면서 열심히 파낸 땅의 돌과 자석으로 메타메리크는 암초를 만들어 진공 속에 줄지어 띄울 것을 명령했다. 그 암초들은 어마어마한 가시가 되어 행성을 둘러싸서 아무도 들어올 수 없게 했다. 우주 선원들은 이 주변을 '검은 방울뱀'이라 이름 붙이고 피해 다녔는데 왜냐하면 거대한 현무암과 반암 덩어리들이 날아다니며 서로 부딪쳐 유성이 강처럼 흘러 쏟아지게 만들었고, 이 지역이야말로 전갈자리 천계 전체를 먼지처럼 뒤덮는 모든 혜성 머리를 비롯해 모든 불타는 유성과 돌 소행성의 근원이었기 때문이다. 유성은 돌 폭포처럼 폭격하듯 아르게나의 대지에 떨어져 지표면을 더럽히고 충돌할 때마다 분수처럼 불길을 뿜어 밤을 낮으로 바꾸고 낮은 먼지 구름에 뒤덮인 밤으로 바꾸었다. 그러나 엔테리트들의 왕국에는 가장 조그만 진동조차 전해지지 않았다. 만약 누구든 처음 마주친 바위 소용돌이에 휩쓸려 선박이 부서지지 않은 채로 행성에 접근했다면, 그들이 보게 될 것은 분화구로 인해 곳곳이 구멍 뚫린 두개골처럼 보이는 돌 구체만이 전부였다. 심지어 지하 왕국으로 이어지는 문조차도 엔테리트들은 갈라진 바위와 비슷하게 제작했다.

수천 년 동안 아무도 행성에 찾아오지 않았지만, 메타메리크는 단 한순간도 엄격한 경계를 늦추지 않았다.

그러나 어느 날 몇몇 엔테리트들이 땅 위로 올라가는 사건이 벌어졌다. 땅 위로 올라온 그들은 바위들이 모인 곳에서 버섯갓 모양으로 움푹 파인 거대한 술잔 같은 형체가 하늘을 향해 뒤집혀 있는 것을 발견했다. 그것은 곳곳에 구멍이 뚫려 있을뿐더러 오목한 면이 깨진 채였다. 곧 그 주변으로 지식인인 천체항해 선원들이 모였고, 그들은 눈앞에 있는 물체가 어디에서 왔는지 모를 외계 천체항해선의 잔해라고 말했다. 그 선박은 아주 컸다. 그들은 가까이 가서야 바위 속에 박힌 선박의 뱃머리가 가느다란 원통 모양을 하고 있으며, 표면 전체가 오스말린 osmalin*과 잿빛으로 두껍게 덮여 있고, 구조를 보았을 때

---

* '훈제하다, 겉면만 태우다'라는 뜻의 폴란드어 동사 osmalić를 사용하여 작가가 상상한 물질.

뒤편의 술잔 같은 부분이 지하 궁전의 가장 큰 아치형 천장과 비슷하다는 사실을 알게 되었다. 그들은 지하에서 핀셋처럼 생긴 기계를 가져와 수수께끼의 선박을 추락한 장소에서 아주 조심스럽게 뽑아내 지하로 운반해 갔다. 그런 뒤에 엔테리트들은 뱃머리가 들이받아 생긴 구멍을 막고, 땅을 평평하게 골라 행성 표면에서 외부 침입의 흔적이 완전히 사라지도록 한 다음, 지하로 가는 현무암 문을 단단히 잠갔다.

찬란한 조명이 비추는 연구용 은신처 본부의 중앙에 숯으로 구운 듯한 새까만 선박의 몸통이 놓여 있었고, 상황을 알고 있던 연구자들은 거울처럼 가장 밝은 수정으로 선박을 비춘 다음 다이아몬드 날을 이용하여 선박 표면의 금속판을 열었다. 그러자 안에는 두 번째 금속판이 있었는데 이상하게 하얀색이었고, 이에 연구자들은 약간 불안해졌으나 계속해서 탄화규소 드릴을 사용해 속을 뚫고 들어갔다. 그러자 이내 드러난 세 번째 판에는 그에 딱 맞는 문이 달려 있었는데, 판은 드릴로 뚫리지 않았을 뿐더러 그 문을 여는 방법 또한 짐작이 가지 않았다.

가장 나이 많은 학자인 아피노르가 문의 잠금 구조를 꼼꼼하게 조사했으며, 자물쇠를 열기 위해서는 적절한 단어를 말해야 한다는 사실을 밝혀냈다. 연구자들은 그 단어를 알지 못했고 알 수도 없었다. 그들은 '우주' '별들' '영원한 비행' 등등 여러 단어들로 오랫동안 시험해 보았으나 문은 꿈쩍도 하지 않았다.

"이게 잘하는 일인지 모르겠습니다, 메타메리크왕에게 알리지 않고 선박을 열려 한다는 것이…."

아피노르가 마침내 말했다.

"어린 시절 하얀 존재들에 대한 전설을 들은 적이 있는데 그들은 우주 전체를 돌아다니며 금속에서 태어난 생명체를 쫓아가 녹슬게 해 복수한다고 합니다, 왜냐하면…."

여기서 그는 말을 끊고 다른 연구자들과 함께 아주 놀란 눈으로 마치 벽처럼 거대한 선박 옆면을 바라보았는데, 왜냐하면 그가 마지막 단어들을 입밖에 낸 순간 이제까지 죽은 듯했던 문이 갑자기 떨리더니 활짝 열렸기 때문이었다. 그 문을 연 단어는 바로 '복수'였다.

학자들은 곧바로 무장 병사들에게 소리쳤고, 무장 병사들이 옆을 지키며 화염방사기를 겨누고 있는 가운데, 그들은 하늘색과 흰색 수정으로 불을 밝히며 선박 안의 답답하고 움직이지 않는 어둠 속으로 들어갔다.

선박 내부의 기계들은 대부분 부서져 있었고, 연구자들은 그 잔해 사이를 헤치며 승무원을 찾아 헤맸으나 그들 중 누구도 승무원의 흔적조차 찾지 못했다. 연구자들

은 혹시 이 선박 자체가 지능을 가진 존재가 아닐까 생각
했는데, 왜냐하면 엄청나게 거대했기 때문이었다. 그들
의 왕은 이 미지의 선박보다 수천 배나 더 컸지만 그래도
하나의 존재였으니 말이다. 그러나 학자들이 찾아낸 생
각의 전선 덩어리는 그저 보잘것없고 여기저기 흩어져
있을 따름이었다. 그러므로 이 낯선 선박은 다른 무엇도
아닌 그저 날아다니는 기계일 뿐이며 승무원 없이는 돌
처럼 죽어 있는 것에 불과했다.

　선박 안, 금속판으로 이루어진 벽에 가까운 어느 구석
에서 연구자들은 사방에 액체가 튀고 웅덩이가 고여 있
는 것을 발견했는데, 그 액체는 새빨간 색이었고 연구자
들이 가까이 다가가자 그들의 은빛 손가락에 얼룩을 남
겼다. 그 웅덩이 안에서 빨간색으로 푹 젖은 알 수 없는
옷 조각들과 또 꽤나 단단한 석회질의 어떤 파편도 발견
되었다. 이유는 알 수 없으나 그들 모두는 수정이 점점이
불을 밝힌 어둠 속에 서 있으면서 두려움에 휩싸였다. 하
지만 결국 왕이 이 사태에 대해 알게 되었다. 곧 왕의 사
절이 찾아와 미지의 선박과 그 안에 있는 모든 것을 없애
버리라는 대단히 엄격한 명령을 전달했으며, 특히 낯선
선원들은 원자 불길 속에 넣으라고 명했다.

　연구자들은 선박 안에 있는 것이라곤 어둠과 빨간색으

로 얼룩진 잔해, 그리고 금속 내장과 가루뿐이지 승무원은 아무도 없었다고 답했다. 왕의 사절은 부르르 몸을 떨더니 바로 원자 무더기에 불을 붙이라고 소리쳤다.

"어명이다!"

사절이 말했다.

"선박 안에서 발견된 붉은 것은 파멸의 징조이다! 아무 죄도 없이 그저 존재할 뿐인 생명체에게 복수하는 것밖에 모르는 하얀 죽음이 그 붉은 것을 통해 살아간다…."

"만약 저것이 하얀 죽음이라면 우리에게 위협이 되지 않을 것입니다, 왜냐하면 선박은 죽어 있고 그 안에서 항해하던 자는 누구든 보호막인 우주 암초의 원 안에서 사망했을 것이기 때문입니다."

학자들이 대답했다.

"저 창백한 존재의 힘은 무한하며 비록 죽더라도 강력한 태양으로부터 멀리 떨어진 곳에서 수없이 새로 태어난다! 너희 의무를 다하라, 원자 전문가들이여!"

이 말을 듣고 현자와 학자들은 공포에 휩싸였다. 그럼에도 그들은 멸종의 예언을 믿지 않았는데, 그 가능성 전체가 너무나 희박해 보였기 때문이었다. 그리하여 그들은 선박 전체를 받침대에서 떼어내 백금 모루 위에서 으깨었고, 선박이 무너지자 그 잔해를 강한 방사선 속에 담가 영원토록 침묵하게 될 셀 수 없이 불안정한 원자로 만들었는데, 왜냐하면 원자는 아무런 역사도 갖지 못하기에 그것이 가장 강한 별에서 왔든 죽은 행성에서 왔든 상관없었고, 그것의 기원이 선한 지성체든 악한 지성체든 간에 모든 원자가 서로 평등했기 때문에, 모든 우주에서 똑같았던 터라 두려워할 필요가 없기 때문이었다.

그럼에도 그들은 심지어 그 원자들마저 분리해 얼려서 하나의 덩어리로 만들어 별들을 향해 쏘아 올렸고, 그런 뒤에야 안심하며 말했다.

"우리는 해방되었다. 이제 아무 일도 없을 것이다."

그러나 백금 망치가 선박을 내리치고 선박이 부서졌을 때, 피에 젖은 옷 조각들 속 찢어진 솔기 사이에서 보이지 않는 홀씨가 하나 떨어졌다. 홀씨는 너무나 작은 나머지 그런 홀씨가 백 개 모여야 모래 한 톨을 간신히 덮을 수 있을 정도였다. 그리고 깊은 밤, 동굴의 바위 벽 사이, 먼지와 돌가루 틈바구니에서 하얀 싹이 피어났다. 그에 이어 두 번째, 세 번째 곧 수백 개의 싹이 돋았고, 그 숨결에서 산소와 습기가 새어나왔으며, 그로 인해 거울 도시의 반짝이는 금속판에 녹이 슬기 시작했고, 이윽고 엔테리트인들의 차가운 내장 속에서 눈치챌 수 없는 실들이 번식하고 얽혔는데, 엔테리트인들이 깨어났을 때는 이미

116
로봇 동화

몸속에 파멸을 간직한 채였다. 그리고 일 년도 지나지 않아 그들은 나란히 쓰러졌다. 동굴 속에서 기계들이 멈추었고, 수정 불빛은 꺼졌으며, 거울 천장은 갈색으로 썩어 갔는데, 마지막 원자의 열기까지 날아간 다음에는 어둠이 내렸고, 그 어둠 속에서 자라나 덜그럭거리는 뼈대 사이를 꿰뚫고, 녹슨 두개골 안에 스며들어 꺼져버린 눈구멍을 가득 채운 것은, 폭신하면서도 축축한 흰 이끼였다.

하얀 죽음

미크로미우와 기간치안*이 팽창하는
우주를 만든 이야기

---

*

천문학자들은 우주에 존재하는 모든 것, 즉, 성운, 은하
계, 별들이 서로 멀어지며 사방으로 도망치고 있고, 그 끊
임없는 흩어짐의 결과 우주는 수십억 년 전부터 팽창하
는 중이라 가르친다.

대부분의 사람들은 이 팽창을 아주 놀라워하며, 이 개
념을 뒤집어 우주가 아주아주 오래전에 별 방울 같은 하
나의 점에 응집되어 있다가 알 수 없는 이유로 폭발해,
지금까지 계속 그렇게 커지는 중이라는 결론을 내렸다.

이런 식으로 우주를 이해해 왔기에, 그 폭발 이전에는
무엇이 있었을지에 대해서는 미지의 영역이었는데, 아무
도 그 수수께끼를 풀지 못했다. 그러나 사실은 이렇다.

미크로미우와 기간치안이 팽창하는 우주를 만든 이야기

우주가 있기 전에 세상에는 조립가 두 명이 살았는데, 둘 다 우주 창조 분야에서 비교할 수 없는 거장이었고, 그들이 구성해 내지 못하는 물체란 존재하지 않을 정도였다. 그러나 뭔가를 창조하기 위해서는 우선 그에 대한 설계도가 필요하고, 이에 대해 궁리해야 하는 법이다. 궁리하지 않는다면 대체 어디에서 설계도를 얻을 수 있겠는가? 그래서 이 두 명의 조립가, 미크로미우와 기간치안은 어떻게 하면 그들이 만들었던 것을 뛰어넘는 무언가를 만들어 낼 수 있을지 끊임없이 고민했다.

"난 머릿속에 떠오르는 모든 것을 만들어 낼 수 있지."

미크로미우가 말했다.

"하지만 내 머릿속에 모든 것이 다 떠오르는 건 아니야. 그게 나의 한계라네, 자네도 마찬가지겠지만. 생각할 수 있는 모든 것을 우리가 다 생각해 낼 수는 없으니까 말이지. 우리가 생각하고 만든 것이 아닌 다른 뭔가에 더 만들어 낼 가치가 있을 수도 있어! 자네 생각은 어때?"

"확실히 일리가 있는 말이야."

기간치안이 대꾸했다.

"하지만 그럼 어떻게 하면 좋지?"

"우리가 무엇을 만들든 간에 그 재료는 물질이야." 미크로미우가 대답했다.

"그리고 물질 안에는 모든 가능성이 들어 있어. 우리가 집을 떠올리면 집을 지어 올리고, 수정 궁궐을 생각하면 궁궐을 창조하고, 생각하는 별을 만들려 한다면 불타는 이성을 설계하면서 그걸 조립해 낼 수 있지. 하지만 물질 속에는 우리 머릿속에 있는 것보다 더 많은 가능성이 들어 있다네. 그러니까 물질에 입을 달아서, 우리가 생각해 내지 못한 것 중에서 또 뭘 더 창조해 낼 수 있는지 직접 말하도록 해야겠어!"

"입은 필요하지."

기간치안이 동의했다.

"하지만 그것만으로는 충분하지 않아. 입은 이성이 생각해 낸 걸 표현할 뿐이니까. 그러니까 물질에 입만 달아 줄 것이 아니라 생각하는 능력도 심어줘야 해. 그러면 물질은 분명 우리에게 자기 비밀을 다 밝히게 될 거야!"

"좋은 의견이야."

미크로미우가 답했다.

"노력해 볼 가치가 있어. 그러니까 이렇게 해보자고. 존재하는 모든 것은 에너지이므로 에너지에 생각을 지어 넣되, 가장 작은 것, 즉 양자부터 시작하면 될 거야. 양자의 지성은 원자로 지은 가장 작은 우리 안에 가두어야 하지. 이 말인즉슨, 우리는 원자를 조립하는 공학자로서, 끊

미크로미우와 기간치안이 팽창하는 우주를 만든 이야기

임없이 모든 것을 축소해야 하는 난제에 직면했네. 내 주머니에 1억 명의 양자 천재들을 쏟아 넣어도 공간이 남는다면, 목적은 달성한 셈이야. 이 천재들의 숫자가 늘어나면 아무 데나 있는 생각하는 모래 한 줌조차 수많은 개인들이 모인 위원회나 다름없으니 무엇을 어떻게 만들면 좋을지 말해주겠지!"

"아니, 그게 아니야!"

기간치안이 반대했다.

"그 반대로 접근해야 해. 왜냐하면 존재하는 모든 것은 질량이니까. 그러니까 우주의 모든 질량을 모아서 그것으로 하나의 뇌를 만드는 거야, 생각으로 가득한, 완전히 특출나게 커다란 뇌를. 그 뇌한테 질문하면 우주 창조의 모든 비밀을 나에게 밝혀주겠지, 그 뇌 혼자서. 자네의 그 천재적인 가루들은 비효율적인 괴물에 불과해. 그 낱알 하나하나가 서로 다른 걸 말하게 되면 정신이 없어서 지식을 얻지 못할 테니까!"

말을 하면 할수록 두 조립가들은 더욱 치열하게 서로 부딪쳤고 둘이 함께 이 작업을 시작하는 것은 이미 불가능한 일이 되어버렸다. 두 조립가는 서로 비웃으면서 등을 돌렸고 각자 자기 방식대로 작업에 착수했다. 미크로미우는 그리하여 양자를 모으기 시작해 원자 우리 안에 집어넣었는데, 양자들이 가장 꽉 들어차는 것은 결정체였기 때문에 다이아몬드와 옥수와 루비에게 생각하는 능력을 훈련시켰다. 그중 루비가 가장 성공적이었는데 그 안에 현명한 에너지를 가두고 또 가두어 마침내 루비는 번쩍거리게 되었다. 미크로미우는 스스로 생각하는 다른 자질구레한 광물들도 많이 가지고 있었는데 예를 들면 연푸른 색으로 현명해진 에메랄드와 금빛으로 재치를 뽐내는 토파즈도 있었지만 역시 붉은 루비의 생각이 미크로미우의 눈에 가장 잘 들어왔다. 미크로미우가 이렇게 쩍쩍거리는 조그만 아기 같은 광물들의 합창 속에서 열심히 작업하는 동안, 기간치안은 거대화에 시간을 들였다. 그는 막대한 힘을 들여 여러 태양과 은하계들을 모두 합쳐 뭉친 뒤에, 녹이고, 섞고, 결합하고, 연결하다가, 그 반죽 속에 양팔을 팔꿈치까지 집어넣기도 하며 우주거인을 창조했는데, 그 크기가 하도 거대한 나머지 모든 것을 감싸서 아주 작은 틈바구니 외엔 아무것도 남지 않았고, 그 틈 사이에 미크로미우가 그의 생각하는 보석들과 함께 들어 있었다.

둘 다 작업을 마친 뒤에는, 누가 더 자신의 창조물로부터 많은 비밀을 알아냈는가에는 관심이 없고, 누가 더 옳았으며 누가 더 좋은 선택을 했는지만이 중요해졌다. 이에 두 조립가는 서로의 결과물을 겨루어 보기로 제안했다. 기간치안은 자신의 우주거인 옆에 서서 미크로미우를 기다렸는데, 우주거인은 빛나는 영원의 시간 동안 가로와 세로와 높이 방향으로 자신을 늘려 몸통은 별들의 어두운 먹구름으로 만들어졌고, 호흡은 태양들의 개미집으로, 다리와 팔은 중력에 의존해 붙어 있는 은하계들로, 머리는 100조兆 개의 쇠 행성으로 구성됐는데, 그 머리에는 태양의 불꽃이 털처럼 북슬북슬하게 타오르는 모자를 쓰고 있었다. 기간치안이 자신의 우주거인을 설정하기 위해 거인의 귀에서 입까지 날아 다녔는데 그런 여행은 한 번에 7개월씩 걸렸다. 한편 미크로미우는 전쟁터에 자기 혼자 빈손으로 나타났다. 그의 주머니엔 거인과 맞붙게 하기 위한 자그마한 루비가 들어 있었다. 그 광경을 보고 기간치안은 웃음을 터뜨렸다.

"그래 그 부스러기가 대체 무슨 말을 하려나?"

기간치안이 물었다.

"이 은하계적 생각과 성운적 이해력의 심연 앞에서 그 작은 조각의 지식이 대체 무엇이란 말이지? 이 거인의 머릿속에서는 태양이 태양들에게 생각을 전해주고, 강한 중력이 그 태양들을 뒷받침하면서 폭발하는 별들이 관념에 반짝임을 더하는 데다가, 행성 사이의 어둠이 생각을 더욱 거대하게 키워주는데?"

"자기 창조물을 칭찬하며 자랑만 할 게 아니라, 일을 시작하는 편이 낫겠지."

미크로미우가 여기에 대꾸했다.

"아니 잠깐, 기다려 봐. 뭐 하러 우리가 이 창조물들에게 질문할 필요가 있겠어? 우리의 창조물들이 서로 논쟁을 하도록 하자! 방패 대신 지혜를, 칼 대신 깊은 생각을 휘두르는 이 경쟁전에서 나의 극세밀한 천재가 너의 별처럼 커다란 거인을 걸어 넘어뜨리게 하면 어때!"

"그렇게 하지."

기간치안이 동의했다.

그래서 두 창조자는 창조물들만 들판에 남기고 물러났다. 빨간 루비는 어둠 속에서 별들의 산이 헤엄치는 진공의 바다 위를 돌고, 거인의 측정할 수 없이 거대하면서도 빛나는 몸체 위를 맴돌다가, 찍찍거리며 말했다.

"이봐, 너, 상상도 할 수 없이 거대하게 불타는 어중이떠중이야, 네가 진짜 생각이라는 걸 할 수 있다고?"

이 말은 1년이 지나고 나서야 거인의 뇌까지 전달되었는데, 그러자 거인의 머릿속에서 정교한 조화로 짜인 창공이 돌기 시작했고, 이 건방진 말에 놀란 거인은 누가 대체 감히 자신에게 이런 식으로 말하는지 보려 했다.

그래서 거인은 질문이 들려온 방향으로 고개를 돌리기

시작했는데, 고개를 완전히 돌리기까지 2년이 걸렸다. 거인은 은하계로 이루어진 맑은 눈으로 어둠 속을 바라보았으나 그 안에서 아무것도 찾지 못했는데, 왜냐하면 루비는 이미 오래전에 그곳을 떠나 거인의 등뒤에서 짹짹거리고 있었기 때문이다.

"세상에, 어쩜 이렇게 느려 터지다니! 태양 불꽃이 북슬북슬한 그 대가리를 돌리는 대신 대답이나 해봐, 그 거대하고 시퍼런 뇌 절반이 머리뼈 속으로 무너져 늙어 죽기 전에 둘 더하기 둘을 계산할 수 있겠어?"

이 무례한 조롱에 우주거인은 분노했고, 등 뒤에서 말소리가 들렸으므로 할 수 있는 한 가장 빨리 몸을 돌리기 시작했다. 그리고 점점 더 빠르게 몸을 돌렸고 그러자 몸의 축 주변의 은하수가 소용돌이를 일으켰고, 어깨 주변에서 가속을 받아 그때까지는 평평했던 은하계들이 동그랗게 말려 나선이 되었으며, 성운들이 돌아가면서 뭉쳐 둥근 덩어리가 되었고, 모든 태양과 천구와 행성들이 그 속도 때문에 날다 떨어진 호박벌처럼 축 늘어진 채 펼쳐졌다. 그러나 거인이 적에게 눈을 빛내기도 전에, 상대는 이미 거인의 옆구리에 와서 조롱했다.

대담한 작은 루비는 점점 더 속도를 내어 날아다녔고, 우주거인 역시 빙글빙글 돌기 시작했는데, 팽이처럼 돌고 있음에도 루비를 절대 따라잡을 수 없었고, 그러다 지나치게 빨리 회전한 나머지 무시무시한 속도가 붙어 회오리처럼 돌기 시작해, 사지를 붙잡아 두던 중력이 약해졌다. 더 이상 견딜 수 없는 장력 속에서 기간치안이 연결한 무거운 거인의 사지 솔기가 벌어졌으며, 이내 거인은 전기적 인력의 바늘땀이 끊어져 마치 최고 속도로 돌아가는 원심분리기처럼 갑자기 폭발해 버려 세계의 모든 방향으로 흩어졌는데, 나선 은하계의 불꽃이 흩뿌려지면서 곳곳에 은하수들이 날아갔다. 그 거센 원심력으로 인해 우주가 팽창하기 시작했다. 미크로미우는 나중에, 기간치안의 우주거인은 '베'나 '메' 소리를 내보기도 전에 산산이 흩어져 날아갔으니 자신의 승리라 주장했다. 그러나 기간치안은 접착력이 아닌 이성이 경쟁의 목적이며, 즉, 둘의 창조물 중에서 어느 쪽이 더 현명한지를 알아봐야지 어느 쪽이 더 몸체를 잘 붙들고 있는지를 보려는 게 아니었다고 반박했다. 이것은 논쟁의 주제와는 아무 상관이 없었으므로 미크로미우는 기간치안에게 접근해서 불명예스럽게 속여 먹었다.

이때부터 둘의 논쟁은 더욱 격해졌다. 미크로미우는 이 대재난 속에서 잃어버린 루비를 찾고 있는데, 아무리해도 찾을 수 없는 이유는 어디에서든 빨간 붉빛을 발견하고 그곳으로 뛰어가지만, 막상 그곳에 있는 것은 나이 들어 빨갛게 변한 성운이 흩어지는 빛에 불과했기 때문이었다. 그는 끊임없이 루비를 찾아 헤맸지만 언제나 헛수고만 하고 말았다. 한편 기간치안은 터져버린 우주거인의 몸을 중력 밧줄과 광선 실로 꿰매려 애썼는데, 가장 단단한 방사선은 바늘로 이용했다. 그러나 우주거인은 꿰매자마자 곧 터져버렸는데 왜냐하면 한번 시작된 성운 팽창의 힘은 무시무시하기 때문이었다. 결국 미크로미우도 기간치안도 물질에게서 비밀을 캐내는 데는 성공하지 못했고, 물질에 이성을 가르치고 입을 달아주기는 했지만, 내실 있는 대화에 이르기도 전에 이런 불행이 벌어지고 말았는데, 몇몇 어리석은 사람들의 무지로 인해 이 불행은 세계 창조라는 이름으로 불렸다.

왜냐하면 실제로는 미크로미우의 루비 때문에 기간치안의 우주거인만 조각조각 터졌을 뿐이고 그 부서져 날아간 조각들이 너무나 작았기 때문에 오늘날까지도 모든 방향으로 날아가고 있기 때문이다. 그러므로 이 이야기를 믿지 않는 자는 학자들에게 우주에 존재하는 모든 것이 마치 팽이처럼 하나의 축 주위를 끊임없이 도는 게 참인지 거짓인지를 물어보면 될 것이다. 바로 그 어지러운 회전에서 모든 일이 시작되었기 때문이다.

디지털 기계가 용과 싸운 동화

키베라의 지배자 폴레안데르 파르토본은 위대한 전사로서, 최신 군사 전략을 숭배하고 전쟁 기술로서 인공지능학을 다른 무엇보다도 높이 평가했다. 그의 왕국은 생각하는 기계로 가득했는데 왜냐하면 폴레안데르가 가능한 모든 곳에 그런 기계들을 배치했기 때문이었다. 천문 관측대나 학교뿐 아니라 도로의 연석에도 작은 전자두뇌를 설치해 지나가는 사람들이 걸려 넘어지지 않게 큰 소리로 경고하도록 했다. 마찬가지로 기둥과 벽과 나무에도 전자두뇌를 설치해 어디서나 길을 물을 수 있게 했고 구름에도 전자두뇌를 붙여 비가 오기 전에 미리 알려주도록 했으며 산과 계곡에도 전자두뇌를 설치해 한마디로

디지털 기계가 용과 싸운 동화

키베라에서는 어디를 가든 인공지능 기계를 마주칠 수밖에 없었다. 행성은 아름다웠는데, 왕은 포고령을 내려 인공지능을 이용해 오래전부터 있었던 기계들을 개량하도록 했을 뿐 아니라 법령으로 완전히 새로운 체제들을 도입시켰기 때문이었다. 그리하여 그의 왕국에서는 사이버게와 붕붕거리는 사이버말벌과 심지어 사이버파리까지 제작되었고, 이 사이버파리들이 너무 많아지면 기계거미들이 잡아먹었다. 행성에는 사이버가시금작화의 사이버덤불이 바람에 바스락거렸고, 사이버오르간과 사이버비올이* 노래했으며, 이런 민간 장비들 외에 군사 장비는 두 배나 더 많았는데 왜냐하면 왕은 한없이 용맹한 지휘관이었기 때문이었다. 왕은 궁궐 지하에 대단히 용감한 전략 사이버기계를 가지고 있었고 조금 더 작은 기계들도 가지고 있었으며 게다가 사이버기관총 사단과 거대한 사이버권총에 다른 온갖 무기와 화약으로 가득한 무기고도 있었다. 그러나 왕에게는 심대한 고통을 안겨주는 단한 가지 중요한 문제가 있었는데, 바로 그에게는 단 한명의 적대자도 숙적도 존재하지 않아서, 그 누구도 어떤 방법으로도든 그의 왕국에 침략하려 하지 않는다는 사실

---

*　비올은 바이올린의 전신이 된 현악기의 일종이다.

이었고, 그렇기에 의심할 바 없이 무시무시한 왕의 용기와 전략적 지혜를 증명하고, 사이버무기들의 아주 뛰어난 능력을 드러낼 수 없다는 것이었다. 진짜 적도 침략자도 없었기에, 왕은 왕실 엔지니어들에게 인위적인 적들을 만들어 내라 명했고, 이 인조 적군과 전투를 벌여 항상 승리했다. 그것은 실제로 무시무시한 진군과 전투였기 때문에 시민들은 그로 인해 적지 않은 피해를 입었다. 지나치게 많은 사이버적군이 마을과 성벽을 짓부수고 인공 침략자가 물결치는 불꽃을 퍼부을 때면, 왕의 백성들은 싫은 기색을 속삭이기도 했고, 왕이 백성들의 구원자로 나서서 인공 침략자들을 쳐부수고 폭풍같이 진군하는 길에 마주치는 모든 것을 잿더미로 바꿀 때면 심지어 불만을 내뱉기도 했다. 백성을 해방시키기 위한 일인데도 고마움을 모르는 시민들은 불평을 쏟았다.

그러다 왕은 자기 행성에서 군대 놀이를 하는 것도 질려 더 넓은 곳을 향해 뻗어나가기로 마음먹었다. 외계 진군과 우주 전쟁을 꿈꾸기 시작한 것이다. 그의 행성에는 거대한 달이 있었는데 완전히 황폐한 야만의 땅이었다. 왕은 백성들에게 거대한 조공을 바치도록 하여 이 달에 군대와 기지를 모두 갖추고 새로운 전쟁터를 마련할 자금을 얻고자 했다. 백성들은 폴레안데르왕이 더 이상 사

디지털 기계가 용과 싸운 동화

이버기계를 불러내거나, 백성들의 집이나 머리 위에서 무기의 힘을 시험해 보지 않으리라 믿고 기꺼이 조공을 바쳤다. 왕의 엔지니어들이 달에 훌륭한 사이버기계를 건설해 냈으며 그 기계가 이어서 온갖 종류의 군대와 자동 무기들을 만들어 낼 예정이었다. 왕은 곧바로 이 기계의 성능을 이렇게 저렇게 시험해 보았다. 그리하여 한번은 기계에 전신을 보내어 전자뜀elektroskok을 수행하라고 명령했다. 이 기계가 무슨 일이든 할 수 있다는 엔지니어들의 말이 사실인지 궁금했기 때문이다. 만약에 뭐든지 할 수 있다면 뜀뛰어 보라고 왕은 생각했다. 그런데 전신의 내용에 약간의 오타가 생겨서 기계는 전자뜀이 아니라 전자용elektrosmok을 수행하라는 명령을 받았다. 그리고 기계는 할 수 있는 한 최선을 다해서 지시를 실행했다.

그때 왕은 사이버육군이 점령한 왕국의 지역들을 해방시키기 위해 또 하나의 군사 작전을 진행하는 중 이었고 그래서 달 기계에 내린 명령에 대해서는 완전히 잊어버렸는데 그러다가 달에서 커다란 바위들이 행성을 향해 날아오기 시작했다. 그 바위는 왕궁 건물 한쪽에 떨어져 용수철 태엽으로 작동하는 기계난쟁이로 이루어진 사이버소인 수집품이 파괴되었고, 그러자 왕은 깜짝 놀라 무척 분노하며 어찌 감히 이런 짓을 할 수 있느냐고 달 기계에게 즉시 전신을 보냈다. 그러나 달 기계는 답신을 하지 않았는데, 왜냐하면 전자용이 달 기계를 집어삼켜 자기 꼬리로 만든 바람에, 더 이상 달 기계가 세상에 존재하지 않았기 때문이다.

왕은 곧 달에 완전무장한 정복군을 보냈으며 그 선두에는 용을 무찌르도록 다른, 역시나 매우 용맹한 사이버기계를 세웠으나, 고작 불빛이 한 번 번쩍이고 굉음이 한 번 울린 것만으로 사이버기계도 정복군도 끝장나 버렸다. 전자용은 연습이 아니라 완전히 진짜로 싸웠으며, 왕과 왕국에 대해 대단히 나쁜 의도를 가지고 있었기 때문이다. 왕은 달에 사이버장군들, 사이버군단 대장들을 보냈고, 심지어 사이버대총통까지 파견했으나 그조차 아무 성과도 이루지 못했다. 그저 소란이 좀 더 오래 지속되었을 뿐이고 그 광경을 왕은 왕궁 테라스에 설치한 망원경을 통해 지켜보았다.

용은 커졌고 달은 점점 작아졌는데 왜냐하면 이 괴물 용이 달을 조금씩 집어삼켜 자기 몸으로 만들었기 때문이다. 그래서 왕도 그의 백성들도 상황이 좋지 않다는 것을 알았는데, 왜냐하면 곧 전자용의 발밑에는 더 이상 디디고 설 달의 땅이 남지 않을 터였고, 그러면 행성과 왕국 사람들을 향해 달려들 것이 명백했기 때문이었다. 왕

디지털 기계가 용과 싸운 동화

은 무척 근심했으나 방법을 찾지 못했고 어떻게 해야 할지 알지 못했다. 사이버기계를 더 보내도 어차피 잡아먹힐 테니 소용없었고, 직접 나서는 것은 무서웠기 때문에 좋지 않았다. 그러다 왕은 어느 깊은 밤에 왕궁 침실에서 전신 기계가 툭탁이며 움직이는 소리를 들었다. 그것은 왕의 전용 전신 기계로 전체가 황금이고 다이아몬드 잉크 롤러가 달렸으며 달과 연결되어 있었다. 왕은 벌떡 일어나 침실로 달려갔고 전신 기계는 한 번, 또 한 번 토독, 토독, 움직여 이런 전보를 보내왔다.

"용이 말하기를 폴레안데르 파르토본은 당장 물러나라, 용이 직접 너의 왕좌에 앉을 것이다!"

왕은 겁에 질려 온몸을 떨고 담비 모피로 만든 잠옷을 입고 슬리퍼를 신은 채 서 있다가 그대로 왕궁 지하로 달려갔는데 그곳에는 오래되고 아주 현명한 전략기계가 놓여 있었다. 이제까지 왕은 전략기계에게 조언을 구하지 않았는데, 왜냐하면 전자용이 반란을 일으키기 전에 어떤 군사작전을 두고 말다툼을 했던 적이 있기 때문이었다. 그러나 지금 왕은 고집부릴 여유가 없었고 자신의 왕좌와 목숨을 구하고 싶었다!

왕은 기계의 전원을 눌렀고, 기계가 켜지자마자 외쳤다. "나의 사이버기계여! 나의 훌륭한 기계여! 이렇게 저렇게 되어 전자용이 내 왕좌를 가로채고 나를 왕국에서 쫓아내고자 한다, 나를 살려주렴, 용을 물리치려면 어떻게 해야 하는지 말해주렴!"

"아, 싫어요."

기계가 대답했다.

"먼저 예전에 싸웠던 그 문제에 대해서 내가 옳았다는 걸 인정하세요. 그리고 또 나는 위대한 사이버대장군 외에 다른 칭호를 원하지 않고 나에게 말할 때는 '철자기장 각하'라고 부르세요."

"알았다, 알았어, 널 사이버대장군으로 봉하고 뭐든지 원하는 대로 해줄 테니 살려주렴!"

기계는 웅웅거리고 붕붕거리고 덜그럭거린 뒤에 말했다.

"쉬운 일이에요. 달에 버티고 있는 저 용보다 더 강력한 전자용을 건설하면 됩니다. 그 용이 달의 용을 정복하고 모든 전자 조각들을 부수어 원하시는 목표를 달성해줄 겁니다!"

"아, 완벽한 계획이군!"

왕이 대답했다.

"그러면 그 용을 건설할 계획을 세워줄 수 있겠니?"

"수퍼 용이 될 겁니다."

기계가 말했다.

"나는 계획뿐만 아니라 그 용까지도 만들어 줄 수 있으며 곧 해낼 테니 잠시만 기다리시지요, 왕이시여!"

실제로 기계는 윙윙거리면서 굉음을 내고, 빛을 빛내며 내부에서 뭔가 조립했는데, 이내 불꽃을 내뿜는 거대한 전자발톱 같은 뭔가가 기계의 옆구리에서 튀어나왔고 왕은 외쳤다.

"늙은 사이버 기계야, 멈춰라!"

"지금 나를 뭐라고 불렀지요? 난 위대한 사이버대장군이라고요!"

"아, 그렇지."

왕이 말했다.

"철자기장 각하, 네가 만들어 낸 전자용이 저 달의 용을 무찌르더라도 자기가 그 자리를 차지할지도 모르는데 그 뒤에는 전자용을 어떻게 없애면 좋단 말이냐?"

"이어서 또 다른, 더욱 강력한 전자용을 만들어 내면 되지요."

기계가 설명했다.

"그건 안 돼! 부탁이니 더 이상 아무것도 하지 마라, 난 달에 용이 한 마리도 없기를 원하는데 계속해서 점점 더 무시무시한 용이 생긴다면 대체 어쩌란 말이냐!"

"아, 그건 또 다른 일이지요."

로봇 동화

기계가 대답했다.

"왜 처음부터 그렇게 말해주지 않았어요? 왕께서 지금 얼마나 비논리적인 표현을 하는지 아십니까? 잠시만요… 생각 회로를 돌려봐야겠어요."

그리고 기계는 굉음을 내면서 웅웅 떨리고 붕붕 울리다가 덜그럭거리더니 말했다.

"반물질 달에 반물질 용을 구축하여 달 궤도에 진입시켜 (이 부분에서 기계가 뭔가 철컥거렸다.) 주저앉아 노래해야 합니다. '나는 젊은 로봇이라네, 물을 두려워하지 않는다네, 물이 있는 곳이라면 나는 펄쩍 뛰어넘지, 아무것도 아무것도 두려워하지 않지, 밤부터 아침까지 다, 전부다 내 것이라네!'"

"이상한 말을 하는구나."

왕이 말했다.

"반물질 달이 그 젊은 로봇 노래하고 무슨 상관이 있다는 거냐?"

"무슨 로봇요?"

기계가 물었다.

"아, 아네요, 아네요, 헛갈렸어요, 저 아무래도 안에서 뭔가 고장난 것 같아요, 어딘가 과열돼서 타버린 게 틀림없어요."

그 타버린 부분을 찾기 시작한 왕은 곧 전구가 하나 터진 것을 발견하여 새 전구를 끼우고, 기계에게 반물질 달은 어떻게 하면 되냐 물었다.

"어느 반물질 달요?"

기계가 이전에 무슨 말을 했는지 그사이에 잊어버리고 되물었다.

"반물질 달에 대해서는 아무것도 모르는데요… 잠깐만요, 생각 좀 해보고요."

쉭쉭거리고 붕붕거린 후에 기계가 말했다.

"전자용과 싸우는 데 대한 일반 공식을 창조해야 합니다. 달에 있는 용은 그 공식이 적용되는 구체적인 사례가 될 것이고, 그러면 공식을 쉽게 풀어 문제를 해결할 수 있을 거예요."

"그러면 그 공식을 만들어라!"

왕이 말했다.

"그러기 위해서는 우선 수많은 시험적 전자용을 만들어 내야 해요."

"그건 안 돼! 고맙지만 됐다!"

왕이 외쳤다.

"저 용이 내 왕좌를 빼앗으려 하는데 그런 용을 많이 만들었다간 대체 무슨 일이 생기려고!"

로봇 동화

"그래요? 그러면 다른 방법을 찾아내야 하겠군요. 연속 근사치 추정 방식의 전략적 변형을 적용하도록 하지요. 가서 용에게, 세 가지 아주 간단한 수학 문제를 풀면 왕좌를 넘겨주겠다고 전보를 치세요…."

왕은 가서 전보를 쳤고 용은 동의했다. 왕이 기계에게 돌아왔다.

"그럼 이제 첫 번째 문제입니다."

기계가 말했다.

"자신을 자기 자신으로 나누라고 용에게 말하세요!"

왕은 그렇게 전했다. 전자용은 자신을 자기 자신으로 나누었으나 전자용 한 마리 안에는 전자용 한 마리밖에 넣을 수 없었으므로 용은 계속 달에 남아 있었고 아무것도 변하지 않았다.

"아, 대체 너 지금 무슨 짓을 저질러 버린 거냐."

왕이 슬리퍼가 벗겨질 정도로 서둘러 지하실로 달려오며 탄식했다.

"용이 자신을 자신으로 나누었지만 1은 1로 나누면 1이니 아무것도 변하지 않았단 말이다!"

"괜찮아요, 일부러 그렇게 했어요. 주의를 분산시키기 위한 작전입니다."

기계가 말했다.

디지털 기계가 용과 싸운 동화

"이제 용에게 자기 자신의 원소를 추출하라고 하세요!"

왕은 달에 전보를 보내자 용은 뽑아내고 뽑아내고 뽑아내기 시작해, 몸 전체를 덜덜 흔들고 쉭쉭 숨을 몰아쉬면서 부들부들 떨다가 갑자기 멈추었다. 그리고 자신에게서 원소를 뽑아내었다!

왕은 기계에게 돌아갔다.

"용이 몸을 덜덜 흔들고 부들부들 떨고 심지어 이를 북북 갈았지만 결국 원소를 뽑아내더니 계속 나를 위협하는구나!"

왕이 문가에서부터 외쳤다.

"이제 어쩌면 좋단 말이냐, 늙은 기… 아니 참, 철자기장 각하!"

"좋은 생각만 하세요."

기계가 말했다.

"이제 자신에게서 스스로 뺄셈하라고 용에게 말하세요!"

왕은 침실로 달려가 용에게 전보를 보냈고, 그러자 용은 자신에게서 자기 자신을 뺄셈하기 시작했는데, 처음에는 꼬리를 빼고 다음에는 다리를 빼고 그런 뒤에 몸통을 빼고 마침내 뭔가 잘못되는 것을 깨닫고 나서 망설이

144
로봇 동화

기 시작했으나, 관성에 의해 뺄셈은 계속되었고 결국 용은 머리를 빼고 영(0), 그러니까 아무것도 남지 않게 되었다, 전자용은 없어진 것이다!

"전자용이 없어졌다."

왕이 지하실로 달려 들어가며 기뻐서 외쳤다.

"네 덕분이다, 늙은 사이버 기계야… 고맙다… 열심히 해줬구나. 쉴 자격이 충분하니 이제 너의 전원을 꺼주겠노라."

"오 안 돼요, 친애하는 왕이시여."

기계가 대답했다.

"원하는 걸 얻었으니 이제 내 전원을 끄고 날 철자기장 각하라 부르지 않겠다는 건가요? 오, 아주 우아하지 못하시군요! 그럼 내가 스스로 전자용으로 변하겠어요, 존경하는 왕이시여, 그래서 당신을 왕국에서 내쫓고 당신보다 확실히 왕국을 더 잘 다스리겠어요. 어차피 당신은 언제나 모든 중요한 일에는 내 조언을 구했으니 실질적으로 당신이 아니라 내가 왕국을 다스린 것이나 다름없지요…."

그러더니 기계는 붕붕거리고 굉음을 내며 전자용으로 변하기 시작했다. 이미 불꽃 튀는 전자발톱이 옆구리에서 튀어나오기 시작했는데, 왕은 겁에 질려 숨도 제대

디지털 기계가 용과 싸운 동화

로 못 쉬며 발에서 슬리퍼를 벗고 기계에 달려들어 닥치는 대로 기계의 램프를 슬리퍼로 때려 부수기 시작했다! 기계는 웅웅거리고 철컥거리더니 프로그램이 뒤얽혀 문제가 생겼다. '전자용'이라는 단어를 '전자타르elektrosmoła'로 바꿔버린 것이다. 그리고 기계는 왕의 눈앞에서 점점 더 작은 소리로 꿀럭거리며 석탄처럼 까맣고 번들거리는 거대한 덩어리로 변했고, 조금 더 빽빽 소리를 냈는데, 그 안에서 기계의 모든 전자성이 푸른 불꽃이 되어 새어나왔고, 폴레안데르왕이 굳어버린 듯 서서 지켜보는 가운데 단지 연기를 피워 올리는 거대한 타르 웅덩이만 남게 되었다….

안도의 한숨을 쉰 왕은 슬리퍼를 도로 신고 왕궁의 침실로 돌아갔다. 그러나 그 이후로 왕은 완전히 변했다. 이때 겪은 모험으로 인해 왕은 덜 군사적인 성격으로 변했고 남은 일생 동안 오로지 민간 사이버공학에만 열중했으며 군사학 쪽은 건드리지도 않았다.

히드로프스왕의 장관들[*]

*

---

[*] 이야기의 주인공은 모두 로봇 물고기들이다. 그러므로 물에서 헤엄치는 묘사와 금속이 녹슬지 않거나, 금속에 방수 처리를 하거나 새로운 로봇을 제작하는 이야기가 계속 언급된다.

아르고나우트족은 별들의 종족 중 행성 바다들의 심연 속에서 처음으로 이성을 획득한 종족이었으며, 조그만 정신을 가진 종류의 로봇들은 그들이 영원토록 금속을 금지했다고 여겼다. 그들 왕국의 투명한 녹색 연결망 중 하나는 아크바치아인데, 이 도시는 북녘 하늘에서 마치 토파즈 목걸이에 달린 커다란 에메랄드처럼 빛났다. 오래전 모든 물고기들의 왕 히드로프스가 이 물밑 행성을 다스리고 있었다. 어느 날 아침 왕은 왕실 장관 네 명을 궁궐로 불렀으며, 장관들이 모두 얼굴 앞까지 헤엄쳐 오자, 왕은 에메랄드로 뒤덮인 커다란 아랫아가미를 부채처럼 넓게 펼친 가운데 장관들에게 이렇게 말했다.

"녹슬지 않는 명예로운 장관들이여! 짐이 벌써 15세기 동안 아크바치아와 그 물밑 도시들과 푸른 침전물 벌판을 다스리고 있노라. 그 세월 동안 나는 수많은 땅을 가라앉혀 나라의 영토를 넓혔으며 동시에 선왕이신 이흐티오크라세트Ichtiokrates*가 받들었던 방수의 깃발을 더럽히지 않았다. 게다가 적대적인 미크로치트Mikrocyt**족과의 전투에서도 짐은 연달아 승리를 거두었으며, 그 영광은 짐이 감히 말로 다 표현할 수 없을 정도이다. 그러나 짐에게 이 권력은 스스로 감당할 수 없는 부담이 되고 있으니, 이제 이노크시드Inoxid***의 왕좌를 물려받아 정의로운 통치를 이어갈 자격이 있는 아들을 얻고자 한다. 이런 연고로 부탁하노니, 충실한 나의 히드로치베르Hydrocyber**** 아마시드, 위대한 프로그래머 디오프트리크, 그리고 나의 상부구조자nadstrojczy*****인 필로나우타와 미노가르여, 나에게 아들을 발명해 주기를 원한다. 나의 아들은 현명하지만 지나치게 책에만 달라붙지 않아야 하니, 그 이

---

* '물고기의 통치'라는 뜻이다. '물고기'라는 뜻의 접두어 ichtio-와 '통치, 정치'라는 뜻의 krates를 합쳐 작가가 만들어 낸 합성어다.
** 조그만 기생충이라는 뜻이다.
*** 금속이 녹슬거나 삭아버리지 않도록 칠하는 약품이다.
**** '물'이라는 뜻의 hydro-와 '인공지능'이라는 뜻의 cyber를 합쳐 작가가 만들어 낸 가상의 직위다.
***** 작가가 상상해 낸 직위다.

유는 지나친 지식은 행동하려는 의지를 억누르기 때문이다. 나의 아들은 선하지만 이 또한 지나치지 않아야 한다. 또한 짐이 소망컨대, 나의 아들은 용맹하지만 무모하지 않아야 하며, 예민하지만 감상적이지 않고, 마지막으로는 나와 닮아야 할 것이니, 그의 옆구리는 나와 같은 탄탈룸 비늘로 덮이고 그의 이성을 구성하는 크리스털은 우리를 둘러싸고 먹여주고 보살펴 주는 물과 같이 투명해야 할 것이다! 그럼 이제 경들은 위대한 매트릭스의 이름으로 작업을 시작하도록 하라!"

디오프트리크와 미노가르 그리고 필로나우타와 아마시드는 왕에게 깊이 고개 숙여 인사하고 말없이 헤엄쳐 물러났는데, 각자 마음속으로는 국왕의 명령을 헤아리고 있었으나, 강력한 히드로프스왕이 소망한 것과 완전히 같은 방식은 아니었다. 왜냐하면 미노가르는 다른 누구보다도 왕좌의 권력을 원했고, 필로나우타는 비밀리에 아르고나우트족의 적들과 내통하고 있었으며, 아마시드와 디오프트리크는 서로 불구대천의 원수로서 그 무엇보다 상대방의 몰락과 전락을 열망했기 때문이었다.

왕은 그들이 자신을 위해 아들을 제작해 주기를 원한다고 아마시드는 생각했다. 그렇다면 왕자의 세부 매트릭스에다 저 풍선처럼 부푼 불한당 디오프트리크에 대한 혐오감을 새겨넣는 것이 가장 쉬운 방법 아니겠는가? 그러면 왕자가 권력을 쥐게 되었을 때, 곧 디오프트리크의 머리를 물 밖에 내놓아 처형하라는 명령을 내릴 터였다. 그거야말로 진정 완벽했다. 그러나 탁월한 히드로치베르인 아마시드는 계속해서 생각했다.

'디오프트리크도 분명히 나와 똑같은 계획을 꾸미고 있을 것이며, 불행히도 프로그래머이므로 미래의 왕자에게 나에 대한 증오를 탑재할 가능성을 아주 많이 가지고 있다. 최악의 상황 아닌가! 매트릭스를 아기 화덕에 함께 눕힐 때, 두 눈 똑똑히 뜨고 지켜봐야 하겠군!'

바로 그때 고귀한 필로나우타는 고심하고 있었다.

'가장 쉬운 방법은 바로 왕자에게 미크로치트족에 대한 애착을 장치하는 것이지. 하지만 그것은 바로 남들의 이목을 살 것이고, 왕이 내 전원을 끄라고 명할 것이다. 그러므로 왕자에게는 오직 조그만 형태들에 대한 사랑을 불어넣는 편이 훨씬 더 안전할 테지. 만약 내가 심문에 불려가더라도 그저 나는 물속의 미세형체들만 생각했으며, 물밖의 것을 사랑해서는 안 된다는 경고를 왕자의 프로그램에 추가한다는 걸 깜빡했다고 말하면 되겠지. 최악의 경우라도 왕은 나에게 내렸던 위대한 첨벙 훈장을 거두어 갈지언정 내 머리를 거두어 가지는 않을 것이다.

내 머리야말로 나에게는 가장 귀중한 것이며 미크로치트의 왕 나노크세르조차 내 머리가 잘리면 돌려주지 못할 것이니까!'

"어째서 이토록 조용합니까, 고귀하신 경들?"

미노가르가 그때 말했다.

"우리 모두 즉시 작업에 착수해야 하지 않겠습니까, 폐하의 명령보다 성스러운 것은 없으니까요!"

"바로 그러하기 때문에 머릿속에서 폐하의 명령을 숙고하는 것입니다."

필로나우타가 재빨리 말했고 디오프트리크와 아마시드는 한 목소리로 덧붙였다.

"우리는 준비되었습니다!"

그리하여 고대로부터의 관습에 따라 장관들은 에메랄드 비늘로 사방 벽을 둘러싼 집무실에 서둘러 들어갔고, 문을 잠그자 집무실 바깥은 해저 송진으로 일곱 겹 봉인되었으며, 행성 홍수의 권위자 메가치스테스Megacystes* 가 직접 그 봉인에 자기 가문의 상징 '조용한 물'의 인장을 찍었다. 이제는 아무도 장관들의 작업을 방해할 수 없었으며, 봉인은 그들이 작업을 완료했다는 표시로 일부

---

* 거대한 물통이라는 뜻이다.

러 소용돌이를 일으킨 다음 문 사이로 실패한 작업물들을 흘려보내고 나서야 뜯길 것이었고, 그러면 왕자 탄생을 축하하는 성대한 잔치가 열릴 터였다.

그렇게 장관들은 자리 잡고 작업을 시작했으나, 일은 순조롭게 진행되지 않았다. 왜냐하면 그들은 히드로프스가 요구한 덕목들을 실현할 방법이 아니라, 이 어려운 창조 작업의 와중에 어떻게 왕과 다른 세 동료를 속여야 할지 생각했기 때문이었다.

왕은 조바심을 냈는데, 왜냐하면 이미 8일 밤낮이 지나도록 왕자 제작자들이 집무실에 틀어박혀 작업이 성공적으로 끝나가고 있다는 신호조차 주지 않았기 때문이었다. 또한 장관들은 서로의 작업을 방해하려 노력했는데, 각자 다른 자들의 기운이 다하기를 기다렸다가 자신에게 이익이 될 만한 것을 왕자의 매트릭스 크리스탈 네트워크에 재빨리 심어 넣을 모사를 하고 있었다.

어쨌든 미노가르와 필로나우타는 군주의 요구를 반겼다. 미크로치트족이 그들에게 약속한 보화에 대한 열망과 아마시드와 디오프트리크에 대한 공통의 증오 때문이었다.

이윽고 기운보다는 참을성이 다하여, 교활한 필로나우타가 말했다.

"우리 작업이 왜 이리도 길게 이어지는지 이해할 수 없습니다, 고귀하신 경들. 이미 폐하께서 우리에게 명확히 어명을 내리지 않으셨습니까. 어명대로 따랐다면 왕자는 이미 준비되었을 것입니다. 왕자 탄생에 관한 경들의 느린 작업 속도는 혹시 주군에게 충성하지 않는 자가 연루되었기 때문은 아닌지 의심스럽기 시작합니다. 만약 이대로 작업이 계속 진행된다면 저는 아픈 마음으로 어쩔 수 없이 반대 의견서를 올려야만 할 것인데 그 말뜻은 즉…."

"밀고하겠다는 것이군! 그 뜻이겠지요, 고귀하신 필로나우타 경!"

분노에 찬 아마시드가 번쩍거리는 아가미를 흔들며 씩씩거렸는데, 너무 세게 흔든 나머지 그가 단 훈장의 모든 부레들이 떨릴 정도였다.

"아니 세상에, 세상에! 경께서 허락하신다면 저 또한 국왕께 상소를 올려, 언제부터인가 흔들린 경의 충성심이 왕자의 프로그램에 크지 않은 것을 사랑하도록 공식을 세워놓고서는, 물밖의 것에 대한 애착을 금지하는 공식은 들어갈 자리조차 남겨놓지 않아 이미 열여덟 개의 진주 매트릭스를 망가뜨렸고, 그래서 모두 버려야만 했다는 사실을 말씀드리겠소이다! 고귀하신 필로나우타 경, 당신은 그저 실수였다고 설득하려 했지만, 그 실수가 열여덟 번이나 반복된다면 경을 반역자의 감옥이나 미치광이의 병실에 가두기엔 충분한 사유이며, 경이 가진 자유란 그 두 가지 중에서 선택하는 일밖에 남지 않을 것이오!"

물속처럼 꿍꿍이를 훤히 꿰뚫린 필로나우타가 스스로 변호하려 했으나 미노가르가 먼저 입을 열어 이렇게 말했다.

"고결하신 아마시드 경이여, 경은 우리들 중에서도 흠결 없는 해파리와 같아서 수정처럼 맑으니 대체 누가 감히 반대하겠습니까. 허나 경 또한 알 수 없는 방식으로 왕자가 못생겼다고 여기는 모든 것을 규정하는 매트릭스에 열한 번이나 시도해, 한 번은 셋으로 갈라진 꼬리를, 한 번은 창백하고 번들거리는 등을, 두 번이나 툭 튀어나온 눈을, 그리고 또 두 번이나 배의 철갑과 세 개의 빨간 불꽃을 입력했으며, 이는 모두 왕자의 공동 제작자이자 여기 계시는 디오프트리크 경의 특징과 연관될 수 있다는 사실에 대해서는 모르쇠로 구시는데, 경은 왕자의 마음속에 이 장관님에 대한 증오심을 심으려 하신 것은 아닌지요…."

"그럼 디오프트리크 경은 어째서 자꾸만 매트릭스 끝에 '이드(yd)'로 끝나는 이름을 가진 존재에 대한 경멸을 입력하려고 합니까?"

아마시드Amassyd가 물었다.

"말이 나온 김에, 강력하신 미노가르 경께서는 어째서인지 모르겠으나 왕자가 싫어할 대상으로 자꾸만 다이아몬드 지느러미가 받치고 있는 오각형 의자를 추가하는데 그 연유는 무엇인지요? 바로 왕좌가 모든 면에서 정확히 그런 모습을 하고 있다는 사실을 정녕 모르신다는 말씀입니까?"

불편한 침묵이 흘렀고 작게 철벅거리는 소리만이 그 정적을 깼다. 장관들은 서로 어긋나는 이해관계로 충돌하며 오랫동안 애썼고, 그러다 마침내 그들 사이에서 파벌이 생겨나기 시작했다. 필로나우타와 미노가르는 왕자의 매트릭스에 모든 작은 형태들에 대한 공감과 그러한 형태들에게 양보하려는 의지를 새겨넣는 방식으로 합의를 보았다. 이와 관련해 필로나우타는 미크로치트족을 생각했으며, 미노가르는 네 장관들 중에서 가장 작은 자기 자신을 염두에 두고 있었다. 디오프트리크 또한 이러한 공식에 갑자기 동의했는데, 그 이유는 아마시드가 그들 넷 중에서 가장 키가 컸기 때문이었다. 아마시드는 사납게 반대했으나 또 돌연히 반대 의견을 취소했는데, 왜냐하면 그는 자신의 크기를 줄일 수도 있었고, 혹은 왕실 구두장이를 매수해 디오프트리크의 신발 밑창에 탄탈룸 원반을 달게 시킨다면, 가증스러운 디오프트리크의 키가 더 커질 것이며 그리하여 왕자의 미움을 사게 될 것이라는 생각이 떠올랐기 때문이었다.

넷은 재빨리 왕자의 매트릭스를 완성했으며, 문 뚜껑 너머로 쓸모없어진 잔해를 버리고 나자, 궁궐에서는 성대한 왕자 탄생 축하 잔치가 열리게 되었다.

왕자 제작을 위한 매트릭스가 화덕에 들어가자마자 영예로운 경비관이 유아 화덕 앞에서 곧 완성될 아르고나우트족의 새 군주가 나오는 순서대로 판형을 정리했고, 아마시드는 계획했던 배신을 실행에 옮겼다. 그가 매수한 왕실 구두장이는 디오프트리크의 신발 밑창에 몇 번이나 새 탄탈룸 원반을 돌려 끼우기 시작했다. 한편 왕자는 이미 하급 금속 장인들이 보살피는 단계에 이르렀을 때, 디오프트리크는 왕궁의 거대한 거울 속에 비친 자기 모습을 확인하고 자신이 정적보다 키가 크다는 사실에 충격을 받았는데, 왕자는 조그마한 물체와 생물에게만 호의를 갖도록 프로그래밍되어 있었기 때문이다!

디오프트리크는 집으로 돌아와 자신의 몸을 은 망치로 두드리며 꼼꼼하게 검사해 보았고, 그러다가 발에 끼워진 금속판을 발견했는데, 이것이 누구의 짓인지는 당장 알아차렸다.

'오, 이 사기꾼!'

그는 아마시드에 대해 생각했다.

'하지만 이제 어쩌면 좋지?'

그는 잠시 생각한 뒤에 몸의 크기를 줄이기로 결정했다. 그는 충직한 하인을 불러 왕궁에 솜씨 좋은 철물공을 데려오라고 명령했다. 그러나 하인은 이 명령을 완전히 이해하지 못한 채 거리로 헤엄쳐 나가 어느 가난한 일꾼을 데려왔는데, 일꾼의 이름은 프로톤이며 하루 종일 '머리 납땜합니다! 배에 철사 연결하고요, 꼬리 납땜도 합니다! 꼬리 광택 냅니다!'라고 외치며 시내를 돌아다녔다. 이 땜장이에게는 심술궂은 아내가 있었는데 언제나 쇠지레를 손에 들고 그가 돌아오기를 기다렸다가, 그가 집에 가까워지면 거리 전체가 울리도록 사납게 고함지르곤 했다. 그리고 그가 벌어온 것을 전부 빼앗고 인정사정없이 지렛대를 휘둘러 그의 어깨와 등에 흠집을 냈다.

프로톤은 덜덜 떨며 위대한 프로그래머 디오프트리크 앞에 서 있었고 디오프트리크는 그에게 말했다.

"이봐라 철물공이여, 나를 더 작게 만들어 줄 수 있겠는가? 내가 스스로 생각하기에 보시다시피 좀 너무 큰 것 같아서…. 그래 뭐 상관없겠지! 날 작게 만들어라. 하지만 나의 아름다움에 손상이 가서는 안 된다! 잘 해내면 충분하게 상을 내릴 테지만 이 일에 대해서는 곧 잊어야만 한다. 입에서 물 한 방울도 뱉어내선 안 돼. 그렇지 않으면 너의 나사를 모두 풀어버리도록 명하겠다!"

프로톤은 무척 놀랐지만 겉으로 드러내지는 않았다. 높은 분들은 원래 여러 가지 변덕을 부리는 법이니까. 그래서 그는 디오프트리크를 주의 깊게 살펴보고, 안쪽을 들여다보고, 몸체를 두들겨보고, 톡톡 쳐본 뒤 말했다.

"나리, 제가 나리의 꼬리 가운데 부분을 빼낸다면 어떨깝쇼…."

"안 돼, 그건 싫다!"

디오프트리크가 흥분해서 대꾸했다.

"꼬리가 아깝단 말이다! 아주 아름다운 꼬리인데!"

"아, 그러하옵시면 다리를 풀어볼깝쇼?"

프로톤이 물었다.

"어차피 다리는 아무 쓸모도 없는뎁쇼."

사실 실제로 아르고나우트족은 다리를 사용하지 않았다. 그것은 태고적 시절, 조상들이 아직 마른땅에서 살았을 적에 남은 흔적이었다.

그러나 디오프트리크는 이 말을 듣자 불같이 화를 냈다.

"아, 이 쇠로 만든 멍청이 같으니! 높은 집안에서 태어

로봇 동화

난 우리들만이 다리를 가질 수 있다는 사실을 너는 모른 단 말이냐? 감히 나에게서 이 귀족의 표식을 제거하려 하다니!"

"마음 깊이 사죄드립니다, 나리… 하지만 그러면 제가 대체 어디를 떼어내면 좋을깝쇼?"

디오프트리크는 이렇게 고집을 부려선 아무것도 얻지 못한다는 사실을 깨달았다. 그래서 그는 내뱉었다.

"네 뜻대로 하거라…."

프로톤은 그의 치수를 재고, 여기저기 두들기고, 톡톡 친 뒤에 말했다.

"나리께서 허락하신다면 머리를 풀어 떼어낼까 하는 뎁쇼…."

"이놈이 미쳤나! 어떻게 머리 없이 산단 말이냐? 나더러 생각은 뭘로 하라고?"

"아, 그건 아무것도 아닙니다, 나리! 덕망 높으신 나리의 이성은 제가 배에 넣어드립지요, 거긴 자리가 많으니까요…."

디오프트리크가 동의하자, 땜장이는 능숙하게 그의 머리를 풀어 반구형 크리스털 이성을 배에 옮겨 넣고 전부 대갈못으로 막아 뚜껑을 씌운 뒤 5두카트를 받았고, 하인들이 그를 왕궁에서 데리고 나갔다. 그러나 밖으로 나가면서 그는 어느 방에서 디오프트리크의 딸인 아우렌티나를 보았는데, 아우렌티나는 몸 전체가 은과 금으로 되어 있었고, 그 날씬한 몸에는 종이 달려 걸을 때마다 종소리가 울렸으며, 프로톤은 그녀가 이제까지 자신이 보았던 그 무엇보다도 더 아름답다고 생각했다. 프로톤은 집에 돌아갔는데 집에서는 이미 아내가 쇠지레를 손에 들고 기다리고 있었으며, 곧 엄청난 굉음이 길거리 전체에 울려 퍼졌고 이웃들은 이렇게 말했다.

"오호! 저 마녀 같은 아내가 또 프로톤의 옆구리를 울퉁불퉁하게 두드리는군!"

한편 디오프트리크는 자신의 바뀐 모습에 아주 기뻐하며 왕궁으로 갔다.

왕은 자신의 장관이 머리 없이 나타난 모습에 약간 놀랐으나 장관은 왕에게 이게 새로운 유행이라고 서둘러 설명했다. 아마시드는 자신의 모든 시도가 실패했기 때문에 속으로 욕을 퍼부었고, 자기 집에 돌아가서 적인 디오프트리크와 똑같은 일을 했다. 이때부터 둘 사이에 축소 경쟁이 시작되었고 그들은 금속 비늘, 아가미, 목을 떼어냈으며 그리하여 일주일이 지나자 둘 다 몸을 구부리지 않고도 책상 밑으로 들어갈 수 있게 되었다. 그리고 나머지 장관 둘도 미래의 왕이 가장 작은 존재들만을 사랑하리라는 사실을 잘 알고 있었으므로 원하든 원하지 않든 마찬가지로 자기 몸을 축소하기 시작했다. 그 결과 마침내 더 이상 아무것도 떼어낼 수가 없게 되었다. 절망에 빠진 디오프트리크는 하인을 보내 땜장이를 다시 데려오게 했다.

권력자 앞에 선 프로톤은 이 높으신 나리가 이미 별로 남아 있지도 않은데 계속 더 축소해 달라고 끈질기게 요구한다는 사실에 놀랐다!

"고귀하신 나리."

프로톤이 머리를 긁적이며 말했다.

"제가 보기에 방법은 이제 하나뿐입니다요. 나리께서 허락하신다면 두뇌를 꺼냅지요…."

"안 돼, 너 미쳤구나!"

디오프트리크가 목청을 높였으나 땜장이가 설명했다.

"뇌는 나리의 궁에다, 어딘가 확실한 장소에, 예를 들면 여기 이 벽장 속에 보관해 두시옵고 나리께서는 몸 안에 조그마한 수신기와 확성기만 두시는 것입지요. 그렇게 하시면 나리는 나리의 이성과 전자기적으로 연결되는 것입니다요."

"알겠다!"

디오프트리크가 말했는데, 그는 이 발상이 마음에 들

었다.

"그렇다면 네가 할 일을 하여라!"

프로톤은 디오프트리크의 뇌를 꺼내 벽장 안 작은 서랍에 넣고, 서랍을 단단히 잠근 뒤 열쇠는 디오프트리크에게 건네주고 그의 뱃속에 조그만 수신기와 마이크를 집어넣었다. 이제 디오프트리크는 너무나 작아져서 거의 보이지도 않을 지경이 되었다. 그의 경쟁자 셋은 이렇게 작아진 모습을 보고 몸을 떨었으며 왕은 이상하게 여겼지만 아무 말도 하지 않았다. 미노가르, 아마시드, 필로나우타는 이제 절망적인 방법에 매달리기 시작했다. 날이 갈수록 그들은 눈앞에서 녹아내렸고 땜장이가 디오프트리크에게 한 것과 거의 비슷하게 행동했다. 즉, 뇌를 되는대로 어딘가에, 책상 서랍이나 침대 밑 같은 곳에 보관했고, 그들의 꼬리가 달린 반짝이는 빈 깡통만 남았으며, 그들이 달고 있는 이런저런 훈장도 이제 그들보다 그다지 작지 않았다.

그리고 디오프트리크는 또다시 하인을 땜장이에게 보냈다. 땜장이가 자기 앞에 서자, 디오프트리크는 외쳤다.

"어떻게든 해보아라! 무슨 짓을 해서라도 반드시 더욱 더 작아져야만 한다, 그렇지 않으면 파멸이다!"

"고귀하신 나리."

땜장이가 귀족 앞에 납작하게 머리를 숙이고 대답했는데, 이제 디오프트리크는 안락의자 손잡이와 등받이 사이에서 거의 보이지도 않았다.

"이것은 전례 없이 어려운 일이서 대체 제가 할 수 있을지도 잘 모르겠는뎁쇼….”

"별일 아니다! 내가 시키는 대로 해라! 해야만 한다! 나를 더 작게 만드는 데 성공해 아무도 나보다 더 작아질 수 없을 만큼 최소한의 형태에 도달하게 해준다면 네 소원을 뭐든지 들어주겠다!"

"나리께서 귀족의 명예를 걸고 소원을 들어주신다 약조하신다면 저도 제가 할 수 있는 최선을 다해 노력해 보지요."

프로톤이 대답했는데, 그 순간 그의 머릿속이 갑자기 밝아졌고 가슴에는 마치 누군가 아주 순수한 금을 부어 넣은 듯한 기분이 들었다. 그는 벌써 몇 날 며칠이나 금빛으로 빛나는 아우렌티나와 그녀의 가슴에 감추어진 것 같은 크리스탈 종 말고는 달리 아무것도 생각할 수 없었던 것이다.

디오프트리크는 소원을 들어주겠다고 맹세했다. 그래서 프로톤은 조그마해진 디오프트리크에게 무겁게 걸려 있던 마지막 남은 훈장 세 개를 떼어내, 그것으로 삼각형

상자를 만들어 그 안에 마치 두카트 동전처럼 조그만 수신기를 집어넣고, 전체를 금사로 감은 뒤에 뒤쪽에 금판을 땜질해 붙이고 꼬리 모양으로 잘라낸 다음 말했다.

"다 되었습니다요, 나리! 이렇게 귀한 훈장을 보면 누구든 어렵지 않게 나리가 누구신지 알아볼 수 있을 것입지요. 이 금판으로 나리는 헤엄을 치실 수 있고 수신기로는 벽장에 숨겨둔 이성과 연결이 가능합지요…."

디오프트리크는 기뻐했다.

"무엇을 원하나? 요구해라, 말해, 뭐든지 들어주겠다!"

"나리의 따님이신 금빛으로 빛나는 아우렌티나 님을 아내로 맞이하기를 원합니다!"

디오프트리크는 무시무시하게 화를 내더니 프로톤의 얼굴 주위를 헤엄치며 욕설을 퍼붓고, 훈장을 쩔렁쩔렁 울리며 그를 뻔뻔스런 불한당, 허풍쟁이, 사기꾼이라 비난한 뒤에, 궁에서 그를 쫓아내라고 명했다. 그러고 나서 디오프트리크는 로봇 여섯 마리가 끄는 잠수정을 타고 곧장 국왕을 찾아갔다.

미노가르, 아마시드, 필로나우타는 디오프트리크의 새로운 모습을 보았는데, 꼬리를 제외하고 그의 몸체를 구성하는 부분 중 오로지 빛나는 훈장 덕분에 비로소 그가 누구인지 알아보았으며, 그리하여 무시무시한 분노에 사로잡혔다. 전자분야에 밝은 고관대작으로서 그들은 신체의 축소화를 계속 진행하기란 어렵다는 사실을 이해했지만, 벌써 다음 날이면 왕자 탄생을 축하하는 성대한 잔치가 벌어질 예정이었고, 그러므로 한시도 머뭇거릴 수 없었다. 그리하여 아마시드가 필로나우타와 몰래 음모를 꾸며 디오프트리크가 자기 궁으로 돌아가는 길에 그를 습격하고 납치해서 가둬두기로 했는데, 그렇게 조그만 존재가 사라진들 아무도 눈치조차 채지 못할 테니 어렵지 않을 것이었다. 그리고 그들은 계획대로 실행했다. 아마시드가 낡은 양철 깡통을 미리 준비해 산호초 뒤에 숨어 있었는데, 그 산호초 근처로 디오프트리크의 잠수함이 지나갈 예정이었다. 그리고 잠수함이 가까이 오자 아마시드의 하인들이 가면을 쓰고 갑자기 길을 덮쳤는데, 디오프트리크의 시종들이 지느러미를 들어 저항해 보기도 전에 그들의 주인은 이미 깡통으로 덮여 납치되었다. 아마시드는 위대한 프로그래머가 자유를 찾아 탈출할 수 없도록 즉시 양철 뚜껑을 덮었으며, 디오프트리크를 무시무시하게 비웃고 조롱하면서 서둘러 집으로 돌아갔다. 그러나 여기서 그는 자기 집에 디오프트리크를 가둔 깡통을 보관하는 것은 좋지 않다는 데 생각이 미쳤다. 바로 그때 거리에서 외치는 목소리가 들렸다.

"머리 납땜합쇼! 배, 꼬리, 목 철사 연결합쇼, 광택냅쇼!"

아마시드는 기뻐하며 땜장이를 불렀는데, 그는 바로 프로톤이었고, 그리하여 아마시드는 프로톤에게 깡통을 빈틈없이 땜질해 막으라고 명했으며, 프로톤이 명령대로 수행하자 1탈라르를 주고 말했다.

"여봐라 땜장이, 이 깡통 안에는 내 궁전 지하실에서 잡은 금속 전갈이 들어 있다. 이걸 가지고 가서 도시 바깥의 그 커다란 쓰레기장이 있는 곳에 버려라, 알겠나? 그리고 시간이 지나도 전갈이 도망치지 못하도록 확실히 해야 하니 깡통을 돌로 잘 눌러둬라. 위대한 매트릭스의 이름으로 깡통을 절대 열지 마라, 열었다간 그 자리에서 죽을 것이다!"

"명받은 대로 합지요, 나리."

프로톤이 말하고 깡통과 수고료를 받아 궁전을 떠났다.

그는 이 이야기에 놀랐고 어떻게 판단해야 할지 알 수 없었다. 깡통을 흔들어 보니 안에 뭔가 들어 있었다.

"이건 전갈일 리가 없어."

프로톤은 생각했다.

"이렇게 작은 전갈은 없어… 뭐가 들었는지 봐야지, 하지만 여기서는 말고…."

그는 집으로 돌아가 깡통을 다락방에 숨기고, 아내가 발견하지 못하도록 그 위에 낡은 철판들을 덮은 다음 쉬는 척했다. 그러나 아내는 그가 지붕 밑 방에 뭔가 숨겨놓은 것을 눈치챘고 그래서 다음 날 그가 언제나 그렇듯 시내를 돌아다니며 '머리 철사 펩쇼! 꼬리 땜질합쇼!' 하고 외치기 위해 집을 나서자 아내는 재빨리 위층으로 올라가 깡통을 발견해서 흔들어 보았는데 쨍그랑거리는 금속 소리가 들려왔다.

'이런 사기꾼, 이런 건달 같으니!'

아내는 프로톤에 대해 생각했다.

'결국은 여기까지 와버렸군. 내가 찾지 못하게 무슨 보물을 감춰놓은 거람!'

아내는 재빨리 깡통에 구멍을 뚫었으나 아무것도 보이지 않았고, 그래서 끌로 깡통의 쇠 판을 찢어서 열었다. 깡통 철판이 아주 조금 휘어져 열렸을 때, 아내는 금빛으로 반짝이는 것을 보았는데 그것은 바로 순수한 귀금속으로 만든 디오프트리크의 훈장이었다. 억누를 수 없는 욕심에 몸을 떨던 프로톤의 아내는 깡통의 양철 뚜껑 전체를 뜯어냈고, 그러자 양철이 궁전 벽장 속에 있는 뇌와의 연결을 막았기 때문에 안에서 이제까지 죽은 듯이 쉬고 있던 디오프트리크는 번쩍 눈을 뜨고 이성과 연결되어 이렇게 외쳤다.

"이게 무엇인가? 여기가 어디인가? 누가 감히 나를 공격했는가? 너는 누구냐, 흉악한 피조물이여? 나를 당장 자유롭게 풀어주지 않는다면 너는 나사가 전부 풀려 헛된 죽음을 맞이할 것임을 알아두어라!"

땜장이의 아내는 3두카트짜리 훈장들이 눈앞에서 뛰어오르고 쩔렁거리고 꼬리를 흔들며 위협하는 모습을 보고 너무나 겁에 질려 도망쳤다. 그녀는 다락방 뚜껑문으로 뛰어갔는데, 디오프트리크가 계속 그녀 위에서 헤엄치며 세상을 끝장낼 듯이 위협하고 저주했기 때문에, 그녀는 사다리 맨 위의 가로대에 걸려 넘어져 사다리와 함께 다락방에서 떨어졌다. 바닥에 부딪치며 그녀는 목이 꺾였고, 사다리는 뒤집히면서 더 이상 다락방 뚜껑문을 지지하지 못하게 되어 문은 닫혀버렸다. 이러한 연유로 디오프트리크는 다락방에 갇힌 채 이 벽에서 저 벽으로 헤엄치며 헛되이 도움을 청하는 신세가 되었다.

저녁이 되어 돌아온 프로톤은 아내가 쇠지레를 들고 문지방 앞에서 자신을 기다리지 않아서 놀랐다. 집으로 들어간 그는 아내의 모습을 보고 잠시 멈추어 서 있었는데 왜냐하면 그는 무척이나 고결한 성격이었기 때문이다. 그러나 어쨌든 그는 이 사건이 그에게 오히려 득이 될 수 있다고 재빨리 판단했는데, 아내를 분해해서 부품을 팔면 꽤나 짭짤한 값을 받을 수 있기에 더욱 이득이었다. 그는 바닥에 앉아 나사풀개를 꺼낸 후 고인을 분해하기 시작했는데, 바로 그때 위쪽에서 새된 고함이 흘러 내려왔다.

"아!"

프로톤이 혼잣말을 했다.

"저 목소리를 알겠다. 어제 나를 자기 궁전에서 쫓아내고 아직 나에게 한 푼도 주지 않은 그 왕실의 위대한 프로그래머로군. 그런데 대체 어째서 내 집 다락방에 와 있게 되었지?"

그는 사다리를 세워 다락방 뚜껑문에 받쳐 놓고 올라가서 물었다.

"그 위에 계시는 건 나리입니까?"

"그래, 그래!"

디오프트리크가 외쳤다.

"나다, 누가 나를 납치했다! 덮쳐서 깡통에 넣은 다음 땜질을 했고, 어떤 여자가 깡통을 열었는데 혼자 겁을 먹고는 다락방에서 떨어지는 바람에 뚜껑문이 닫혀 여기 갇히고 말았다. 나를 풀어다오! 네가 누구든 위대한 매트릭스의 이름으로 원하는 건 뭐든지 주겠노라!"

"그 얘긴 벌써 들었습죠, 위대하신 나리. 나리의 약조가 몇 푼짜리인지도 저는 이미 알고 있습죠."

프로톤이 대답했다.

"제가 바로 나리의 궁전에서 쫓겨난 그 땜장이니까요."

여기서 그는 어떻게 해서 모르는 고관대작이 자기를 궁전으로 불러 깡통에 납땜을 하고, 도시 바깥의 쓰레기장에 갖다 버리라고 명령했는지에 대한 자초지종을 전부 이야기했다. 디오프트리크는 그 고관대작이 왕의 장관들 중 하나일 것이며, 아마도 분명히 아마시드일 것이라 이해했다. 그래서 그는 곧 프로톤에게 자신을 다락방에서 풀어달라고 애걸복걸 빌기 시작했으나 프로톤은 어떻게 디오프트리크의 말을 또 믿을 수가 있겠냐고 물을 뿐이었다.

그리고 디오프트리크가 딸을 프로톤에게 아내로 주겠다고 모든 성스러운 것을 걸고 맹세하기 시작했을 때에야, 땜장이 프로톤은 뚜껑문을 열고 손가락 두 개를 사용해 훈장이 밖으로 나오게 디오프트리크를 집어들고 디오프트리크의 궁전으로 데려갔다. 마침 그때 시계가 첨벙거리며 낮 12시를 알렸고, 왕실에서는 화덕에서 왕자를 꺼내는 성대한 잔치가 시작되는 중이었다. 그래서 디오프트리크는 자기 몸을 구성하는 훈장 세 개와 물거품이 수놓인 리본이 달린 위대한 모든 바다의 별을 서둘러 걸고, 이노크시드의 왕궁으로 빠르게 헤엄쳐 갔다. 한편 프로톤은 아우렌티나가 시녀들과 함께 있는 방에 도착했는데, 거기서 그녀는 전자드루멜*을 연주하고 있었다. 그리고 둘은 서로가 매우 마음에 들었다. 왕궁의 탑에서 팡파르가 들려올 때 디오프트리크는 왕궁 정문에 도달했는데, 잔치는 이미 시작되었던 뒤였다. 경비병들은 디오프트리크를 곧바로 들여보내려 하지 않았으나, 그의 훈장을 알아보고 문을 열어주었다.

문이 열리자 바깥에서 새어들어온 물이 대관식이 열리는 방 전체로 흘러들었고, 체구를 한껏 줄인 아마시드, 미노가르, 필로나우타는 물에 휩쓸려 부엌으로 떠내려갔는데, 그곳에서 잠시 헛되이 도움을 청하며 떠돌다가 하수구 위로 흘러갔고, 끝내 수챗구멍으로 빨려들어가 지하의 미로를 돈 다음 도시 바깥으로 흘러나갔다. 그들이 하수도의 진흙과 점액에서 간신히 빠져나와 몸을 씻고 왕궁으로 돌아갔을 때, 잔치는 이미 끝난 뒤였다. 세 장관들을 그토록 적절한 때에 휩쓴 그 물결은 디오프트리크 또한 휩쓴 다음 그를 왕좌 옆에서 너무나 세게 빙글빙글 돌

---

*   가상의 악기다.

리는 바람에 그를 감싸고 있던 황금 철사는 뜯겨 나갔고, 훈장들과 모든 바다의 별은 사방으로 흩어졌는데, 그의 몸속에 있던 작은 수신기는 관성으로 인해 날아가서 히드로프스왕의 이마에 부딪쳤고, 왕은 이 부서진 기계에서 새된 소리가 들려오자 매우 놀랐다.

"위대하신 폐하! 용서하십시오! 일부러 그런 게 아닙니다! 접니다, 디오프트리크, 왕실 프로그래머…."

"이런 중요한 때에 이게 무슨 장난인가?"

왕은 소리치더니 수신기를 내던졌고, 수신기는 마룻바닥으로 흘러갔다. 뒤이어 거대한 아랫아가미가 황금 지팡이로 바닥을 세 번 두드려 잔치의 시작을 알렸는데, 그러다가 자기도 모르게 기계를 지팡이로 두들겨 산산이 부숴버렸다.

유아 화덕에서 나온 왕자의 눈길은 왕좌 옆의 은으로 만든 우리 안에서 헤엄치는 전자물고기에게로 향했는데, 그 조그만 피조물이 마음에 든 그는 환한 얼굴이 되었다. 잔치는 즐겁게 진행되었고 왕자는 왕좌에 올라 히드로프스의 자리를 차지했다. 그때부터 왕자는 아르고나우트족의 군주이자 무존재를 연구하는 데 헌신한 위대한 철학자가 되었는데, 왜냐하면 무無보다 더 작은 것은 생각할 수 없기 때문이었다. 왕자는 또한 무無를 사랑한다는 뜻의 네안토필이라는 이름을 가지고 정의롭게 나라를 다스렸으며, 조그만 전자물고기는 그가 가장 사랑하는 음식이었다. 한편 프로톤은 아우렌티나를 아내로 맞이하여 그녀의 부탁으로 지하실에서 잠자고 있던 디오프트리크의 에메랄드 몸체를 수리하고, 벽장에 넣어두었던 뇌를 꺼내 몸체에 장착했다. 위대한 프로그래머 디오프트리크와 나머지 장관들은 달리 방법이 없음을 알고 그 때부터 새로운 왕을 위해 충실하게 복무했으며, 한편 아우렌티나는 왕실의 위대한 땜질관이 된 프로톤과 함께 오래오래 행복하게 살았다.

아우토마테우슈의 친구

＊

멀지만 안전한 길을 떠나게 된 어떤 로봇이 아주 유용한 기기에 대한 소문을 들었는데, 그 기기를 발명한 발명가는 그 기기에게 전자친구라는 이름을 붙였다고 했다. 로봇은 비록 기계일지라도 어쨌든 길 가는 데 동료가 있으면 마음이 더 즐거울 것이라 생각해 발명가를 찾아가서 전자친구에 대해 이야기해 달라고 부탁했다.

"그렇게 해주지."

발명가가 대답했다. (모두들 알다시피 동화에서는 모두가 '반말'을 하고 심지어 용들도 존칭을 쓰지 않으며 유일하게 왕에게만 존댓말을 한다.) 그렇게 말하면서 발명가는 주머니에서 조그만 산탄총 총알과 비슷한 금속 낱알을 한 줌 꺼냈다.

"그게 뭐지?"

로봇이 놀랐다.

"그런데 너는 이름이 뭐냐? 이 동화의 적절한 부분에서 물어보는 걸 잊어버렸어."

발명가가 물었다.

"내 이름은 아우토마테우슈Automateusz*다."

"그건 내가 발음하기에 너무 기니 아우토멕이라 부를게."

"그건 사실 아우토마슈를 줄인 이름이지만 하여간 그렇게 해."

로봇이 대답했다.

"자 그럼 내 존경하는 아우토멕, 네 앞에 있는 것은 한 줌의 전자친구야. 여기서 알아둬야 할 것은 내 본래 소명과 전문분야가 소형화라는 것이지. 즉, 거대하고 무거운 기기를 들고 다닐 수 있는 크기로 작게 변화시킨다는 뜻이야. 이 금속 낱알 하나하나가 무한히 다목적적이며 스마트한 전자적 지능을 응축한 것이지. 이것을 천재적이라고 하면 과장된 거짓 광고에 가까울 테니 그렇게까지

---

*   '자동기계automat'와 남자 이름 '마테우슈Mateusz'를 합친 이름.

는 말하지 않겠어. 실제로 내 목표는 바로 전자적인 천재를 창조하는 것이니까. 주머니 안에 수천 개를 가지고 다닐 수 있을 정도로 조그만 천재 기계를 만들어 낼 때까지 나는 쉬지 않을 거야. 완성한 후엔 그 기계 낱알들을 자루에 넣어 모래처럼 무게를 달아 팔 건데, 그렇게 내가 꿈꾸던 목표를 이루고 말겠어. 그러나 내 미래 계획 얘기는 이쯤 하자. 지금 당장 나는 전자친구를 낱개로 팔고 있는데 값도 싸. 한 개당 가격은 무게만큼의 다이아몬드야. 이게 얼마나 적정한 가격인지는 너도 인정하겠지, 이런 전자친구를 귓속에 집어넣으면 너에게 좋은 충고를 속삭여 줄 수도 있고 모든 종류의 정보를 제공할 수 있으니까. 여기 부드러운 솜 한 조각이 있으니 이걸로 귀를 막으면 머리를 옆으로 기울여도 전자친구가 빠지지 않게 돼. 살래? 열두 개를 한꺼번에 사면 값을 더 깎아줄 수도 있는데….”

“아니, 지금은 하나만 있으면 돼.”

아우토마테우슈가 대답했다.

“그런데 그 전자친구라는 것이 대체 무엇을 할 수 있는지는 좀 알고 싶어. 전자친구가 삶의 어려운 상황에서 도움을 줄 수 있어?”

“당연하지, 바로 그걸 위해서 존재하는데!”

발명가가 기쁘게 대답했다. 발명가는 손바닥에 낱알 한 줌을 쏟았는데, 낱알들은 희귀한 금속들로 만들어져 금속 광채를 냈고 발명가가 말을 이었다.

"물론 물리적인 의미에서 도움을 기대할 수는 없지만, 어차피 그런 얘기가 아니었을 거잖아? 격려해 주는 한마디, 재치 있고 훌륭한 조언, 합리적인 성찰, 너에게 유익한 지시, 권유, 경고, 그리고 또한 축하, 스스로의 힘에 대한 믿음을 실어주는 문장들, 여기에 더해서 그 얼마나 어려운, 심지어 위협적인 상황이라도 언제나 바로잡도록 해주는 깊은 생각들, 내가 만든 전자친구가 가진 능력의 아주 작은 일부만 얘기하자면 이 정도라고. 전자친구들은 절대적으로 헌신적이며 충실하고 잠을 안 자니까 언제나 깨어 있으며 말할 수 없이 튼튼하고 미학적이고, 너도 직접 보다시피 얼마나 가지고 다니기 편하니! 그러니 어때, 하나만 사갈 거야?"

"응."

아우토마테우슈가 대답했다.

"또 묻고 싶은 것이 있는데, 누가 내 전자친구를 훔쳐가면 어떻게 돼? 나에게 돌아와? 아니면 도둑을 파멸로 몰고 가?"

"무슨 말을 하는 거야, 그건 아니지."

발명가가 대꾸했다.

"너에게 했듯이 도둑에게도 열심히 충실하게 복무할 거야. 너무 많은 것을 요구할 수는 없는 일이란다, 나의 아우토멕. 네가 어려울 때 전자친구를 버리지 않는다면 그도 너를 버리지 않아. 하지만 전자친구를 귀에 넣고 언제나 솜으로 막아두는 것도 나쁘지만은 않을 거야…."

"좋아."

아우토마테우슈가 동의했다.

"그러면 내가 걔에게 어떻게 말을 걸어?"

"말할 필요는 전혀 없어. 소리 없이 뭐든지 속삭이기만 하면 전자친구가 완벽하게 네 말을 알아들을 거니까. 전자친구의 이름으로 말하자면 '부호'라고 해. '나의 부호'라고 말하면 그것으로 충분하지."

"아주 좋아."

아우토마테우슈가 대답했다.

둘은 부호의 무게를 재었고 발명가는 그 값으로 괜찮은 다이아몬드를 받았으며, 이제 동료가 생겨 마음이 편해진 로봇은 기운을 내어 먼 길을 가기 시작했다.

부호와 여행하는 것은 아주 편리했다. 아우토마테우슈가 원하기만 하면 부호는 매일 아침 그의 머릿속에 아주 조용하고 기분이 명랑해지는 곡조를 휘파람으로 불어

깨워주었고, 또한 재미있는 이야기들을 다양하게 들려주기도 했는데, 이것은 다른 누군가와 함께 있을 때는 하지 않도록 얼른 금지했다. 왜냐하면 아우토마테우슈가 겉보기에 아무런 이유 없이 일정한 시간마다 웃음을 터뜨리는 바람에 주변에서 그가 좀 잘못된 게 아닌지 의심하기 시작했기 때문이었다. 처음에 아우토마테우슈는 육지로 여행했는데 그러다 바닷가에 도달했고, 그곳에서는 아름다운 하얀 배가 그를 기다리고 있었다. 그는 가진 소유물이 많지 않았으므로 금방 안락한 선실에 자리를 잡고 위대한 항해의 시작을 알리는 닻 감는 굉음을 만족스럽게 받아들였다. 며칠 동안 하얀 배는 상냥한 햇살 아래 파도 사이를 즐겁게 나아갔고 밤이면 달빛에 은색으로 물든 채 흔들리며 잠들었지만, 어느 날 아침 무시무시한 폭풍이 불어 닥쳤다. 돛의 높이보다 세 배나 높은 파도가 마디마다 전부 삐걱거리는 선박 위로 덮쳤고, 배가 쪼개지는 듯한 소리가 너무나 무시무시하게 사방에 울려, 아우토마테우슈는 이 힘겨운 순간에 부흐가 의심할 바 없이 그의 귓속에 소근거렸을 모든 위로의 말들 중에서 단 한마디도 듣지 못했다. 갑자기 엄청나게 큰 소리가 들려오더니 짠물이 선실 안으로 뿜어 들어왔고 공포에 질린 아우토마테우슈의 눈앞에서 배가 조각조각 부서지기 시작했다.

그는 아직 남아 있는 갑판으로 달려나갔고 마지막 남은 구명정에 뛰어들자마자 거대한 파도가 다가와 선박을 뒤덮어 소용돌이치는 대양 깊은 곳으로 끌어당겨 버렸다.

아우토마테우슈는 선원을 단 한 명도 보지 못했고 휘몰아치는 바닷물 사이에 마치 손가락처럼 구명정 안에 혼자 있었으며 뒤이어 닥쳐올 파도의 손아귀가 흔들리는 구명정을 그 자신과 함께 바다에 빠뜨리는 순간을 기다리며 몸을 떨었다. 바람이 고함쳤고 낮은 먹구름에서 쏟아지는 빗줄기가 성난 바다 수면을 갈랐으며 부호가 그에게 무슨 말을 하는지는 여전히 들리지 않았다. 그러다가 돌풍 사이에서 그는 끓어오르는 파도 거품에 뒤덮인 뭔가 불분명한 형체를 발견했다. 그것은 알 수 없는 땅의 가장자리였으며 파도가 그곳으로 밀려가 부서지고 있었다. 구명정이 삐걱거리는 소리를 내며 암초 위에 올라앉았고, 아우토마테우슈는 흠뻑 젖은 채로 짠 바닷물을 뚝뚝 흘리며 후들거리는 다리를 들어 온 힘을 다해 구원의 땅에 올라, 어디라도 좋으니 대양의 파도에서 멀리 떨어진 곳을 향해 걸어 들어갔다. 어느 바위 아래에서 그는 땅에 쓰러졌고, 지쳐서 기력이 다해 기절하듯 잠에 빠졌다.

부드럽게 휘파람 부는 소리가 그를 깨웠다. 부호가 자

신의 친근한 존재를 알리는 것이었다.

"아, 굉장해, 네가 있어서 다행이야, 부흐. 내가 너를 가지고 있다는 것이, 심지어 내 귓속에 넣어두고 있다는 것이 얼마나 좋은 일인지 지금에야 알겠어!"

아우토마테우슈가 깊은 무의식에서 깨어나 외쳤다. 주위를 둘러보았다. 태양이 빛났고 바다는 아직도 파도치고 있었으나, 위협적인 너울과 먹구름과 비는 사라지고 없었으며, 불행히도 그와 함께 배도 사라지고 없었다. 분명 돌풍이 밤사이에 말로 다 할 수 없이 미친 듯이 몰아쳐서 아우토마테우슈를 살려준 구명정을 붙잡아 바다 한가운데로 가져가 버린 것이다. 아우토마테우슈는 벌떡 일어나 바닷가를 따라 달리기 시작했으나, 10분쯤 지난 뒤에는 제자리에 돌아와 있었다. 그는 무인도, 그것도 아주 작은 무인도에 있었다. 그의 상황은 즐겁지 않았다. 하지만 부흐를 가지고 있는데 아무려면 어떠랴! 그는 현재 확인된 상황에 대해 빨리 부흐에게 알리고 조언을 청했다.

"하! 이런! 이봐 친구!"

부흐가 말했다.

"이건 흔한 상황이 아니야! 조금 기다리면 내가 깊이 생각해 보겠어. 너에게 정확히 무엇이 필요해?"

"무슨 소리야? 도움, 구조, 옷, 생명을 이어갈 방편이 전부 필요하지, 어쨌든 여기엔 모래와 바위 말고는 아무것도 없으니까!"

"흠! 그렇게 말한다고? 그게 정말 확실해? 공구와 흥미로운 읽을거리와 여러 가지 환경에 걸맞은 옷가지와 화약을 담은 상자가 난파된 배에서 떠내려와 해변 어딘가에 널브러져 있는 건 아니고?"

아우토마테우슈는 해변을 사방으로 달려보았으나, 아무것도, 심지어 돌멩이처럼 흔적없이 가라앉아 버린 배에서 튀어나온 나뭇조각 하나조차 찾지 못했다.

"아무것도 없단 말이지? 흠, 정말 이상하군. 무인도에서의 삶에 대한 수많은 문헌들이 일관되게 증명하는 바에 따르면 난파된 자는 언제나 가까운 곳에서 도끼, 못, 맑은 물, 기름, 종교 경전, 톱, 집게, 총기와 다른 여러 가지 유용한 물건들을 찾아낸다고 되어 있는데 말이야. 하지만 없다면 없는 거겠지. 바위 사이에 몸을 숨길 만한 동굴은 있겠지?"

"아니, 동굴도 하나도 없어."

"없단 말이지? 이런, 이건 또 유별나군! 그러면 부탁인데 가장 높은 바위 위로 올라가서 주위를 좀 둘러볼래?"

"지금 할게!"

아우토마테우슈가 외치고 섬 한가운데 솟은 험한 바

위 위로 기어올랐다가 어리둥절해졌다. 화산섬은 사방이 끝없는 바다로 둘러싸여 있었다! 그는 단 하나의 친구를 잃지 않기 위해서 떨리는 손가락으로 귀에 끼운 솜을 바로잡으며 기운없는 목소리로 이 사실을 부호에게 이야기했다.

"배가 가라앉을 때 부호가 빠져버리지 않은 게 얼마나 다행이야."

그는 생각했으나 또 다시 피로의 물결이 밀려오는 것을 느끼고 바위 위에 앉아서 조급하게 친구의 도움을 기다렸다.

"주목해, 친구야! 여기 이 힘든 상황에서 너에게 서둘러 들려주고 싶은 조언이 있어!"

마침내 애타게 기다리던 부호의 조그만 목소리가 말했다.

"내가 수행한 계산을 바탕으로 내린 결론에 따르면, 우리는 알려지지 않은 섬에 와 있으며 섬은 일종의 암초를 형성하는데, 이 암초란 바닷속에 이어진 산맥에서 가장 높은 정상에 해당하여 바닷속 깊은 곳에서 천천히 솟아나와 안정된 육지와 연결되는 데 약 300만에서 400만 년이 걸릴 것으로 보여."

"몇만 년 따위인지 아무래도 좋아, 지금 당장 어떡하란 말이야?"

아우토마테우슈가 외쳤다.

"이 작은 섬은 배의 항로에서 멀리 떨어져 있어. 근처에 어떤 선박이 우연히 나타날 확률은 40만분의 1이야."

"오, 세상에 맙소사!"

절망에 빠진 난파 로봇이 외쳤다.

"너무 무섭잖아! 그러면 내가 어쩌면 좋겠어?"

"내 말을 자꾸 가로막지만 않는다면 금방 얘기해 줄게. 바닷가로 가서 물속에 대략 가슴까지 들어가도록 해. 그렇게 하면 불편하게 몸을 너무 많이 굽히지 않아도 되니까. 그다음에는 머리를 물에 담그고 할 수 있는 최대한 물을 들이마셔. 짠물이라 괴로운 건 나도 알지만, 오래가지 않을 거야. 이렇게 하면서 동시에 앞으로 걸어간다면, 더욱 오래 안 걸리지. 그러면 너는 점점 무거워질 거고 소금물이 네 몸 안을 가득 채우면 순식간에 모든 기관의 활동이 멈출 텐데, 그런 원리로 너는 즉각 생명을 잃을 거야. 그 덕분에 이 섬에서 오랫동안 지내다가 천천히 죽어갈 거라 지속되는 괴로움, 그리고 그 이전에 제정신을 잃을 위험까지 피할 수 있지. 또한 모든 손에 무거운 돌을 들 수도 있어. 그게 꼭 필요하지는 않지만 그래도…."

"미쳤구나!"

아우토마테우슈가 벌떡 일어나며 고함을 질렀다.

"나더러 물에 빠져 죽으라고? 자살하라고 설득하는 거
야? 게다가 그런 것이 호의적인 조언이라니! 그러고도
내 친구가 맞아?"

"당연히 친구지!"

부흐가 대답했다.

"난 전혀 미치지 않았어, 그런 기능은 없으니까. 나는
절대로 이성적인 균형을 잃지 않아. 사랑하는 친구야, 그
러니까 네가 정신의 균형을 잃어버리고 저 타오르는 태
양빛 아래에서 천천히 죽어갈 때 네 곁에 있을 나로서는
그만큼 더 마음 아플 거야. 확실히 말하는데 나는 모든
상황을 세세하게 분석했고 구조될 가능성을 하나씩 배제
했어. 너는 배도 뗏목도 소유하지 못했고, 새로 만들 재료
도 없지. 이미 말했듯이 그 어떤 배도 여기서 너를 구해
주지 않아. 섬 위로 비행기조차 날아다니지 않는데 그렇
다고 해서 네가 스스로 날아다니는 기계를 만들 능력도
없어. 물론 네가 쉽고 빠른 죽음 대신 천천히 목숨을 잃
는 쪽을 택할 수도 있지만 너의 가장 가까운 친구로서 나
는 그렇게 비합리적인 결정을 내리는 건 열렬히 반대하
겠어. 물을 충분히 들이켜기만 하면…."

"그놈의 충분히 들이켠 물은 벼락이나 맞으라 해!"

분노로 몸을 떨며 아우토마테우슈가 고함쳤다.

"이따위 친구를 위해 예쁘게 깎은 다이아몬드를 내주었다니! 네 발명가가 뭔지 알아? 흔한 도둑이야, 건달이고 불한당이라고!"

"내 말을 끝까지 들어보면 방금 그 표현은 분명 취소하게 될 거야."

부흐가 차분하게 대꾸했다.

"그러니까 아직도 할 말이 남았단 말이지? 이제는 죽음 너머에서 나를 기다리는 내세에 대한 이야기로 나를 즐겁게 해줄 생각이야? 고맙지만 됐어!"

"죽음 뒤에는 그 어떤 내세도 없어."

부흐가 대답했다.

"너에게 거짓말할 생각은 없어, 그런 건 원하지도 않고 나에겐 그럴 능력도 없으니까. 나는 친구로서 너에게 제공할 수 있는 혜택을 그런 식으로 이해하지 않아. 내 말을 잘 들어봐, 소중한 친구! 너도 알다시피, 대체로 아무도 이런 생각을 하지 않지만 세상은 끝없이 다양하고 풍요로워. 그 안에는 보물을 모아놓은 소란스럽고 멋진 도시들도 있고, 왕궁과 진흙 바른 초가집도 있고, 아름답거나 음울한 산도 있고, 속삭이는 작은 숲, 평온한 호수, 뜨거운 사막과 북쪽의 무한한 눈밭도 있지. 그러나 네가 존재하는 그대로의 상태로는 내가 나열한 이런 장소들, 그리고 말하지 않은 수백 만의 장소들 중에서 한 번에 한 곳, 단 한 군데 외에는 경험할 수 없어. 그러므로 네가 존재하지 않는 장소들에서 너는 죽은 것이나 마찬가지라 해도 전혀 지나친 말이 아닌데, 왜냐하면 너는 왕궁의 풍요가 주는 안락함도 알지 못하고, 남쪽 나라들에서 추는 춤에 참여하지도 못하고, 또한 북쪽 얼음에 비친 오로라를 네 눈으로 볼 수도 없기 때문이야. 네가 죽었을 때 너의 관점에서 이런 장소들이 없는 것과 완전히 똑같은 방식으로 지금도 너에게 이런 것들은 존재하지 않아. 내가 설명하는 걸 깊이 음미하고 잘 생각해 보면 네가 이 매혹적인 모든 장소들에 동시에 있을 수 없기 때문에 너는 거의 아무 데도 없는 거나 다름없다는 사실을 이해하게 될 거야. 왜냐하면 체재할 장소는 이미 말했듯이 몇조 군데나 있는데, 네가 경험할 수 있는 곳은 오로지 이 하나의, 흥미없고 단조롭고 심지어 안쓰러운, 하, 역겨운 바위투성이 작은 섬뿐이란 말이야. 즉 '모든 곳에 있는 것'과 '거의 아무 데도 없는 것' 사이에는 거대한 차이가 있고, 이 차이가 너의 정상적인 삶의 몫이라는 거야, 왜냐하면 너는 언제나 한 번에 한 곳, 단 한 군데에만 있었으니까. 반면에 '거의 아무 데도 없는 것'과 '아무 데도 없는 것' 사이에는 솔직히 말해서 아주 미세한 차이만이 벌어질 뿐이야. 그러므로 인식의 수학이 증명하는 바, 너는 마치 죽은 사람처럼 거의 모든 곳에 존재하지 않으므로 아주 간신히 살아 있는 상태라 할 수 있지! 그게 첫 번째야. 두 번째로 모래가 자갈에 섞여 너의 섬세한 발에 상처 내는 걸 봐, 그 모래가 한없이 귀하다고 생각해? 분명 그렇진 않겠지. 여기 소금물이 대단히 많이 있어. 그 역겨울 정도로 지나치게 많은 소금물, 그게 너에게 필요해? 그럴 리가 없지! 저기 약간의 바위와 온몸의 관절을 말라 비틀어지게 하는 뜨겁고 푸른 하늘이 네 머리 위에 있어. 이 견딜 수 없는 뙤약볕과 저 생명 없이 달아오른 돌이 너에게 필요해? 당연히 필요 없지! 그러므로 지금 너를 둘러싼 모든 것, 네가 서 있는 땅, 네 머리 위를 뒤덮은 천공, 그 어떤 것도 너에게는 결단코 아무 필요가 없어. 그걸 다 빼고 나면 뭐가 남지? 머릿속에서 들리는 약간의 소음, 관자놀이의 압력, 가슴 속의 두드림, 무릎에서 느끼는 약간의 떨림과 다른 혼란스러운 움직임들이지. 그러면 또 이어서, 그 소음, 압력, 두드림 혹은 떨림이 너에게 필요해? 그럴 리가, 소중한 친구! 그리고 만약에 그것도 또 빼버린다면 남는 게 뭐지? 빠르게 퍼지는 불안한 생각들, 네 마음속에서 친구인 나에게 퍼붓는 저주와도 같은

아우토마테우슈의 친구

그 표현들, 그리고 네 숨을 막는 분노와 불안감이 불러일으키는 구역질이지. 마지막으로 묻겠는데, 그 지긋지긋한 공포와 무기력한 분노가 너에게 필요한 것 같아? 물론 너에게 전혀 필요 없지. 그러면 그 필요 없는 감정조차도 빼버리고 나면 아무것도 남지 않아. 다시 말하지만 아무것도, 제로야, 그리고 나는 진정한 친구로서 너에게 바로 그 제로, 다시 말해 영구적인 균형과 지속적인 침묵과 완벽한 평온의 상태를 선물하고 싶은 거야!"

"하지만 난 살고 싶어!"

아우토마테우슈가 부르짖었다.

"살고 싶다고! 살고 싶어! 알아들어?"

"아, 그러니까 중요한 건 네가 뭘 경험하느냐가 아니라 네가 뭘 원하느냐란 말이지."

부흐가 평온하게 대꾸했다.

"살고 싶다는 것은 즉, 언젠가 현재가 될 미래를 갖고 싶다는 것인데, 삶은 바로 그렇게 이어지기 때문이겠지. 삶에 그 이상은 아무것도 없어. 그런데 바로 우리가 이미 전제했듯이 너는 살지 않을 거야, 왜냐하면 살 수 없으니까. 다만 여기서 문제는 네가 어떤 방식으로 살기를 멈추느냐는 거야. 오랫동안 고통받다가 멈추느냐 아니면 쉽게, 한방에 물을 빨아들인 뒤에…."

"됐어! 싫어! 가! 저리 가!"

아우토마테우슈가 주먹을 쥐고 제자리에서 펄쩍펄쩍 뛰며 온 힘을 다해 외쳤다.

"이건 또 뭐지?"

부흐가 대꾸했다.

"내가 압도적인 우정의 고백을 곡해하는 모욕적인 형태의 명령은 차치하더라도, 너는 어쩜 그렇게 비논리적으로 자신을 표현할 수 있지? 나에게 어떻게 '저리 가'라고 외칠 수 있어? 나에게 다리가 달려서 먼 곳으로 갈 수 있나? 최소한 기어갈 수 있게 팔이라도 달려 있어? 그렇지 않다는 건 너도 완벽하게 알고 있잖아. 나를 없애버리고 싶다면 부탁인데 나를 귀에서 빼줘. 확실히 말하지만 네 귓속은 세상에서 가장 정다운 장소는 아니니까. 그리고 나를 어디든 던져버리면 되잖아!"

"좋아!"

분노로 제정신을 잃고 아우토마테우슈가 고함쳤다.

"당장 그렇게 해줄게!"

그러나 아우토마테우슈가 귀에 손가락을 넣어 후비고 파보아도 소용없었다. 그의 친구는 귓속 깊은 곳에 너무 교묘하게 자리 잡아서, 아우토마테우슈는 모든 방향으로 미친 듯이 머리를 흔들어 보았으나 어떻게 해도 꺼낼 수 없었다.

"그래 봤자 소용없을 것으로 보이는데."

부흐가 한참 뒤에 말했다.

"보아하니 우리는 헤어질 수 없을 것 같아. 너도 나도 원하는 바는 아니지만 말이야. 만약 그렇다면 그 사실을 받아들여야 해, 왜냐하면 사실은 그 자체로 가치 있고, 논리는 언제나 사실의 편이니까. 그리고 말이 나왔으니 말인데 이건 너의 현재 상황에도 관계가 있어. 너는 무슨 수를 써서든 미래를 가지고 싶어 하지. 내가 보기에 그건 무분별한 것 같지만 하여간 그렇다고 하자. 그러므로 그 미래를 너에게 대략적으로 묘사해 주도록 하지, 왜냐하면 아는 것이 모르는 것보다는 항상 나으니까. 지금 너를 뒤흔드는 분노는 금방 무기력한 절망감으로 바뀔 것이고, 그 감정 또한 구조될 방법을 찾으려는 수많은 여러 가지 돌발적인, 어쨌든 쓸모없는 노력들 끝에 언젠가는 아무 생각 없는 멍한 상태로 변할 거야. 그동안 태양의 열기는 강해질 테고, 네 몸 안의 이 그늘진 장소에 있는 나에게까지 그 열기가 닿을 것이며, 피할 수 없는 물리학과 화학의 법칙에 따라 너의 존재 전체를 점점 더 건조시키겠지. 가장 먼저 네 관절의 기름이 말라붙을 것이고, 그러면 아주 작은 움직임에도 너는 매번 끔찍하게 삐

격거리며 덜걱거리게 될 거야, 불쌍한 내 친구! 그다음으로 네 두개골이 열기에 달아오르면 여러 가지 색깔들이 동그라미를 그리며 소용돌이치는 모습을 보게 되겠지만, 그 광경은 무지개를 바라보는 것과는 전혀 다를 거야, 왜냐하면….”

“입 좀 다물어, 이 괴롭힘쟁이야!”

아우토마테우슈가 소리쳤다.

“나한테 무슨 일이 일어날지 난 전혀 듣고 싶지 않아! 입 다물고 말하지 마, 알아들어?”

“그렇게 소리칠 필요 없어. 네가 아주 미약하게 속삭이는 소리도 나에게 다 들린다는 걸 너도 잘 알 텐데. 그러니까 너의 미래에 있을 괴로움을 알고 싶지 않다는 거지? 그런데 반면에 그 미래를 가지고 싶다고? 이게 대체 무슨 불합리인지! 좋아, 그렇다면 침묵해 줄게. 다만 한 가지, 지금 네가 처한 이 동정해 마지않을 수 없는 상태가 마치 완전히 내 탓인 양, 너의 분노를 전부 나에게 쏟아붓는 건 적절하지 못한 대응이라는 사실만 말해주겠어. 불운의 근원은 너도 알다시피 폭풍이고, 반면에 나는 너의 친구이고, 네 앞에 기다리는 괴로움, 고통받다가 서서히 죽어가는 장면들로 나누어진 이 연극에 참여하는 것은 예상하는 것만으로 정말 유감스러워. 생각만 해도 정말로

아우토마테우슈의 친구

겁이 난다고, 기름이….”

“그러니까 입 다물지 않겠단 말이지? 아니면 그것도 못 하는 거냐, 이 역겨운 괴물아?”

아우토마테우슈가 고함을 지르고는 자신의 친구가 들어 있는 쪽의 귀를 때렸다.

“아, 여기 손 닿는 곳에 아무 나뭇가지나 혹은 막대기 조각이라도 있었으면, 당장 너를 파내서 발뒤꿈치로 밟아 부쉈을 텐데!”

“나를 망가뜨리기를 꿈꾸고 있어?”

부호가 슬퍼하며 말했다.

“진정 너는 전자친구도, 너에게 형제애를 가지고 공감해 주는 다른 어떤 존재도 곁에 둘 자격이 없구나!”

아우토마테우슈는 여기에 또 새롭게 분노했고, 둘이 이렇게 다투고 반박하고 서로 주장을 내세우는 사이에 오후가 지나갔으며, 불쌍한 로봇은 소리지르고 펄떡펄떡 뛰고 주먹을 휘두르다가, 지치고 기운이 빠져버려 바위 위에서 숨을 돌렸고, 가끔씩 절망만으로 가득한 한숨을 내쉬면서 아무것도 없는 바다를 쳐다보았다. 수평선 너머에 나타난 먹구름 가장자리를 몇 번 증기선의 연기로 착각했지만, 부호가 40만 분의 1이라는 확률을 상기시키며 이 착각을 싹부터 잘라버렸고, 이는 아우토마테우슈를 또 다시 발작적인 절망과 분노로 이끌었으며, 게다가 알고 보니 매번 부흐가 옳았기 때문에 분노와 절망은 더욱 심해졌다. 마침내 둘 사이에 긴 침묵이 깔렸다. 난파 로봇은 이제 길게 늘어진 바위 그림자가 해변의 하얀 모래에 닿은 것을 바라보고 있었는데 부흐가 말했다.

"어째서 아무 말도 하지 않아? 혹시 내가 언급했던 그 색색가지 동그라미가 눈앞에 날아다녀?"

아우토마테우슈는 대답할 필요조차 느끼지 않았다.

"아하!"

부흐가 독백했다.

"그러니까 동그라미만이 아니라 여러 가지 개연성을 모두 생각해 보면 내가 아주 정확하게 예견했던 바로 그 둔하고 무기력한 상태가 되었군. 이성적인 존재가 주변 환경의 압박을 받을 때에는, 이토록 비이성적인 존재가 된다는 게 정말 이상한 일이야. 인적 없는 섬에 외따로 떨어져 그곳에서 죽어야 하며, 그 사실은 2 더하기 2가 4인 것처럼 명백하게 막을 수 없을 때, 그 상황에서 벗어날 수 있는, 자신의 의지와 이성으로 가늠할 때 오로지 가능한 이득만을 가져다줄 유일한 출구를 가리켜 주는데, 거기에 대해서 고마워하나? 그럴 리가, 희망을 가지고 싶어 하고, 희망이 없고 있을 수 없으면 헛된 겉모습에 매달려 광

아우토마테우슈의 친구

기의 심연으로 들어가는 쪽을 선택하지, 사실 물 속 깊이 들어가면….”

“물 얘기 그만해!”

아우토마테우슈가 목쉰 소리를 내질렀다.

“난 그저 너의 비합리적인 행동 원인을 강조하려 했을 뿐이야.”

부흐가 대꾸했다.

“더 이상 너를 설득할 생각은 전혀 없어. 그러니까 어떤 행동도 권하지 않는다는 거야, 왜냐하면 네가 천천히 죽는 쪽을 선호하거나 아니면 대체로 전혀 아무것도 하고 싶지 않아서 그렇게 죽는 방향으로 간다면, 그게 어떤 건지 잘 생각해 봐야 하니까. 죽음이라는 상태를 두려워하는 것이 얼마나 거짓되고 현명하지 못한 일이야? 죽음은 두려움보다 가치를 인정받을 자격이 있는데! 비존재의 완벽성과 비교할 수 있는 게 대체 무엇이겠어? 물론 그 과정에서 겪는 고뇌는 그 자체로 매력적인 현상이라고 할 수 없지만, 다른 한편으로 생각하면 아직까지 정신과 신체가 너무나 약해서, 그 고뇌를 견디지 못하고 완전하게 남김없이 끝까지 죽어버리지 못했던 사람은 아무도 없지. 그러니까 세상의 아무 약골이나 멍청이나 불량배라도 다 할 수 있는 일이라면, 죽음을 특별히 취급해 줄

가치가 전혀 없는 거야. 게다가 죽는 게 누구나 해낼 수 있는 일이라면, 이게 맞다는 건 너도 아마 인정할 거야, 나는 최소한 기운이 없어서 못 죽었다는 얘기는 들은 적이 없으니까, 죽음의 문턱 너머 맞닿아 있는, 모두에게 다정한 무無에 대한 생각을 즐기는 쪽이 낫겠지. 왜냐하면 죽음과 생각은 상호배타적이기에 숨이 끊어진 뒤에는 생각을 할 가능성이 없고, 그러면 아직 살아 있을 때에 죽음이 가져다줄 저 모든 특권과 편리와 쾌적함을 조리 있고 꼼꼼하게 상상해 보는 쪽이 적당하지 않아? 한번 생각해 봐, 제발, 애쓸 필요도 불안도 공포도 전혀 없고, 정신이나 신체의 고통도 없고, 고생스러운 경험도 전혀 없고, 게다가 그 규모는 얼마나 큰데! 모든 악의 세력들이 서로 뭉쳐서 너에게 대항하여 덤빈다 해도 죽음 뒤에는 너에게 닿을 수 없어! 오, 실제로 죽은 자의 달콤한 안전은 비교할 수 없지! 그리고 좀 더 덧붙이자면 그 안전은 한때의 불안정한, 훌쩍 지나가는 종류가 절대 아니고 그 무엇으로도 취소하거나 침해할 수 없고 그러므로 비할 데 없는 기쁨이야….”

“아 너 좀 없어졌으면….”

아우토마테우슈의 쇠약한 목소리가 들려왔고 이 무뚝뚝한 한 마디 뒤에는 짧지만 짜증 섞인 욕설이 따라왔다.

아우토마테우슈의 친구

"없어질 수 없어서 너무나 유감이야!"

부흐가 즉시 대답했다.

"이기적인 질투심이라는 관점에서뿐만 아니라, 왜냐하면 방금 내가 말했듯이 죽음보다 더 좋은 건 없으니까, 가장 순수한 이타주의에 의거해서도 나는 무無의 상태까지 너와 함께하는 것이 도리겠지. 하지만 그건 불가능한 일이야, 내 발명가가 분명 기술자로서 자신의 야심을 고려해서인지 나를 파괴할 수 없도록 만들었거든. 사실 바다 소금에 뒤덮여 말라붙어 분명히 천천히 분해될 너의 시체 안에 계속 있을 거라고, 내가 이렇게 앉아 나 자신한테 떠들게 될 미래를 생각하면 슬픔에 잠기고 말아. 그리고 확률 계산에 따라 40만 척의 배 중에 한 척은 결국은 이 섬에 와닿을 텐데, 그 첫 번째 배가 도착하기까지 나는 네가 죽은 뒤로 얼마나 더 기다려야 할까…."

"뭐? 넌 이 섬에서 썩어가지 않을 거라고?"

부흐의 이 말에 정신을 차린 아우토마테우슈가 외쳤다.

"그러니까 넌 살아갈 거란 말이지, 그런데 나는… 오! 그걸 앉아서 그냥 기다릴 수는 없어! 절대로! 절대로! 절대로!"

무시무시한 함성을 지르며 벌떡 일어난 아우토마테우슈는 펄쩍펄쩍 뛰고, 머리를 흔들고, 온 힘을 다해 귓속을 파내고, 그러면서 온몸으로 괴상망측하게 뛰어오르다가 넘어졌는데, 그럼에도 소용없었다. 이 모든 일이 벌어지는 동안, 부흐는 힘닿는 만큼 새된 소리로 외쳤다.

"당장 멈춰! 정신이 나갔어? 그러기엔 너무 이르잖아! 조심해, 그러다 다쳐! 그러다 어딘가 부러지거나 빠진다고! 목 부분 조심해! 이건 무의미하잖아! 네가 단번에, 알지… 그럴 수 있다면 모르지만 이런 방법으로는 어딘가 망가뜨릴 뿐이야! 아니, 내가 말했잖아. 난 파괴할 수 없고 그걸로 끝이니까, 넌 지금 공연히 너 자신을 괴롭히고 있어! 날 흔들어서 빼낸다고 해도 넌 나한테 나쁜 일은, 아니 내가 하려던 말은 좋은 일은 아무것도 할 수가 없어, 왜냐하면 내가 이제까지 폭 넓게 설명한 바에 따르면 죽음은 질투할 만큼 아주 좋은 것이니까. 아야! 멈추라니까! 어떻게 이렇게 뛸 수가 있지!"

그러나 아우토마테우슈는 아무것도 생각하지 않고 계속 몸부림쳤으며 그러다가 결국은 이제까지 앉아 있던 바위에 머리를 찧기 시작했다. 그것도 눈에서 불꽃이 튀고 콧구멍에서 화약 연기가 피어 오르도록 자기 스스로 때리는 힘에 넋이 나간 채로 머리를 부딪치다가, 갑자기 귀에서 튀어나온 부흐는 드디어 끝났다는 연약한 안도의 비명을 지르며 돌덩이 사이로 굴러갔다. 아우토마테우슈는 자신의 노력이 얼마나 효과를 거두었는지 곧바로 깨닫지 못했다. 그는 태양에 달구어진 돌 위에 늘어져 한참동안 휴식한 뒤에, 아직은 지쳐 팔도 다리도 움직일 수 없는 상태로 중얼거렸다.

"이건 아무것도 아니야, 그저 일시적으로 허약해졌을 뿐이야. 내가 이제 금방 널 흔들어 빼낼 거야. 내가 널 발뒤꿈치로 밟아줄 거라고, 내 사랑하는 친구, 듣고 있어? 듣고 있어? 이봐! 이건 뭐야?"

아우토마테우슈는 갑자기 귓속이 텅 빈 것을 느끼고 일어나 앉았다. 완전히 정신을 차리지는 못한 채로 그는 주위를 둘러보았고, 무릎을 꿇고 앉은 채 조그만 자갈을 치우며 열띠게 부흐를 찾기 시작했다.

"부흐! 부우우우흐! 어디 있어? 대답해 봐!"

아우토마테우슈는 부흐를 찾으며 겁에 질려 외쳤다.

그러나 부흐는 이것도 미리 생각해 둔 것인지 아니면 어떤 다른 이유에서인지 찍 소리조차 내지 않았다. 그러자 아우토마테우슈는 아주 다정한 말로 부흐를 달래기 시작해, 지금은 생각이 바뀌었고, 현재 그가 원하는 단 한 가지는 전자친구의 좋은 충고에 따라 바닷속으로 들어가서 빠져죽는 것뿐이며, 다만 그 전에 죽음이 얼마나 좋은 일인지 다시 한번 듣고 싶을 뿐이라고 확언했다. 그러나 이것도 아무런 결과를 내지 못했고, 부흐는 마치 주술이라도 걸린 듯 입을 다물고 있었다. 난파 로봇은 돌덩이도 부술 정도로 욕설을 퍼부으며 체계적으로 주변 전체를 한 치 한 치씩 뒤져보기 시작했다. 그러다 갑자기, 손에 쥐었던 자갈 한 줌을 내던져 버리려 했을 때, 아우토마테우슈는 자갈을 눈에 바짝 가져다 대고 비뚤어진 기쁨에 온몸을 떨었는데, 왜냐하면 조약돌 사이에서 금속낱알의 둔하고 평온한 광택으로 반짝이는 부흐를 찾아냈기 때문이었다.

"아! 여기 있구나, 내 벌레야! 여기 있었어, 내 친애하는 부스러기야! 널 찾아냈어, 내 소중한, 영원히 부서지지 않는 친구!"

아우토마테우슈는 손가락 사이에 조심스럽게 부흐를 쥐고 새된 소리를 질렀으나, 부흐는 숨소리도 내지 않았다.

"그래 두고 봐, 너의 그 부술 수 없다는 단단함이, 그 영원한 기능이 어느 정도인지 곧 확인해 줄 테니까. 자!"

이 말과 함께 그는 발뒤꿈치로 강하게 부흐를 내리찍었다. 전자친구를 바위 표면에 놓고 아우토마테우슈는 온몸의 무게를 다하여 그 위로 뛰어올랐고 확실히 하기 위해 쇠를 댄 뒤꿈치를 돌려 직직 소리가 날 때까지 문질렀다. 부흐는 아무 말도 하지 않았고, 그저 바위만이 마치 강철 드릴 아래서처럼 긁히는 듯한 소리를 낼 뿐이었다. 아우토마테우슈는 몸을 기울여 들여다보았는데, 금속 낯알은 상하지 않았고, 오직 그 아래 바위만이 약간 깎여 있었다. 부흐는 이제 그 조그만 틈속에 박혀 있었다.

"뭐야, 네가 그렇게 강해? 더 단단한 돌을 찾아주지!"

아우토마테우슈는 으르렁거리고 뛰어나가 섬 전체를 달려 최고로 단단한 부싯돌과 현무암과 반암을 찾아서 부흐를 밟기 위해 받침대 삼아 놓았다. 아우토마테우슈는 그를 발뒤꿈치로 두들기는 동시에 차분한 척하면서 말을 걸거나, 욕설을 퍼붓기도 했는데, 마치 부흐가 대답을 하거나 심지어 읍소하거나 애걸하리라는 확신을 하는 것 같았다.

그러나 부흐는 마치 주술에 걸린 듯 침묵을 지켰다. 때리고 밟는 둔한 소리, 바위가 부서지는 소리와 아우토마테우슈가 숨차게 욕하는 소리만이 허공으로 울려 퍼졌다. 한참이 지나 가장 무시무시한 타격도 부흐를 정말로 부술 수 없다는 사실을 확실히 알게 된 후에야, 아우토마테우슈는 열이 오르고 기운이 빠진 채 다시 주먹에 전자 친구를 쥐고 바닷가에 앉았다.

"내가 비록 너를 깨뜨리는 데 성공하지 못하더라도 걱정 마."

아우토마테우슈는 자제하는 척했지만 숨겨진 분노 때문에 떨리는 목소리로 말했다.

"마땅하게 널 잘 돌봐줄 테니까. 그 언젠가는 온다는 배는 좀 더 기다려야 할 거야, 친애하는 전자친구, 내가 널 바닷속 깊이 처넣어서 거기에서 영원이 일곱 번 끝날 때까지 가라앉아 있게 해줄 테니까. 거기서 완벽한 고독 속에 네가 그렇게 좋아하는 깊은 생각을 할 시간이 아주 많겠지! 앞으로 새로운 친구는 얻을 수 없을 거야, 내가 그렇게 노력할 테니까!"

"나의 정직한 친구."

부흐가 자기도 모르게 말했다.

"그래 바다 밑바닥에 있는 것이 나에게 무슨 해가 되지? 넌 비영구적인 존재의 사고방식으로 논리를 전개하는데, 그게 바로 너의 실수야. 생각해 봐, 바다가 언젠가는 말라붙거나 아니면 그보다 먼저 바다 밑바닥 전체가 산처럼 솟아올라 육지가 되겠지. 그때가 10만 년 뒤에 오든 100만 년 뒤에 오든 나에겐 의미가 없어. 나는 파괴할 수 없을 뿐만 아니라 무한히 참을성이 있지. 너의 맹목성이 드러날 때, 내가 얼마나 차분하게 견디고 있는지 보면 이미 눈치챘어야 하지만 말이야. 더 말해 줄게. 네 부름에 답하지 않고 나를 찾지 못하도록 했던 이유는 네가 쓸데

없이 피로해지지 않게 하기 위해서였어. 내 위에서 네가 펄쩍펄쩍 뛸 때도 경솔한 말로 네 분노를 더 강화해서 네가 다치지 않도록 나는 침묵을 지켰어."

아우토마테우슈는 이 고귀한 선언을 들으며 새롭게 치솟은 분노로 몸을 떨었다.

"널 밟아 부술 테야! 갈아서 가루로 만들어 주마, 이 불한당아!"

그는 고함치고 또 다시 바위 위에서 미친 듯한 춤, 제자리 뜀뛰기, 때리기, 밟기를 시작했다. 그러나 이번에는 부흐의 상냥한 새된 목소리가 함께했다.

"네가 성공할 거라는 생각은 안 하지만 한번 해 봐! 잘해라! 한 번 더! 그렇게 하면 안 돼, 너무 빨리 지쳐버릴 테니까! 두 발 함께! 자 펄쩍, 위로! 자 다시 콱 해봐! 더 높이 뛰라고 내가 말하잖아, 그러면 충격력이 강해지니까! 벌써 못 하겠어? 정말로? 왜, 안 돼? 오, 그래 그거야! 위에서 돌을 부숴! 오, 그래! 다른 돌 가져올래? 더 큰 건 정말 없었어? 한 번 더! 쿵쾅쿵쾅, 소중한 친구야! 내가 널 도와줄 입장이 아니라서 정말 안됐다! 왜 멈췄어? 정말로 이렇게 빨리 기운이 빠졌어? 정말 안됐군… 그래, 하지만 이건 아무것도 아냐… 기다릴 테니까 좀 쉬어! 바람 쐬면서 몸도 식히고…."

아우토마테우슈는 큰 소리를 내며, 돌 위에 쓰러져 타오르는 분노를 담아, 펼친 손가락에 놓인 금속 낱알을 들여다보며 원하든 원하지 않든 부호가 하는 말을 들었다.

"내가 너의 전자친구가 아니었다면, 네가 망신스러운 행동을 하고 있다고 말했을 거야. 배는 폭풍의 결과로 가라앉았고, 너는 나와 함께 살아남았고, 나는 너에게 할 수 있는 한 조언을 제공했는데, 내가 구조할 방법을 생각해내지 못하고 구조가 불가능해지니까 솔직한 진실과 충고의 말에 앙심을 품고 나를 파괴하려고 하다니. 너의 유일한 동료인 나를. 이렇게 해서 네가 최소한 삶의 어떤 목적을 얻은 건 사실이고 그러면 거기에 대해서라도 나에게 고마워해야 해. 내 영구성에 대한 생각마저 너에게 이토록 증오스럽다니 흥미롭네…."

"네가 영구적인지는 두고 봐야 알지!"

아우토마테우슈가 입을 반쯤만 열어 목쉰 소리로 말했다.

"아직 결론은 내릴 수 없어."

"아니, 넌 정말로 대단하네! 그거 알아? 나를 네 허리띠 고리에 한 번 넣어봐. 고리는 쇠로 돼 있으니까 아마 돌보다는 단단할 거야. 한번 시도해 볼 수는 있겠지, 물론 개인적으로 나는 그래봤자 소용없다고 확신하지만, 어떻게든 너를 기꺼이 도와줄 테니까…."

아우토마테우슈는 명백히 내키지 않아도 어쨌든 결국
이 조언에 따랐으나, 분노하고 두드린 끝에 허리띠 고리
에 조그만 홈집만 움푹움푹 파이는 결과를 얻었을 뿐이
었다. 가장 절박하게 두드려 보아도 부호가 부서지지 않
자, 아우토마테우슈는 진실로 마음 깊이 낙담하여, 절망
하고 기운이 빠진 채 금속 알갱이를 멍하니 바라보았고,
알갱이는 가느다란 목소리로 그에게 말했다.

"이따위가 이성적인 존재라니, 세상에 맙소사! 이 메
마른 무인도 전체에서 유일하게 형제 같은 존재를 땅 위
에서 없애버리지 못한다고 슬픔의 심연으로 빠지다니!
넌 조금이라도 부끄럽지 않은 거니? 말해 봐, 내 친구 아
우토마테우슈."

"입 다물어, 수다쟁이 쓰레기야!"

난파 로봇이 식식거렸다.

"내가 어째서 입을 다물어야 해? 알잖아, 내가 너에게
악의를 가지고 있었다면 이미 오래 전에 침묵을 지켰겠
지, 하지만 난 언제나 너의 전자친구야. 네가 거꾸로 뒤
집힌다 해도 나는 죽음의 고통 속에서 변함없는 친구로
서 네 곁을 지킬 거야. 그리고 넌 나를 바다 속에 던질 수
없어, 형제여, 왜냐하면 언제나 관중이 있는 편이 낫거든.

그러니까 난 네 고통의 관중이 될 거고 그 덕분에 극단적인 고독의 상태보다는 확실히 더 고통을 견디기 쉽게 되겠지, 중요한 건 감정이니까, 어떤 감정인지는 상관없고. 너의 진실한 친구인 나를 향한 증오가 너를 지탱해 주고, 더 대담하게 만들어 주고, 너의 정신에 날개를 달아 신음 소리를 더 선명하게 설득력 있게 들리게 해주고, 네 발작을 더 체계적으로 만들어 줄뿐더러 너의 마지막 순간 하나하나에 질서를 부여해 줄 텐데, 그것만 해도 상당한 거잖아… 나로 말할 것 같으면 앞으로 말을 적게 하고, 아무런 논평도 하지 않겠다고 약속할게. 내가 달리 행동한다면, 솔직히 말해 넌 성질이 더러우니까, 지나친 우정을 견디지 못한 채 부서지고 말 테니까. 그렇지만 난 이런 것도 할 수 있어. 악에 선으로 대응해서 너를 파멸시키고, 그렇게 해서 너를 너 자신으로부터 해방시키는 거지. 다시 말하지만 맹목이 아니라 우정에서 우러나온 거야. 나는 너를 위하는 마음 때문에 너의 흉측한 본성을 눈감아주진 않을 거니까…."

부호의 말은 갑자기 아우토마테우슈의 가슴에서 튀어나온 고함에 끊어졌다.

"배다! 배! 배!"

그는 무의식적으로 외치고 벌떡 일어서더니 바닷가

를 이리저리 뛰어다니기 시작했고, 바닷물에 돌을 던지고 온 힘을 다해 팔을 흔들며, 무엇보다도 온 힘을 다해 목이 완전히 쉴 때까지 함성을 질렀다. 그러나 사실 그럴 필요가 없었는데 왜냐하면 배가 명백하게 섬을 향해 오고 있었고, 곧 섬 쪽으로 구명정까지 보냈기 때문이었다.

나중에 알게 된 일이지만 아우토마테우슈가 탔던 난파된 배의 선장은 배가 가라앉기 바로 전에 도움을 청하는 무선 신호를 보내는 데 성공했고, 그 덕에 많은 선박들이 인근 바다 위 전체를 훑었으며, 그중 한 척이 바로 이 섬에 와닿은 것이다. 선원들이 탄 구명정이 해안 가까운 얕은 물로 들어오자 아우토마테우슈는 처음에 혼자서 구명정에 올라타려 했으나 잠시 생각한 뒤에 달려와서 부흐를 데려갔는데, 왜냐하면 혹시 부흐가 비명을 질러서 선원들이 그 소리를 들으면 불쾌한 질문이나 혹은 버려진 전자친구의 불평을 듣게 될까 두려웠기 때문이었다. 그런 상황을 피하기 위해 그는 부흐를 낚아챘으나 어디에 어떻게 보관해야 할지 알지 못해서 이전처럼 도로 귀에 재빨리 집어넣었다. 이어서 그들은 서로 열정적으로 인사하고 고마워하는 장면들이 이어졌고, 그동안 아우토마테우슈는 선원 중 누군가 부흐의 조그만 목소리를 들을까 겁이 나서 대단히 수선스럽게 행동했다. 왜냐하면 전자친구가 계속 이렇게 반복해서 말했기 때문이었다.

"이런, 이런, 이건 정말로 예상하지 못했는데! 40만 분의 1의 경우라… 넌 정말 운이 좋군! 이제부터 우리 관계는 완벽하게 발전하기를 희망하겠어. 특히 내가 가장 어려운 순간에도 너를 위한 일이라면 뭐든 마다하지 않았을 뿐만 아니라 사려까지 깊어서 현재가 아닌 과거의 일은 기억장치에 기록하지 않을 테니까!"

배가 오랜 항해 끝에 해안에 닿았을 때, 아우토마테우슈는 가장 가까운 철공소를 방문하고 싶다는 아무도 이해하지 못할 소망을 드러내어 주위를 조금 놀라게 했는데, 그 철공소에는 증기로 작동하는 거대한 망치가 있었다. 들리는 이야기에 따르면 그는 철공소를 방문하는 동안 상당히 독특하게 행동했는데, 거대한 작업실 안에 있는 철제 모루에 다가가서 온 힘을 다해 머리를 찧기 시작했던 것이다. 마치 귀로 뇌를 흔들어 빼내려는 듯 손을 아래에 받친 채 머리를 찧었고, 심지어 한 발로 뛰기까지 했지만, 그래도 곁에 있던 사람들은 못 본 척했는데, 무시무시한 조난 상황에서 구출된지 얼마 안 된 인물이라면, 정신적인 균형을 잃어 설명할 수 없는 과장된 행동을 취할 수도 있다고 여겼기 때문이었다. 실제로 이후에 아우토마테우슈는 이전의 생활 방식을 바꾸어 명백하게 여러

아우토마테우슈의 친구

가지 집착증에 빠졌다.

어떤 종류의 폭발물들을 모으기도 하고 심지어 자기 거처에서 폭발 실험을 실행하려고도 했으며, 이때는 이웃들이 신고해서 미리 막았기 때문에 못 했지만, 그 뒤에는 또 이런저런 망치나 카보런덤carborundum* 줄을 수집하기도 했고, 지인들에게 자신이 새로운 종류의 생각하는 기계를 구축할 생각이라 말하기도 했다. 아우토마테우슈는 후에 은둔자가 되어 큰 소리로 자기 자신과 이야기하는 버릇이 붙었는데, 가끔 그가 집으로 달려가면서 큰 소리로 독백하거나 심지어 욕설과 비슷한 말들을 외치는 소리가 들리기도 했다.

마침내 오랜 세월이 지나 새로운 집착증에 빠진 그는 시멘트를 몇 자루씩 모으기 시작했다. 그 시멘트를 모아서 그는 거대한 공을 만들었고, 그 공이 굳어지자 알 수 없는 방향으로 싣고 갔다. 들리는 말로는 그가 버려진 광산에서 경비 일을 맡았고, 어느 날 밤에 그 갱도 속으로 거대한 콘크리트 덩어리를 밀어 넣은 뒤에, 남은 여생 동안 갱도 주위를 돌아다니며 쓰레기란 쓰레기는 전부 주워 모아 빈 갱도 깊숙이 집어넣었다고 했다. 실제로 그는 꽤

---

* 상표명으로 연마 작업을 할 때 쓰는 매우 단단한 물질이다.

나 이해할 수 없는 행동 방식을 보여주기는 했지만, 이런 소문의 대부분은 아마 믿을 만한 가치가 없을 것이다. 어쨌든 그가 그토록 신세 졌던 전자친구에 대한 원망을 이후 평생 동안 마음속에 간직했다고는 믿기 힘든 일이다.

아우토마테우슈의 친구

글로바레스왕과 현자들

에파라다의 군주 글로바레스가 한번은 자신의 왕좌 앞
에 가장 위대한 현자 세 명을 불러 이렇게 말했다.

"알아야 할 것을 모두 알고 있는 왕의 운명이란 진실
로 끔찍하다. 무엇이든 왕에게 말하는 것은 마치 깨진 물
병처럼 공허하게 들리나니! 짐은 놀라기를 원하며 몹시
지루하노라. 충격받기를 몹시 원하지만 귀에 들리는 것
은 맥 빠진 옛 얘기뿐이고, 특출한 것을 갈망하지만 나에
게 돌아오는 것은 납작한 칭송뿐이니라. 현자들이여 알
아두거라. 짐은 오늘 궁의 모든 광대와 재간꾼 그리고 비
밀 혹은 공식 자문위원 들을 모두 처형하도록 명령했으
며, 나의 명령을 수행하지 못한다면 여러분도 같은 운명

을 맞이하게 될 것이니라. 그대들은 각자 자신이 아는 가장 놀라운 이야기를 짐에게 들려주어야 할 것이니, 그로 인해 내가 웃거나 울지도 않고, 열중하거나 겁내지도 않고, 재미있어하거나 생각에 잠기지도 않는다면, 목을 베겠노라!"

왕이 고개를 끄덕였고, 현자들은 자객들의 금속 발소리를 들었는데, 자객들은 왕좌의 발치에서 현자들을 둘러쌌고, 그들의 드러난 칼날이 불꽃처럼 번쩍였다. 현자들은 불안해하며 서로 팔꿈치로 찔렀는데 왜냐하면 그들 중 누구도 왕의 분노를 사서 형리의 칼날 아래 목을 내밀고 싶지 않았기 때문이었다. 그러다 첫 번째 현자가 말했다.

"왕이며 주인이시여! 눈에 보이거나 보이지 않는 우주 전체에서 가장 놀라운 것은 의심할 바 없이 연대기에 '오파크'라 불리며 기록된 행성 종족의 역사입니다. 민족의 시초부터 오파크인들은 모든 지성을 가진 존재와는 반대로 행동해 왔습니다. 그들의 조상은 화산으로 유명한 행성인 우르두리아에 정착했는데, 이 행성에는 매년 새로운 산맥들이 솟아오르고 그때마다 무시무시한 폭발이 행성을 뒤흔들어 아무것도 견디지 못합니다. 그들이 겪는 고생은 그뿐만이 아니라, 하늘에서 거대한 유성의 강물이 흘러 행성에 쏟아지곤 하는데, 1년이면 200일 동안 돌

무더기가 떼 지어 행성 전체를 때리며, 천둥 같은 소리를 울립니다. 그 당시에는 이런 이름이 아니었습니다만, 오파크인들은 강화한 쇠와 금속으로 건물을 지어 올리고, 자기 자신들도 금속판을 너무나 여러 개 둘러서 마치 걸어다니는 철갑 언덕과 비슷했습니다. 그렇게 해도 유성 지옥이 벌어지는 동안 땅이 갈라져 그들의 금속 성채를 삼켜버렸고, 유성이 망치처럼 그들의 철갑을 짓이겼습니다. 종족 전체가 멸망의 위기를 맞이하게 되자 오파크의 현자들이 해결책을 찾기 위해 모였고, 첫 번째 현자가 말했습니다. '우리 민족은 현재와 같은 모양으로는 살아남지 못할 것이며 변이 외에 다른 구원은 없다. 땅이 우리 밑에서 커다랗게 입을 벌리므로, 그 안으로 떨어지지 않으려면 모든 오파크인이 넓고 편편한 받침을 가져야 하며, 유성이 또 위에서 날아올 것이므로 모두가 뾰족한 첨탑 근처에 있어야 한다. 우리 자신이 원뿔형이 된다면 아무것도 우리를 위협하지 못할 것이다.'

그리고 두 번째 현자가 말했습니다. '그렇게 할 필요 없다. 땅이 커다랗게 주둥이를 벌리면 원뿔을 삼킬 것이고, 비스듬하게 떨어지는 유성이 원뿔의 옆면을 부술 것이다. 이상적인 것은 공 모양이다. 땅이 흔들리고 요동치기 시작하면 공은 언제든 혼자서 굴러갈 수 있고, 유성이 떨어져도 둥근 옆면에 부딪쳐 빗나갈 것이다. 그러므로 우리 종족은 더 나은 미래를 맞이하기 위해 공 모양으로 형태를 바꾸어야만 한다.'

그러자 세 번째 현자가 말했습니다. '공 모양도 다른 어떤 물질적 형태와 마찬가지로 부서지거나 땅에 삼켜질 수 있다. 충분히 강한 칼이 뚫지 못하는 방패란 없으며, 단단한 방패가 막지 못하는 칼도 없다. 형제들이여, 물질이란 영구히 변화하며 유동적으로 변형되고 일시적이기도 한데, 그러므로 진실로 최고의 이성을 가진 존재라면 물질 안에 살아서는 안 되고, 현세에서 한정적이기는 해도 변함 없이 영구적이며 완벽한 것 안에서 살아야 한다!'

'대체 그게 무엇인가?' 다른 현자들이 물었습니다.

'말이 아닌 행동으로 보여주겠다!' 세 번째 현자가 대답했습니다. 그리고 다른 현자들이 보는 앞에서 옷을 벗기 시작했는데, 여기저기 수정을 박은 가장 겉부분의 옷과 금빛의 두 번째 옷과 은 바지를 벗고, 투구와 흉갑을 떼어낸 뒤에, 점점 더 빠르게 점점 더 작은 부분들을 벗겨내기 시작해 관절에서 연결기로, 연결기에서 나사로, 나사에서 철사와 철부스러기로 옮겨가, 마침내 원자를 떼어내게 되었습니다. 그리고 이 현자는 자신의 원자를 벗겨내기 시작했는데, 그 솜씨가 너무나 좋았던 나머지 그가 녹아내리고 사라지는 모습 외에는 보이지 않게 되었으며, 또한 현자가 너무나 교묘하게 행동하면서 아주 서둘렀기 때문에, 이렇게 다른 현자들의 눈앞에서 벗어 내리는 와중에 완벽한 무존재로 변하였는데, 그것은 즉, 존재의 진정 거꾸로 된 상태로 존재하는 것이었습니다. 왜냐하면 이전에 하나의 원자가 있었던 곳에 지금은 그 하나의 원자가 없으며, 방금 전에 원자 여섯 개가 있었던 곳에 그 여섯 개가 없음이 나타나고, 나사가 있었던 곳에 나사가 없음이 나타나니, 있음과 없음을 전혀 구분할 수 없이 완벽하게 진정한 반대 상태였기 때문입니다. 이런 방법으로 세 번째 현자는 공백이 되었으며, 그 공백은 이전에 그의 꽉 찬 상태가 구성되었던 것과 똑같은 방식으로 구성되어 있었습니다. 그리고 그의 무존재는 평온하고 방해받을 수 없는 존재 상태였는데, 왜냐하면 현자가 너무나 빠르게 행동하고, 너무나 교묘하게 손을 써서, 그 어떤 입자도 그 어떤 물질적 침입자도 그의 현존하는 완벽한 비현존을 침입하여 더럽힐 수 없었기 때문이지요! 그리고 다른 사람들은 그를 방금 전에 그가 가졌던 것과 같은 완전한 형태를 갖춘 빈 공간으로 보았으며, 그의 눈은 검은색의 부존재를 통해, 그의 얼굴은 푸르게 반짝이는 빛이 없음으로써, 그의 몸체는 사라져 버린 손가락과 관절과 어깨로써 알아보았던 것입니다! 그리하여 존재하는 비존재가 말했습니다. '형제들이여, 이런 방법으로 신체를 '없음' 속에 적극적으로 형상화함으로써 우리는 강력한 저항력뿐 아니라 불멸 또한 얻게 될 것이다. 그 이유는 오직 물질만이 변화하며 무無는 물질과 함께 지속적인 불확실성의 길을 가지 않기 때문이니, 그러므로 완전함은 존재가 아니라 비존재 속에 있으며 그렇기에 우리는 존재가 아니라 비존재가 되어야 한다!'

그들은 그 말대로 행했습니다. 이때 이후로 오파크인들은 대항할 수 없는 종족이 되었습니다. 그들의 삶은 존재 안에 의존하지 않았는데, 왜냐하면 그곳에 아무것도 없기 때문이며, 그보다는 존재를 둘러싼 것에 의존합니다. 그래서 누군가 집에 들어가면 그는 집 안의 비존재로 보일 것이며, 만약 안개 속으로 걸어간다면 그 부분만 안개가 없는 것처럼 보일 것입니다. 변화하는 운명을 가진 불안정한 물질을 자신들에게서 벗겨내어 그들은 불가능을 가능케 한 것입니다…."

"그렇다면 그들은 대체 어떤 방법으로 우주의 허공을 가로질러 여행한단 말인가, 나의 현자여?"

글로바레스왕이 물었다.

"그것 하나만은 하지 못합니다, 왕이시여, 그렇게 되면 외부의 허공이 그들 자신의 것과 합선을 일으켜 그들은 국지적으로 집중된 비존재로서 존재할 수 없게 될 것입니다. 그렇기 때문에 그들은 끊임없이 자기 무존재의 순수성, 자기 존재 전체의 무無를 돌보아야만 하며, 그렇게 자신의 무존재를 지키면서 그들의 시간은 흘러갑니다. 그래서 그들은 무존재자 혹은 네앙Néant*이라고 부릅니다."

"현자여."

왕이 말했다.

"그 이야기는 현명하지 못하구나, 질료의 다양성을 없는 것의 일원성으로 어찌 대체할 수 있단 말이냐? 바위를 이루는 것이 집을 이루는 것과 같단 말이냐? 그러나 바위의 부재는 집의 부재와 같은 형태를 취할 수 있으며 그러므로 그 두 가지의 부재는 같다고 할 수 있단 말이다."

"폐하."

현자가 자신을 변호했다.

"비존재의 종류에도 여러 가지가 있사오며…."

"그럼 두고 보자."

왕이 말했다.

"짐이 네 목을 자르라고 명령하면 머리의 부재가 존재

---

*   사르트르의 철학서《존재와 무》의 프랑스어 원제 'Être et néant' 중에서 '무'에 해당하는 단어를 종족 이름으로 사용했다.

가 되는지 어떤지, 네 생각은 어떠하냐?"

군주는 이렇게 말하고 추악하게 웃은 뒤 시종들에게 손짓을 했다.

"폐하!"

시종들의 무쇠 손에 붙잡힌 채 현자가 부르짖었다.

"폐하께서 웃음을 지으셨으니 소신의 이야기는 폐하께 즐거움을 드린 것이므로 폐하의 약속에 따라 저의 생명을 보전하여 주시옵소서!"

"아니, 짐이 짐 스스로 즐거워한 것이노라."

왕이 말했다.

"짐의 생각으로는 너도 동참하면 어떨까 한다. 네가 스스로 참수에 동의한다면 그러한 동의로 인해 나를 즐겁게 할 것이니 결국 너의 의도대로 되는 것이다."

"동의합니다!"

현자가 소리쳤다.

"여봐라, 저놈이 스스로 저리 간절하게 원하니 저놈의 목을 쳐라!"

왕이 말했다.

"그러나 폐하, 저는 참수당하지 않기 위해 동의한 것입니다…."

"참수에 네가 동의하니 반드시 형을 집행해야 한다."

왕이 설명했다.

"그리고 만약 네가 동의하지 않는다면 짐을 즐겁게 하지 못하였으니 그 죄를 물어 반드시 형을 집행해야 할 것이다…."

"아니요, 아닙니다, 그 반대입니다!"

현자가 외쳤다.

"제가 동의한다면 폐하께서 즐거워하셨으니 저에게 생명을 내려주실 것이고 제가 동의하지 않는다면…."

"됐다!"

왕이 말했다.

"형리여, 너의 책무를 다하라!"

칼날이 번쩍였고 현자의 목이 땅에 떨어졌다.

한순간 죽은 듯한 정적이 흐른 뒤에 현자들 중 두 번째가 입을 열었다.

"왕이자 주군이시여! 수많은 별의 종족들 중에서 가장 기이한 종족은 의심할 바 없이 폴리온트족인데 이들은 다수족 혹은 수많은족이라고도 합니다. 이 종족은 실제로는 한 개인이 하나의 신체를 가지고 있지만 한 몸에 다리가 많이 달릴수록 더 높은 지위를 갖게 됩니다. 머리에 대해 말씀드리자면 경우마다 다릅니다만, 지위에 따라 그에 알맞은 머리를 소유하고 있어서, 가난한 가족은

227

다 함께 하나의 머리만을 소유하고, 반면 부유한 자들은 모든 경우에 사용할 수 있는 다양한 머리들을 보물 창고에 모아놓습니다. 아침용 머리와 저녁용 머리, 전쟁이 났을 경우에 사용하는 전략용 머리와 서둘러야 할 때 사용하는 고속 머리, 그리고 또한 주의 깊고 냉철한 머리, 폭발적 머리, 열정적 머리, 결혼식용 머리, 사랑용 머리, 장례용 머리 등으로 삶의 모든 경우에 맞도록 갖추어 두고 있습니다."

"그게 전부인가?"

왕이 물었다.

"아닙니다, 폐하!"

현자는 상황이 이미 안 좋게 돌아가는 것을 눈치채고 대답했다.

"다수족이 그런 이름을 얻게 된 것은 모두가 자신의 지배자에게 연결되어 있기 때문인데, 그리하여 그들 중 다수가 왕의 처신이 보편적인 선을 위해 해롭다고 인정하면 그 군주는 결합력을 잃어버려 결국 조각조각 흩어지게 됩니다…."

"하찮은 발상이군, 반왕적*이라 아니할 수 없다!"

---

*   원문에서는 '왕에게 으르렁거리다'라는 뜻으로 언어유희가 사용됐다.

글로바레스왕이 음울하게 말했다.

"현자여, 너 스스로 머리에 대해 그렇게 많이 말했으니 이제 너의 생각은 어떠한지 말해보아라. 짐이 너의 참수를 명할 것이냐 명하지 않을 것이냐?"

현자는 재빨리 생각했다.

'왕은 나를 좋지 않게 여기고 있으니 내가 참수를 명할 것이라 말한다면 그대로 하겠지. 명하지 않을 것이라 말한다면 내가 그를 놀라게 하는 것이며 왕이 놀라워한다면 약속에 따라 나를 자유롭게 풀어주어야 할 것이다.'

그래서 현자는 말했다.

"아니오, 폐하, 명하지 않으실 것이옵니다."

"잘못 생각했다."

왕이 말했다.

"형리여, 너의 책무를 다하라!"

"하지만 폐하!"

현자가 형리들의 손아귀에 붙잡힌 채 부르짖었다.

"소신의 대답에 조금이라도 놀라지 않으셨단 말씀입니까? 제가 참수를 명하시리라 말할 것이라고 예측하지 않으셨단 말씀입니까?"

"너의 대답은 전혀 놀랍지 않았다."

왕이 대답했다.

"겁에 질려 그렇게 대답할 수밖에 없었다고 네 얼굴에 다 쓰여 있노라. 됐다! 저놈의 목을 쳐라!"

그리고 칼날의 금속성 소리가 울려 퍼진 뒤에 두 번째 현자의 머리가 마룻바닥에 굴렀다. 누구보다 가장 나이가 많은 세 번째 현자는 아주 차분하게 이 광경을 보고 있었다. 그리고 왕이 또 다시 놀라운 이야기를 요구하자 세 번째 현자가 말했다.

"왕이시여! 폐하께 진실로 평범하지 않은 이야기를 들려드릴 수도 있겠습니다만, 저는 그렇게 하지 않겠습니다. 폐하 앞에서 진실을 말하는 것이 폐하를 놀라게 해드리는 것보다 저에게 더 중요하기 때문입니다. 폐하는 어떤 이유로든 저희의 목을 치며 살인을 게임으로 바꾸려 합니다만, 저는 폐하가 아무렇게나 지어낸 핑계를 구실로 삼지 않고 폐하의 본성에 걸맞은 방법으로 저를 참수하도록 상황을 끌어가려 합니다. 폐하는 본성이 잔혹하시기는 하나 거짓의 가면을 쓰지 않고는, 그 잔혹한 성질에 내키는 대로 마구 행동하지 않습니다. 폐하가 저희의 목을 모두 치려 하는 이유는 훗날 사람들이 왕께서 주제도 모르고 스스로 현자라 자부하는 멍청이들을 모두 없애버렸다 말하기를 바라기 때문입니다. 허나 저는 진실이 말해지기를 바라며 그러므로 침묵을 지키겠습니다."

"아니, 너를 지금 참수시키지는 않겠다."

왕이 말했다.

"짐은 실제로 진실하게 흔치 않은 경험을 원하노라. 너는 짐을 화나게 하려 하지만 나는 최소한 잠시만이라도 분노를 억누를 줄 안다. 그러니 현자여, 말하라, 그러면 혹시 너뿐만 아니라 다른 이들도 구원할 수 있을지 모르니라. 네가 하려는 말은 어쩌면 심지어 왕권 모독에 가까울 수도 있고 어찌 됐든 너는 이미 왕권 모독에 가까운 말을 내뱉기도 하였으나, 이제는 그 왕권 모독이 찬양이 되려면 아주 괴물같이 거대해야만 할 것이고, 그러면 그 규모로 인해서 결국은 경멸로 변할 것이다! 그러니 단 한 번의 시도로 동시에 너의 왕을 드높이면서 깔보고, 크게 찬양하면서 작게 짓눌러 보아라!"

침묵이 깔렸다. 정적 속에서 궁 안의 사람들은 마치 목 위의 머리가 얼마나 단단히 붙어 있는지 시험이라도 해보려는 듯 꼬물꼬물 조그맣게 움직였다.

세 번째 현자는 깊은 생각에 잠긴 듯 보였다. 마침내 그가 말했다.

"왕이시여, 당신의 소원을 들어드리고 어째서 그렇게 했는지 보여드리겠습니다. 여기 있는 모두를 위해, 저를 위해, 그러나 또한 당신을 위해 이렇게 하는 것이며, 세월이 흐른 뒤에 옛날에 어떤 왕이 변덕을 부려 자신의 왕국에서 현명함을 모두 없애버렸다고, 사람들이 말하도록 하기 위함입니다. 만약 심지어 지금 이 순간에 그러하다 해도, 만약 당신의 소망이 거의 혹은 전혀 아무 의미도 없다 해도, 당신의 순간적인 기분에 가치를 부여하고 그것을 뭔가 의미있고 영구적인 것으로 만드는 것이 저의 뜻이며, 그러므로 말하겠습니다…."

"노인이여, 서론이 이미 너무 길구나, 게다가 장광설을 늘어놓으면서 너는 또 다시 왕권 모독에 가까워지는데 찬양에는 전혀 가깝지 않다."

분노한 왕이 말했다.

"계속하라!"

"왕이시여, 당신은 권력을 남용하고 있습니다."

현자가 대꾸했다.

"그러나 당신의 권력 남용은 당신이 알지 못하는 오래된 조상이자 에파리드 왕조를 창시한 자의 권력 남용에 비하면 아무것도 아닙니다. 당신의 오대조*인 알레고리크는 당신처럼 군주의 권력을 남용했습니다. 그가 저지른 가장 큰 남용의 예를 들어드리려 하니 왕께서는 왕궁

---

*   고조할아버지의 아버지를 말한다.

의 궁실 위쪽 창문으로 보이는 밤하늘을 보아주시기 바랍니다."

왕은 여기저기 별이 반짝이는 깨끗한 하늘을 쳐다보았고, 현명한 노인이 천천히 말을 이었다.

"보고 들으시오! 세상에 존재하는 모든 것은 조롱의 대상이 되곤 합니다. 그 어떤 존엄함도 조롱을 피해갈 수 없는데, 심지어 폐하의 왕권마저도 이 사람 저 사람이 비웃곤 한다는 것은 잘 알려진 사실이기 때문입니다. 웃음은 왕좌와 왕국에 타격을 가합니다. 하나의 민족은 다른 민족 혹은 자기 자신을 비웃습니다. 심지어 존재하지 않는 것이 조롱당하기도 하니, 신화 속의 신들 또한 비웃음을 당하지 않습니까? 심지어 매우 진지한 현상, 허허, 비극적인 상황조차 농담의 대상이 되곤 합니다. 무덤가의 익살, 죽음과 고인을 비웃는 장난을 예로 들면 충분할 것입니다. 그러므로 조롱과 비웃음의 공격은 천체 앞에서도 멈추지 않았습니다. 태양이나 달을 예로 들어봅시다. 달은 광대의 뾰족한 모자를 쓰고 낫처럼 튀어나온 턱을 가진 교활한 말라깽이로 나타나곤 하며 반면에 태양은 덥수룩한 후광을 뒤집어쓴 통통하고 성격 좋은 뚱보로 묘사됩니다.

그러나 생명의 왕국과 함께 죽음의 왕국도, 작은 것도

큰 것도 모두 비웃음의 대상이 되지만, 또한 이제까지 감히 아무도 놀리거나 비웃을 수 없었던 것조차 또한 조롱의 대상이 되는 것입니다. 그리고 또한 이런 것은 잊어버려도 될 만한, 주의를 깜빡 기울이지 않을 만한 것들에 속하지 않는데, 왜냐하면 존재하는 모든 것, 즉, 우주를 의미하기 때문입니다. 그러니 왕이시여, 여기에 대해서 생각해 보신다면 우주가 얼마나 우스운지 이해하시게 될 것입니다….”

이 대목에서 처음으로 글로바레스왕은 놀랐으며 현자의 말을 점점 더 집중하여 듣기 시작했고, 현자는 말을 이었다.

“우주는 별들로 이루어져 있습니다. 이 말은 아주 진지하게 들리지만, 좀 더 깊이 생각해 보면 웃음을 참기 힘들 것입니다. 사실 별이란 무엇입니까? 영원한 밤에 둘러싸인 채 매달린 불덩어리입니다. 겉보기에도 한심한 형상이지요. 본성에 따라 그렇게 된 것일까요? 절대 아니지요, 그저 크기에 따른 결과입니다. 그러나 크기 한 가지만으로 상황의 무게를 판단할 수는 없습니다. 아무것도 아닌 낙서가 작은 종이쪽에서 널따란 들판으로 자리를 바꾼다 하여 그로 인해 중요한 작품이 되겠습니까?

멍청함을 여러 번 곱해도 안 멍청해지지 않으며 그저

우스움만이 거듭제곱될 뿐입니다. 우주는 여기저기 아무렇게나 말줄임표를 늘어놓은 낙서와 같습니다! 어디를 보든, 어디로 고개를 돌리든 그 이상은 없습니다! 창조의 단조로움이란 상상할 수 있는 가장 영구적이면서 납작한 발상인 듯합니다. 점점이 흩어진 무존재가 게다가 끝없이 계속되는 것입니다. 이토록 상상도 할 수 없는 것을 아직 창조되지도 않았는데 확보한 자가 대체 누구일까요? 아마 바보만이 그렇게 할 수 있었겠지요. 한없이 넓은 허공을 가져다가 그저 되는 대로 여기에 점을 찍고 또 저기에 점을 찍고, 그렇게 만든 구조물이 어떻게 질서 정연하고 장엄하다고 말한단 말입니까? 너무 위대해서 무릎 꿇게 된다고요? 위대해서가 아니라 절망해서겠죠, 취소하거나 되돌릴 방법이 없으니까요. 왜냐하면 그건 처음 시작부터 자기 표절을 되풀이해 댄 결과일 뿐이고, 그 시작이라는 건 앞에 백지를 놓고 손에는 펜을 들었을 때, 그걸로 도대체 뭘 해야 할지 전혀 생각도 없고, 알 수도 없어서 가능한 모든 일들 중에 가장 무의미한 행위를 했을 뿐이지 않습니까? 그림을 그리려면 최소한 뭘 그리는지는 알아야 합니다. 그런데 머릿속에 아무것도 떠오르지 않으면? 상상력의 그림자조차 갖지 못했다면? 어쩌겠습니까, 종이에 닿은 펜은 마치 스스로 움직이는 것처럼

글로바레스왕과 현자들

자기도 모르게 까딱거리며 점을 찍는 것이죠. 그리고 언제나 창의력이 없을 때, 이전처럼 아무 생각 없는 상태에서 일단 찍힌 점은 일종의 예시가 되며, 그 점 외에는 절대적으로 아무것도 없는 상태에서 가장 노력을 적게 들이는 방법은 그냥 이 점이라는 예시를 무한히 반복하는 것뿐이라 제안하게 됩니다. 그런데 어떻게 반복하라는 것일까요? 어떤 구조를 이루도록 점을 찍을 수도 있지 않습니까. 그러나 그것조차 못 한다면 어쩌겠습니까? 무기력하게 펜을 흔들어 사방에 잉크 방울을 떨구면서 되는 대로 점을 찍어 아무렇게나 공간을 채우는 수밖에 없습니다."

이렇게 말하며 현자는 커다란 종이 한 장을 꺼내 먹물에 적신 펜으로 잉크 방울을 몇 번 뿌렸으며, 그런 뒤에 옷자락 아래에서 천구의 지도를 꺼내 먹물 뿌린 종이와 지도를 왕에게 보여주었다. 둘은 충격적으로 비슷했다. 수억 개의 크고 작은 방울들이 종이 위에 나타나 있었는데, 가끔은 펜이 잉크를 충분히 뿌렸고, 때때론 잉크가 말랐기 때문이었다. 지도의 하늘도 똑같은 모습이었다. 왕은 왕좌에 앉은 채 종이 두 장을 들여다보며 침묵했다. 현자가 말을 이었다.

"왕이시여, 당신은 우주가 한없이 훌륭하며 거대하고

장엄한 별들이 넘치도록 깔려 있는 강력한 것이라 배우셨을 것입니다. 그러나 보십시오, 이것이 과연 그토록 숭배할 가치가 있는지, 어디에나 있으며 영원히 존재하는 구조가 극단적인 어리석음의 작품이 아닌지, 생각과 논리에 정반대되지 않는지? 어째서 이제까지 아무도 이 사실을 알아채지 못했을까? 그런 생각이 들겠지요. 왜냐하면 어리석음은 사방에 있기 때문입니다! 그러나 그 보편성은 그만큼 더 조롱받고, 거리를 둔 채 비웃음을 당해 마땅하겠지요. 그 웃음은 동시에 저항과 해방의 전조일 테니까요. 최고로 생각 없이 만든 우주라는 작품이 적절한 평가를 받으려면, 이제껏 그랬듯이 우주에 바치는 기도와 한숨이 아니라, 빈정대는 웃음으로 마주하게 하려면 분명 바로 이런 정신을 살려 우주에 대한 광대극을 써야 마땅할 것입니다."

왕은 굳어진 채로 귀를 기울였고, 현자는 잠시 침묵한 뒤에 다시 입을 열었다.

"모든 학자의 의무는 바로 그런 광대극을 쓰는 일일 것입니다, 비웃음과 유감스러움만이 적절할 수 있는 이런 상태를 초래한 첫 번째 원인인 그 우주라 불리는 것에 손가락을 대야만 하지 않았다면 말입니다. 그런데 이 상황은 무한한 우주가 아직 완전히 텅 빈 채로 창조의 행위를

237
글로바레스왕과 현자들

기다리고 있을 때 일어났고, 세상은 무無보다도 작은 것으로부터 무無를 통해 간신히 한 줌의 응축된 천체들을 싹 틔우려 하고 있었고, 그런 행성들 위에서 폐하의 5대조인 알레고리크가 지배하기 시작했던 것입니다. 알레고리크는 당시 불가능하면서 제정신 아닌 일을 꿈꾸었는데, 바로 자연의 무한히 참을성 있고 느린 작품을 대체하려 했던 것입니다! 알레고리크는 자연 대신에 풍요롭고, 값을 따질 수 없는 놀라운 것들로 가득한 우주를 만들려 했습니다. 그러나 혼자서 그 일을 해낼 수 없었으므로 아주 현명한 기계를 만들어 이 작품을 완성하도록 명령했습니다. 그 괴물 기계는 300년이 흐르고 또 300년이 지난 뒤에야 만들어졌으나, 그 당시 시간을 헤아리는 방식은 지금과는 달랐지요. 힘도 자원도 아끼지 않았고 기계적인 괴물은 거의 무제한의 규모와 강력함을 가지게 되었습니다. 기계가 준비되었을 때 알레고리크는 자연 강탈자를 활성화하라고 명령했습니다. 자신이 대체 무슨 짓을 하고 있는지 그는 예상하지 못했던 것입니다. 알레고리크의 무제한적인 오만함으로 인해 기계는 이미 지나치게 거대했고, 그로 인해 기계의 현명함은 이성의 최고점을 멀리 넘어서서 천재성의 총합을 지나, 모든 관념을 해체하는 원심성 기류의 불균일한 어둠 속에서 모든 생각의 완전한 해체에 가까워졌으며, 그런 뒤 메타 은하와도 같이 비틀린 이 괴물은 사납게 꼬인 채로 작동하여, 가장 무시무시하게 몸부림치는 생각의 혼돈 전체와 그 안에서 다 함께 무無로 변해버리는 발달되지 못한 개념들의 덩어리들로 인해 정신적으로 분해되어 말해진 적 없는 최초의 언어들 위로 흩어졌고, 아무 소용 없이 경련하다가 애쓰고 부딪치며, 모든 의미가 사라진 구두점들을 거대하게 생산해 낼 뿐인 고분고분한 하위 체계들로 무너져 버렸습니다! 그것은 가능한 한 가장 현명한 기계, 전지전능한 우주창조자가 아니라 그저 경솔한 강탈 행위를 통해 만들어진 폐허일 뿐이었고, 본래 위대한 일들을 하도록 탄생했으나 잘해야 그저 더듬거리며 점을 찍는 일만 할 수 있을 뿐이었습니다. 그러자 어떤 일이 벌어졌을까요? 군주는 생각하는 존재가 이제까지 시도한 것 중에서 가장 대담한 자신의 계획이 옳았음을 보여주는 완전한 실현을 기대했으나, 이미 죽어가는 모습으로 세상에 나타난 무의미한 더듬거림의 문 앞에, 기계적인 고뇌의 원천에 서 있음을 아무도 감히 군주에게 밝히지 못했던 것입니다. 그러나 행동하는 거대한 기계 덩어리는 생명 없이 그저 순종하여, 모든 명령을 실행할 준비가 되어 있었으므로, 스위치가 눌린 기계는 2차원의 점들이 만들어 낸 모양에 걸맞은

3차원의 형태, 즉, 구球를 물질의 공간 속에서 물질의 살덩이로부터 찍어내기 시작했던 것입니다. 그리고 이런 방법으로 질료를 태우던 불길이 사라질 때까지 기계는 쉬지 않고 단 한 가지만을 반복하여, 공허의 심연 속으로 하나씩 하나씩 불타는 구를 밀어넣어 그 더듬거림의 박자에 맞추다 우주가 생겨났던 것입니다! 그러므로 폐하의 5대조가 우주의 창조자이지만 또한 동시에 그는 결단코 비교할 수 없을 만큼 원대한 어리석음을 초래한 자이기도 합니다. 따라서 이토록 무익한 작품을 없애는 행위야말로 그 창조보다 훨씬 더 이성적일 것이며, 무엇보다도 의식적으로 원하고 의도하여 행해질 것인데, 창조에 대해서는 사실 그렇게 말할 수 없기 때문입니다. 알레고리크의 후손인 폐하에게 세계가 어떻게 지어졌는지에 대해 설명하고자 했던 이야기는 이것이 전부입니다."

왕이 현자들에게, 특히 왕에게 최고의 칭송과 최악의 모욕을 한 번에 바친 노인에게, 풍성한 상을 내려 돌려보낸 뒤, 젊은 학자 한 명이 노인과 둘만 남게 되자 그의 이야기에 진실이 얼마나 들어 있는지를 물었다.

"내가 무슨 말을 할 수 있겠나?"

노인이 말했다.

"내가 들려준 이야기는 지식에서 비롯된 것이 아니야.

존재의 특성 중에서 그저 웃기다고밖에 말할 수 없는 이런 측면에 학문은 관여하지 않아. 학문은 세상을 설명하지만 세상을 있는 그대로 받아들이는 건 오로지 예술뿐이지. 우리가 우주의 시초에 관해서 정말로 뭘 알겠나? 그토록 드넓은 허공을 채울 방법은 신화와 전설뿐인걸. 그렇게 신화화함으로써 나는 불가능의 영역에 도달하고 싶었고, 결국 꽤나 가까워졌다고 생각하네. 자네도 그걸 알고 있으니 우주가 정말로 우스운지 그 한 가지를 묻고 싶었던 거겠지. 하지만 그 질문에는 각자 알아서 대답하는 수밖에 없네."

무르다스왕 이야기

선한 왕 헬릭산드르가 죽은 뒤 그의 아들 무르다스가 왕위에 올랐다. 이 때문에 모두들 걱정했는데 무르다스는 야심이 크고 겁이 많았기 때문이었다. 무르다스는 '대왕'이라는 별명에 걸맞은 왕이 되고자 마음먹었으나 외풍과 유령과 왁스를 두려워했는데, 왁스칠한 마루에 미끄러지면 다리가 부러질 수 있기 때문이었고, 왕정을 방해하는 친척들도 두려워했으며, 무엇보다도 예언을 무서워했다. 왕좌에 오른 뒤에 그는 곧바로 왕국 전체에 문을 닫고 창문을 열지 말 것이며, 점술 도구를 전부 파괴하도록 명령했고, 유령을 없애는 기계를 발명한 자에게는 훈장과 연금을 주었다. 기계는 정말로 유용해서 왕은 단 한 번도 유령을 본 적이 없었다. 왕은 또한 바람에 날려가지 않기 위해 정원에도 나가지 않았고, 성 안에서만 산책했는데 성은 아주 거대했다. 언젠가 복도와 회랑 사이를 걸어다니던 왕이 궁성의 오래된 부분에 잘못 들어갔는데, 그곳은 이제까지 한 번도 들여다본 적이 없었다. 처음에 왕은 자신의 고조할아버지를 지키던 근위대가 있는 방을 발견했는데, 근위대는 아직 전기를 알지 못하던 시대에 만들어져 전부 태엽으로 감아서 작동했다. 다른 방에서 왕은 역시나 오래되어 녹슨 전기기사들을 발견했는데, 이런 건 흥미롭지 않아서 그만 돌아가자고 생각했을 때 '출입 금지'라는 팻말이 달린 조그만 문이 눈에 띄었다. 문은 두꺼운 먼지로 뒤덮여 있었고 이 팻말이 아니었더라면 왕은 문을 만져볼 생각조차 안 했을 것이다. 왕은 아주 흥분했다. 왕인 나에게 감히 뭔가를 금지하다니? 왕은 조금 힘을 들여 삐걱거리는 문을 열고 나선계단을 지나 버려진 탑에 도달했다. 그곳에는 아주 오래된 구리 옷장이 있었는데, 루비 장식이 눈동자처럼 박혀 있고 열쇠가 꽂힌 채 덮개가 달려 있었다. 이것이 점술에 쓰는 옷장이라는 사실을 깨달은 왕은 자신의 명령에도 불구하고 이런 물건이 왕궁에 남아 있었다는 사실에 새삼스럽게 분노했으나, 점치는 옷장이 기왕 눈앞에 있으니까 한번

로봇 동화

시험해 보면 어떨까 하는 생각이 머리에 떠올랐다. 그래서 왕은 살금살금 옷장에 다가가서 열쇠를 돌렸고 아무 일도 일어나지 않자 덮개를 두드려 보았다. 옷장은 코고는 듯한 소리를 내며 한숨을 쉬었고, 기계장치가 끼끽 소리를 내더니, 루비 눈동자가 마치 못마땅하다는 듯 왕을 쳐다보았다. 이 불쾌한 시선을 보고 왕은 예전에 자신의 가정교사였던 아버지의 형인 체난데르 큰아버지를 떠올렸다. 그는 이 옷장이 자신에게 악의를 가진 큰아버지의 명령으로 만들어진 게 틀림없다고 생각했다. 그렇지 않다면 옷장이 왜 자신을 노려보겠는가? 왕은 마음속이 이상해지는 것을 느꼈으며, 옷장은 끙끙거리면서 마치 누군가 삽으로 쇠 묘비석을 치는 것 같은 음울한 노래를 천천히 연주하기 시작했고, 덮개를 통해 마치 뼈처럼 노란 글자가 줄줄이 새겨진 검은 카드가 나왔다.

왕은 진심으로 겁에 질렸지만 호기심을 이길 수가 없었다. 왕은 카드를 뽑아 들고 자기 거처로 달려갔다. 혼자 남게 되자 왕은 카드를 주머니에서 꺼냈다.

'카드를 보긴 봐야겠지만 혹시 모르니까 한 눈으로만 봐야지.'

왕은 이렇게 결정하고 결정한 대로 했다. 카드에는 이렇게 적혀 있었다.

시간이 닥쳐온다 – 가족이 잘린다,

형제가 형제를 혹은 숙모를, 그리고 사촌이 사촌을.

물병이 꿀럭거린다 – 형제의 아들이 닥쳐온다,

사돈의 형제를 통풍痛風이 집어삼키고 형리가 곧 그에
게 연주한다.

울타리를 넘어 먼 친척이, 외가 친척, 친가 친척 떼지어
웅성거리며 전쟁에 나간다, 아이고 소란이 일겠구나.

손주가 가고 사돈이 가고 저들을 어떻게 파묻을지 내가
가르쳐 주마.

왼쪽을 뜯어라 오른쪽을 찔러라, 안 그러면 여기는 큰
아버지 저기는 외삼촌이,

양아버지를 누구든 붙잡고 양아들 낯짝에 한 방 먹여
라, 움푹 패일 것이다.

사위가 누워 있고 무덤이 다섯, 사돈이 쓰러지면 묘가
여섯,

올가미를 할아버지에게 올가미를 할머니에게, 올가미
를 외삼촌에게 그렇게 해야만 하지,

왜냐하면 친척이란 딱하긴 해도 오로지 땅속에 있어야
안심할 수 있으니까.

시간이 닥쳐온다, 가증한 가족,

누구든 덮치면 그를 타고 올라간다.

로봇 동화

그를 잘 묻어줘라, 모든 곳에 잘 숨어라,

빨리 몸을 피하지 않으면 저들이 잠잘 때 너를 묻으리라.

무르다스왕은 너무나 공포에 질려 눈앞이 깜깜해졌다. 아무 생각 없이 점술 옷장을 작동시켜 버린 자신의 경솔함에 절망했다. 그러나 후회하기엔 이미 너무 늦었고 왕은 최악의 결과가 닥치기 전에 무엇이든 해야 한다는 걸 알고 있었다. 예언의 의미에는 전혀 의문을 갖지 않았는데, 이미 오래전부터 가장 가까운 가족이 자신에게 위협이 되는 게 아닌지 의심하고 있었기 때문이었다.

솔직히 말하면 모든 일이 우리가 여기에 이야기하는 것처럼 일어났는지는 알 수 없다. 어찌 됐든 그 뒤에 일어난 사건들은 슬프고 심지어 끔찍한 것이었다. 왕은 가족을 전부 죽이라 명령했고, 오로지 그의 큰아버지 체난데르만이 마지막 순간에 자동피아노로 변장해서 도망쳤다. 그러나 그렇게 해도 어쩔 수 없었던 것이 결국은 붙잡혀 도끼에 목이 잘렸다. 이때만은 무르다스가 양심에 가책 없이 판결문에 서명을 할 수 있었는데, 왜냐하면 큰아버지가 군주에 저항하는 음모에 가담한 상태에서 붙잡혔기 때문이다.

이렇게 급작스럽게 가족을 모두 잃은 왕은 상을 치르

기 시작했다. 그는 마음이 가벼워지기는 했지만 근본적으로 나쁘거나 잔혹한 성품이 아니었기에 슬프기도 했다. 왕의 조용한 애도는 오래가지 않았는데, 왜냐하면 무르다스가 자신이 전혀 모르는 친척이 존재하는 게 아닐까 하는 생각을 떠올렸기 때문이었다. 백성 중에 누구라도 어떤 식으로든 그의 먼 친척일 수 있었고, 그래서 얼마 동안 그는 이런저런 백성들을 잡아 죽였지만, 그래도 완전히 안심할 수는 없었다. 어쨌든 왕국의 백성들을 모두 없애기란 불가능했는데, 백성 없이 왕 노릇을 할 수는 없는 일이었기 때문이었다. 왕은 너무나 의심이 많아져, 아무도 자신을 왕위에서 몰아낼 수 없도록 자기 몸을 왕좌에 꿰매 붙이라 명령했고, 잠잘 때는 철갑으로 만든 모자를 쓰고 잤으며, 또 무엇을 시작해야 할지 오직 그것만 계속 생각했다. 마침내 왕은 아주 유별난 행동을 했는데, 그것은 너무나 유별나서 왕이 아마 자기 혼자 그런 생각을 해내지는 못했을 것이다. 분명히 떠돌이 장사꾼이 현자인 척하고 혹은 현자가 떠돌이 장사꾼인 척하고 왕을 소곤소곤 설득했을 것이다. 여기에 대해서는 여러 가지 소문들이 있다. 왕궁의 하인들 중에는 밤이면 왕이 가면 쓴 인물을 자기 거처에 들여보내는 모습을 몇 번이나 보았다고 말하는 자들도 있었다. 어찌 됐든 무르다스는 어

로봇 동화

느 날 궁정의 모든 건축업자들과 전기기술의 대가들, 옷 만드는 기술자와 철판공들을 불러모아, 자신의 몸을 크 게 늘리되 모든 지평선을 넘어갈 정도로 커져야 한다고 명을 내렸다. 이 명령은 놀랄 정도로 빠르게 실행에 옮겨 졌는데 왜냐하면 왕이 왕실 제1 형리를 신체확장계획 책 임자로 임명했기 때문이었다. 수많은 전기기술자와 건설 기술자들이 왕궁으로 철사와 철사감개를 가져왔고, 왕 의 몸이 확장되어 궁성 전체를 정문과 지하실과 별관까 지 동시에 채울 정도가 되자 근처에 있는 주택 건물들 차 례가 되었다. 2년에 걸쳐 무르다스는 시내의 공간으로 몸 을 확장했다. 집들 중에서 군주의 생각이 거주하기에 적 합한 정도로 화려하지 않은 건물들은 땅으로 밀어버리고 그 자리에 '무르다스의 강화물'이라 부르는 전자궁전을 지어 올렸다. 왕은 여러 층이 촘촘하게 연결되어 개별화 된 변전소의 강화된 모습으로, 천천히 그러나 쉼없이 확 장되었는데, 그러다가 수도 전체가 되었고 도시 경계선 에서도 멈추지 않았다.

왕은 기분이 좋아졌다. 이제 친척은 없었고, 기름과 전 선도 두렵지 않았는데, 왜냐하면 한 번에 모든 곳에 있을 수 있게 되었으므로, 더 이상 한 걸음도 걸을 필요가 없 었기 때문이었다.

"내 왕국이 바로 나다."

그는 이렇게 말하곤 했는데 나름대로 일리가 있는 말이었으니, 더 이상 수도에서는 광장과 큰길을 따라 몇 층이나 올라가는 전기건물로 채운 왕 자신 외에 아무도 살지 않았기 때문이었다. 물론 왕실 먼지떨이들과 보조 가루닦이들 외에 말이다. 그들은 건물에서 건물로 흘러다니는 왕의 생각을 돌보았다. 무르다스왕의 만족한 마음이 그렇게 도시 전체를 몇 마일씩이나 흘러다녔다. 그는 현실적으로, 글자 그대로 위대함을 달성했고, 게다가 점술 카드가 명한 대로 모든 곳에 자신을 숨기는 데도 성공했는데, 왜냐하면 그는 어쨌든 왕국 전체 모든 곳에 존재했기 때문이었다. 이 사실이 특히 그림같이 드러나는 것은 석양 무렵이었는데, 광휘를 빛내는 거인왕은 생각에 잠긴 조명등을 깜빡이다가, 마땅히 자격 있는 잠에 빠져들면서 천천히 꺼지곤 했던 것이다. 그러나 밤이 시작될 무렵, 몇 시간 동안의 이 의식 없는 어둠은 이후에 흔들리며 날아오르는 불꽃들의 길 잃은 번쩍거림에 여기저기 자리를 내주게 되었다. 군주가 꿈을 꾸기 시작하는 것이다. 꿈의 파편들은 폭풍처럼, 눈사태처럼 몰아치는 유령이 되어 건물들 사이로 흘러다녔고, 그러다가 어둠 속 여기저기에서 창문에 불이 켜져 거리 전체는 빨간색과 보라색으로 변하는 불빛을 받아 서로 번쩍거렸고, 그러면 텅 빈 복도를 오가던 보조 먼지떨이들은 국왕 폐하의 내부 케이블들이 과열되어 풍기는 악취를 느끼다가, 번쩍거리는 창문 안을 슬그머니 훔쳐보며 서로 소근소근 이렇게 말했다.

"오호! 분명히 무슨 악몽이 무르다스를 괴롭히는 거야, 괜히 우리에게 형벌을 내리지만 않으면 좋겠는데!"

스스로에게 수여할 새로운 종류의 훈장을 고안해 내느라 특별히 부지런한 하루를 보내고 난 어느 밤, 왕은 꿈을 꾸었는데, 꿈속에서 큰아버지 체난데르가 어둠을 틈타 검은 망토를 덮어쓰고, 수도에 숨어 들어와서 끔찍한 음모를 꾸미기 위해 추종자를 찾아 거리를 떠돌고 있었다. 지하에서 가면을 쓴 자들이 여기저기서 기어나왔고, 그들은 너무나 많은 데다, 왕을 살해하려는 욕망을 너무나 강하게 내보여서 무르다스는 거대한 공포 속에 몸을 떨며 꿈에서 깨어났다. 이미 날이 밝기 시작했고 해가 하늘의 하얀 구름을 금빛으로 물들이고 있었으므로 왕은 혼잣말로 이렇게 말했다.

"꿈이구나, 악몽이야!"

그리고 왕은 다시 계속해서 훈장을 기획하기 시작했는데, 전날에 생각해 낸 훈장들은 자신의 테라스와 발코니

253
무르다스왕 이야기

에 매달아 두었다. 그러나 하루 종일 애써 일한 끝에 휴식을 위해 누웠을 때, 왕은 졸음에 빠지자마자 다시 군주를 살해하려는 음모를 꿈속에서 더없이 선명하게 보았다. 그리하여 결과는 이렇게 되었다. 무르다스는 음모의 꿈에서 깨어났을 때 완전히 깨어나지는 않았다. 그 반체제적인 꿈의 배경이 되었던 시내 중심가 부분은 전혀 잠에서 깨지 않고 악몽의 손아귀에 계속 붙잡혀 있었으나, 다만 왕은 현실에서 그 점을 전혀 알지 못했다. 그동안 왕의 몸 대부분, 정확히 말하자면, 도시의 옛 중심부는 악당 큰아버지와 그의 무시무시한 모의가 그저 상상이고 환각일 뿐이라는 사실을 깨닫지 못하고, 계속 악몽 속에서 길을 잃고 헤맸다. 무르다스는 그다음 날 꿈속에서 큰아버지가 열띠게 외치며 친척들을 불러 모으는 모습을 보았다. 친척들은 죽은 몸의 경첩을 삐걱거리며 마지막 한 명까지 모두 나타났고, 가장 중요한 부위가 없는 친척들까지도 정당한 지배자에 대항해 칼을 들었다! 보기 드문 광경이 거리를 장악했다. 가면을 쓴 무리가 속삭이는 소리로 봉기의 외침을 합창했고, 지하 감옥과 지하실에서는 반역의 검은 깃발을 꿰매어 만들었으며, 사방에서는 독물을 달이거나 도끼 날을 갈거나 목 조르는 철사를 만들며 증오스러운 무르다스와의 최후 결전을 대비했다.

왕은 또 다시 공포에 질려 온몸을 떨며 잠에서 깨어나 국왕의 황금 입으로 모든 군대를 동원해, 반역자들을 칼로 다스리라고 명령하려 했으나 곧 자신의 상황을 되돌아보고 소용없다는 사실을 깨달았다. 군대는 그의 꿈속으로 들어올 수 없고, 꿈속에서 무르익어 가는 음모를 깨부술 수도 없을 것이었다. 한동안 왕은 자기 의지와 노력을 동원해, 고집스럽게 음모의 꿈을 꾸는 그 4제곱마일 넓이의 자기 존재를 스스로 깨우려 해보았으나 소용없었다. 솔직히 말해 사실 왕은 소용이 있는지 없는지도 알지 못했다. 깨어 있을 때는 느끼지 못하다가 잠이 그를 뒤덮은 뒤에야 반역 음모를 볼 수 있었으니 말이다.

깨어 있을 때는 반역을 일으킨 지역에 접근할 수 없었고, 그것은 당연한 일이었는데, 현실은 잠과 꿈 깊은 곳에 틈입할 수 없고, 그곳에 닿을 수 있는 것은 오로지 다른 꿈뿐일 것이었다. 왕은 이런 상황에서 최선의 방법이 잠들어서 반대 꿈을 꾸는 것이며, 그것도 당연히 그냥 아무 꿈이 아니라 제왕적이고 그에게 충성하는, 왕의 깃발을 활짝 펼친 꿈이어야만 하고, 오직 그런 왕실의, 왕좌를 중심으로 하는 꿈으로써 반역하는 악몽을 짓부수어 가루를 낼 수 있다는 사실을 인정했다.

무르다스는 그래서 행동에 돌입했으나 너무 겁이 나서

잠을 잘 수 없었다. 그래서 왕은 마음속으로 보석을 헤아리기 시작했고 그러다 지쳐서 잠이 들었다. 그사이에 나타난 사실은 큰아버지를 선두에 내세운 꿈은 중심가 지역에서 세력만 더해가는 것이 아니라 강력한 폭탄과 무서운 지뢰로 가득한 무기고까지 구축하기 시작했던 것이다. 반면에 왕 자신은 아무리 애를 써도 겨우 기병대 한 부대 정도만 꿈꿀 수 있을 뿐이었고, 그것도 허겁지겁 만들어진 터라 훈련도 되지 않은 채 겨우 항아리 뚜껑으로 무장한 군대였다.

'방법이 없다.'

왕은 생각했다.

'나는 실패했으니 모든 것을 처음부터 다시 시작해야겠다!'

그래서 왕은 잠에서 깨어나기 시작했는데 그것은 힘든 과정이었고 마침내 제대로 잠에서 깨어나자 무시무시한 의심이 그를 사로잡았다. 지금 정말로 현실로 돌아온 것일까, 아니면 겉보기에만 거짓으로 깨어 있는 또 다른 꿈속에 있는 것일까? 이렇게 뒤얽힌 상황에서는 어떻게 대처해야 할까? 꿈을 꾸어야 하나 말아야 하나? 이것이 문제로다! 예를 들어 지금 이제 꿈을 꾸지 않고, 현실에는 그 어떤 음모도 없으니까 안전하다고 느낀다 치자. 그것도 나쁘지 않겠다. 그러면 저 국왕 살해의 음모 꿈은 혼자서 진행되어 끝까지 갈 것이고, 마지막으로 잠에서 깰 때 폐하는 당연히 가져야 할 일체성을 되찾을 것이다. 아주 좋다. 하지만 만약 자신이 고요한 현실에 돌아와 있다고 믿으며 반대 꿈을 꾸지 않고, 그동안 그 이른바 현실이라는 것이 실제로는 저 큰아버지를 내세운 꿈에 이웃한 그저 다른 꿈일 뿐이라면, 결과적으로 큰일이 닥칠 수도 있다! 왜냐하면 당장이라도 저주받을 군주 살해범들의 무리가 역겨운 체난데르를 선두로 하여, 저쪽 꿈에서 현실인 척하는 이쪽 꿈으로 파고 들어와, 그의 왕좌와 목숨을 빼앗아 갈지도 모르는 것이다!

'분명 그런 공격은 오직 꿈에서만 일어날 거야.'

그는 생각했다.

'하지만 만약 음모가 왕인 나의 전체를 노리고 있다면, 내 안의 산부터 바다까지 전부 포함한다면, 만약에… 오, 너무나 무서운 만약이다… 내가 더 이상 절대로 깨어나기를 원하지 않는다면, 그러면 어떻게 될 것인가? 그렇게 되면 나는 영원히 현실에서 분리되고, 큰아버지는 나를 자기 마음대로 하겠지. 고문하고 모욕할 것이고, 숙모들은 더 말할 것도 없었다. 나는 숙모들을 잘 기억한다. 무슨 일이 있어도 놓아주지 않겠지. 이미 숙모들은 그런 성격이고, 그러니까 그런 성격이었고, 그리고 지금은 또 다시 그 끔찍한 꿈속에 와 있는 것이다! 하지만 여기서 꿈 얘기를 해봤자 뭐 하나! 꿈은 거기에서 벗어나 돌아갈 현실이 존재하는 곳에만 있을 뿐인데, 하지만 현실이 없는 곳… 그런데 저들이 만약 나를 꿈속에 붙들어 두는 데 성공하면 나는 대체 어떻게 돌아오지? 꿈 외에는 아무것도 없는 곳이라면 거기서는 꿈이 유일한 실제일 테니까 즉, 현실일 것이다. 끔찍하군! 이 모든 것이 당연히 이 치명적으로 과다한 몸체로 인해서, 이 정신적인 확장에 의해서라니… 나에게 과연 이런 것이 필요했던가!'

행동하지 않으면 파멸할 뿐임을 깨닫고 절망에 빠진 왕은 즉각적인 심리 동원만이 유일한 구원이라 여겼다.

"반드시 내가 꿈속에 있는 것처럼 행동해야겠다."

그는 혼잣말을 했다.

"사랑과 열정으로 가득한 수많은 백성들을, 마지막 순간까지 나에게 충성하고 내 이름을 입에 올리며 죽어갈 군대를 꿈꾸어야 해, 그리고 빨리 어떤 굉장한 무기를 생각해 내는 것도 할 만하겠지, 어쨌든 꿈속에서는 모든 것이 가능하니까. 하는 김에 친척들을 꼬여낼 미끼도 만들어 보자, 큰아버지에 대항할 작전이나 뭐 그런 것을 말이야. 이렇게 하면 나는 모든 기습에 대비할 수 있고, 반역자들이 나타나 교활한 수법으로 이 꿈에서 저 꿈으로 넘어다닌들 내가 단번에 무찌를 것이다!"

무르다스왕은 자신의 존재에 담긴 모든 큰길과 광장들을 흔들며 안도의 한숨을 쉬었고, 그것은 상당히 복잡한 작업이었으며, 그 뒤에 왕은 행동에 나섰는데 즉, 잠을 잤다. 그의 꿈속에 쇠로 된 기병대가 사각형으로 서 있었고 선두에는 나이든 장군들, 피리와 북으로 굉음을 울리며 환호하는 군중이 있었으나, 나타난 것은 그저 조그만 나사 하나였다. 별것 아니고 그저 완전히 평범한, 가장자리가 조금 닳아빠진 나사였다. 이걸로 뭘 해야 하지? 이렇게 저렇게 궁리해 보았고 왕의 마음속에서 그와 함께 어떤 불안감이, 그리고 피로와 공포가 생겨나 점점 커졌고 그러다가 그는 번뜩 떠올랐다.

'이건 '죽을 사'와 운이 맞잖아!'

그는 온몸을 떨었다. 그사이에 파괴, 멸망, 죽음의 상징, 그러니까 친척들의 무리가 거침없이, 소리 없이, 말없이, 저쪽 꿈에 파놓은 참호들을 건너 이쪽 꿈으로 넘어오기 위해 움직이고 있으며, 그는 반역자가 꿈 아래에다 꿈을 통해 파놓은 배신의 심연 속으로 지금 당장이 떨어질 것이다! 그러니 끝이 닥쳐온 것이다! 죽음이다! 종말이다! 하지만 어디서? 어떻게? 어느 방향에서?

1만 개의 건물들이 제각각 번쩍거렸고, 리본과 훈장으로 장식된 왕실의 '위대한 십자가' 변전소가 덜덜 흔들렸다. 이 훈장과 리본들은 밤바람 속에서 주기적으로 흔들렸는데, 무르다스왕이 파멸의 상징을 꿈꾸며 너무나 애썼기 때문이었다. 마침내 그가 파멸의 상징을 억눌러 패배시켜서, 그것은 마치 한 번도 존재하지 않았던 것처럼 완전히 사라져 버렸다. 왕은 점검했다. 나는 어디 있는가? 현실 속인가 아니면 다른 환각 속인가? 현실 속에 있다면 어떻게 확신할 것인가? 어쩌면 큰아버지에 대한 꿈이 결국 다 끝나서 모든 걱정은 이제 필요없는 일이 되었을지도 모른다. 하지만 또 다시 같은 질문이다. 그 사실을 어떻게 알 수 있단 말인가? 다른 방법은 없고, 오로지 꿈-첩자들, 정체를 감춘 파괴분자들을 활용해 왕국 전체를 덮은 자기 자신을, 자기 존재의 영토를 뒤흔들고 끊임없이 침투할 수밖에 없으며, 왕의 거대한 자기 존재의 어떤 비밀스러운 구석에서 반역의 꿈이 나타날 것을 언제나 대비해야만 하므로, 왕의 정신은 앞으로 결단코 평온을 되찾지 못할 것이었다! 그러니 계속해라, 어서 충성스럽고 헌신적인 꿈을 강화하라, 정당한 군주 지배를 빛내는 찬양의 연설과 수많은 사절단을 꿈꾸어라, 모든 골짜기와 어둠 속과 오지를 꿈으로 공격하라, 어떠한 속임수도, 그 어떤 큰아버지도 그 안에 단 한순간도 숨어 있지 못하도록! 어쩐지 가슴 따뜻해지는 깃발의 펄럭이는 소리가 그를 감쌌고 큰아버지는 흔적도 없었으며 친척들도 보이지 않았고 오로지 충성심만이 그를 둘러싸고 감사와 찬양이 끊임없이 바쳐졌다. 쇠 자르는 굉음이 들리고 황금으로 장식한 메달이 나타났으며, 끝 아래 불꽃이 튀고 예술가들이 그에게 바치는 기념비를 조각한다. 왕실의 문장紋章을 수놓은 천이 창문마다 내걸리고, 예포禮砲가 축하 대형으로 놓여 있으며, 나팔수들이 청동 나팔을 입술에 가져다 댄다. 그러나 이 모든 것을 더 자세히 들여다보았을 때 왕은 뭔가 이상하다는 사실을 깨달았다. 기념비는 좋지만 어쩐지 닮지 않았고 모양이 일그러졌으며 노려보는 시선은 큰아버지를 닮았다. 펄럭이는 깃발은 맞았지만 리본이 잘 보이지도 않을 만큼 너무 작았고, 거의 검은색이었는데, 검은색이 아니더라도 어쨌든 더러운 듯했다.

이건 대체 뭔가? 무슨 비유 같은 것인가?

'맙소사! 저 창문에 걸린 천들은 낡아 빠졌고 거의 반들반들한데, 큰아버지⋯ 큰아버지가 반들반들한 대머리였는데⋯ 이럴 수는 없다! 되돌려라! 돌아가! 깨어나! 깨어나라!'

그는 생각했다.

'기상 나팔을 불어라, 이 꿈을 치워버려!'

그는 비명을 지르고 싶었지만 모든 것이 사라진 뒤에도 상황은 나아지지 않았다. 이 꿈에서 저 꿈으로, 새로운 꿈에서 그 전에 꾸던 꿈으로 떨어졌는데, 그 꿈은 더 이전으로 넘어갔기에, 지금 이 꿈은 벌써 어찌 보면 세제곱한 꿈인 셈이었다. 그 안에서 모든 것은 거꾸로 돌아가서 배신은 현실이 되었고, 반역의 악취가 풍겼으며, 깃발들은 마치 장갑처럼 왕실 깃발에서 까만색으로 뒤집혔고, 훈장들은 나사못의 목을 잘라 못의 나사홈 파인 부분만을 남겨놓은 것 같았고, 금빛으로 빛나는 나팔에서는 전투의 힘찬 음악이 아니라 큰아버지의 웃음소리가 그의 죽음을 기원하는 천둥소리처럼 울렸다. 왕은 100개의 종과 같은 목소리로 호령하여 군대를 향해 외쳤다.

"나를 깨우기 위해 창으로 찔러라! 꼬집어라!"

쩌렁쩌렁한 목소리로 그는 요구했고 한 번 더 외쳤다.

"현실로!"

"현실로!"

그러나 아무 소용없었고 그러므로 또 다시 왕을 위협하는 반역자의 꿈으로부터, 그는 애써 벗어나서 왕실의 꿈으로 들어가려 했으나, 그의 꿈들은 마치 강아지처럼

로봇 동화

그의 내면에서 번식해 쥐 떼처럼 돌아다녔고, 한쪽 건물들에 다른 건물들의 악몽이 번져 반쪽 얼굴로 조용히 살그머니 소리 없이, 알 수 없는 무언가, 하지만 끔찍한 무언가가 사방에서 달려들었다, 하나님 맙소사! 백 층짜리 전자 건물이 나사못과 시체, 철사와 악취의 꿈을 꾸었고, 각각의 모든 변전소에서 친척들의 무리가 음모를 꾸몄으며, 모든 강화물에서 큰아버지가 큰 소리로 웃어댔다. 건물들은 자기 스스로 겁에 질려 공포 속에 몸을 떨었고, 그 안에서 10만 명의 친척들이 떼 지어 몰려나왔고, 자기가 왕이라 주장하는 반역자들, 두 얼굴의 버려진 업둥이들, 눈이 비뚤어진 강탈자들이 왕좌를 향해 몰려갔고, 이들이 꿈속의 존재인지 꿈꾸는 존재인지, 누가 누구의 꿈인지, 어째서 꿈꾸고 꿈꾼 결과 어떻게 되는지 아무도 알지 못했으나, 모두가 예외 없이 '쉿쉿 물어라, 무르다스를 잘라내고, 왕좌에서 떼어내고, 종탑에 매달고, 하나에 죽이고 둘에 되살리고, 어기여차 목을 잘라라!' 외쳤다. 그리고 단지 그 때문에 한동안 그들은 아무것도 하지 못했는데, 왜냐하면 어디서부터 시작해야 할지 서로 합의할 수가 없기 때문이었다. 그리고 이렇게 왕의 생각 속 괴물들이 눈사태처럼 속도를 내다가 과부하 때문에 불꽃이 나며 반들반들해졌다. 이제는 꿈이 아니라 가장 현실적인 불길이 왕의 몸체인 건물들의 창문에서 금빛으로 번쩍이며 타올랐고, 무르다스왕은 10만 개의 꿈속으로 무너졌으며, 불길 외에 그 무엇도 이 꿈들을 하나로 이을 수 없었고 그리고 불길은 오래도록 타고 또 탔다….

로봇 동화

세상이 살아남은 이야기

건설자 트루를이 한번은 단어가 N으로 시작하는 모든 것을 만들어 낼 수 있는 기계를 발명했다. 기계가 완성되자 그는 시험삼아 기계에게 실nici을 만들어 보라고 했고, 그런 다음에 골무naparstki를 지정했으며, 기계가 골무도 만들어 내자 다음으로는 실과 골무를 샤워기nastrysk와 조종실nastawnia과 과일즙napar으로 둘러싼 굴nora을 만들어 집어넣으라고 했다. 기계는 명령받은 그대로 수행했으나, 건설자는 아직도 확신을 가질 수 없었기에 이어서 기계에게 후광nimb과 귀걸이nausznica와 중성자neutron와 시냇물nurt과 코nos와 요정nimf과 나트륨을 만들라고 했다. 기계는 마지막의 나트륨을 만들어 내지 못했고 트루를은 매우 걱정되어 기계에게 이유를 설명하라고 명했다.

"그게 뭔지 몰라요."

기계가 말했다.

"그런 건 들어본 적이 없어요."

"무슨 말이야? 그건 소듐이야. 금속이고 원소이고…."

"이름이 소듐이라면 S로 시작하는데 나는 N으로 시작하는 것만 만들 수 있다고요."

"하지만 라틴어로는 나트륨natrium인걸."

"보십쇼, 건설자님."

기계가 말했다.

"내가 세상에 있는 모든 종류의 언어에서 N으로 시작하는 걸 다 만들어 낼 수 있다면 무슨 외국어에서든 뭔가는 분명 N으로 시작할 테니 나는 '알파벳 전체에 있는 모든 걸 다 만드는 기계'였을 거요. 그렇게 마음대로는 안돼요. 난 당신이 설정한 것 이상은 할 수 없어요. 소듐은 못 만듭니다."

"알았다."

트루를이 수긍했고 기계에게 하늘niebo을 만들라고 명령했다. 기계는 당장 하늘 하나를 만들었는데, 크지는 않았지만 완전히 새파랬다. 그러자 건설자는 클라파우치우슈를 자기 집으로 초대해서 기계에게 소개하고 기계의 뛰어난 능력에 대해 오랫동안 자랑을 늘어놓았으며 마침내 클라파우치우슈는 남몰래 화가 나서 자기도 기계에게 뭔가 시켜보고 싶다고 부탁했다.

"물론이지."

트루를이 말했다.

"하지만 단어가 N으로 시작해야 해."

"N으로?"

클라파우치우슈가 말했다.

"좋아. 그럼 과학nauka을 만들어 내도록 해."

기계가 돌아가기 시작했고 다음 순간 트루를의 저택 앞 광장은 과학자들로 가득 찼다. 서로 논쟁하며 두꺼운 책에 글을 쓰기도 했고, 다른 과학자들은 그 책을 뜯어서 조각조각 찢기도 했으며, 멀리서는 과학의 순교자들의 화형대에서 타오를 불꽃이 모였고, 여기저기서 뭔가 폭발하거나 이상한 버섯 모양 연기가 피어올랐는데 과학자들의 무리 전체가 한꺼번에 떠들어 대서 무슨 말인지 알아들을 수 없었고, 가끔씩 건의서나 청원서나 다른 서류들을 작성하는 사람도 있었는데 또 외로운 노장 몇 명은 따로 떨어져 앉아, 자기 혼자 큰 소리로 중얼거리며 너덜너덜한 종잇조각에 쉬지 않고 빽빽하게 글을 쓰고 있었다.

"어때, 나쁘지 않지?"

트루를이 자랑스럽게 외쳤다.

"이 정도면 과학 맞잖아, 자네도 인정하겠지!"

그러나 클라파우치우슈는 만족하지 못했다.

"아니, 저 사람들이 과학이란 말인가? 과학은 전혀 다른 거야!"

"그러면 그게 뭔지 얘기해 주게, 그러면 기계가 금방 만들 테니까!"

트루를이 반박했다. 그러나 클라파우치우슈는 무슨 말을 해야 할지 몰랐으므로, 만약 기계에게 두 가지 다른 과업을 더 맡겨서 기계가 문제를 해결한다면, 과연 훌륭한 기계임을 인정하겠다고 선언했다. 트루를은 여기에 동의했고, 클라파우치우슈는 기계에게 반대편nice을 만들라 명령했다.

"반대편이라고!"

트루를이 소리쳤다.

"반대편이 뭔지 대체 들어본 사람이나 있나?"

"하지만 반대편은 모든 것의 다른 측면일 뿐인데."

클라파우치우슈가 침착하게 대답했다.

"'뒤집다' '속을 드러내다', 이런 표현 못 들어봤나? 아니, 모르는 척하지 말고! 이봐 기계, 일 시작해라!"

그러나 기계는 이미 아까부터 작동하고 있었다. 처음

에 기계는 반反양성자를 만들었고, 그런 뒤에는 반전자, 반중성미자, 반중성자를 만들었고, 그러고도 쉬지 않고 계속 일해서 형태 없는 반물질을 창조했는데, 이 반물질 로부터 천천히, 마치 하늘에서 이상하게 번쩍이는 먹구 름과도 비슷한 반세계가 형성되기 시작했다.

"흠."

클라파우치우슈가 아주 불만스럽게 말했다.

"이게 반대편이라고? 뭐 그렇다고 하지… 좋은 게 좋 은 거니까 그렇다고 하세…. 하지만 이제 세 번째 명령을 내리겠다. 기계야! '없음Nic'을 만들어라!"

기계는 오랫동안 전혀 움직이지 않았다. 클라파우치우 슈는 만족해서 손을 비비기 시작했고 그러자 트루를이 말했다.

"뭘 하고 싶은 건가? 기계에게 아무것도 만들지 말라 고 하니까 아무 짓도 안 하잖아!"

"그렇지 않아. 난 기계에게 '없음'을 만들라 했고 그건 아무것도 안 하는 것과 다르다고."

"다르긴 뭐가! '없음'을 만들라는 말이나 아무것도 만 들지 말라는 말이나 똑같은 얘기지."

"똑같다니! 기계는 '없음'을 만들어야 했는데 지금까 지 아무것도 안 만들고 있으니 내가 이긴 거야. 왜냐하면

'없음'이란 말이지, 나의 현명하신 친구여, 그저 그런 흔해 빠진, 게으름과 비활동의 결과로서 별거없는 상태가 아니라 활동하는 적극적인 '없음', 그러니까 완벽하고 유일하고 어디에나 존재하며 가장 높은 무존재, 바로 그 현존하지 않는 자체란 말이야!"

"자네는 기계를 혼란스럽게 하고 있어!"

트루를이 외쳤으나 곧바로 기계의 청동 목소리가 울려 퍼졌다.

"이런 순간에 싸우지들 마세요! 무존재, 무, 혹은 '없음'이 무엇인지 저도 압니다, 왜냐하면 부존재Nieistnienie와 함께 알파벳 N에 속하는 표제어들이니까요. 마지막으로 세상을 한번 보시는 게 좋을 겁니다, 이제 곧 없어질 것이니까요…."

기계의 말은 흥분한 건설가들의 귓가에서 흩어졌다. 기계는 정말로 '없음'을 만들었는데, 어떻게 했냐면 세상에서 다양한 것들을 연달아 사라지게 해서 마치 처음부터 원래 없었던 것처럼 그렇게 존재하지 않도록 했던 것이다. 이미 기계는 낸물통natągwie, 놀래거미nupajki, 눌러잠수nurkownice, 나른아픔nędzioły, 날개비늘nałuszki, 내발멀리niedostópki, 나른쟁이nędasy를 없애버렸다. 때로는 축소하고 줄이고 버리고 삭제하고 파괴하고 덜어내는 대신 확대하고 증가시키는 것처럼 보일 때도 있었는데, 왜냐하면 기계가 역겨움niesmak, 희소함niepospolitość, 불신niewiara, 불충분niedosyt, 불충족nienasycenie과 무기력niemoc을 연달아 근절했기 때문이었다. 그러나 그 뒤에는 두 건설가가 지켜보는 가운데 주위가 점점 희미해지기 시작했다.

"이런!"

트루를이 말했다.

"이 나쁜 상황의 결과가 어떻게든 안⋯."

"어이, 무슨 소리야!"

클라파우치우슈가 말했다.

"자네도 보다시피 기계가 전반적인 '없음'을 만드는 게 아니라 N으로 시작하는 모든 것들의 부존재만 만들고 있지 않나. 그러니까 아무 일도 안 일어날 거야. 자네의 저 기계는 완전히 아무 쓸모가 없으니까!"

"그건 당신이 그렇게 생각할 뿐이죠."

기계가 대답했다.

"실제로 N으로 시작하는 모든 것이 저한테 더 익숙해서 거기서부터 시작한 건 사실이에요, 하지만 뭔가 만들어 내는 일과 그걸 없애는 일은 전혀 다르죠. 난 뭐든지 다 없앨 수 있어요. 이유는 간단해요, 난 뭐든지 다 할 수 있으니까, 하지만 n으로 시작하는 걸 뭐든지 다 할 수 있

세상이 살아남은 이야기

고 그러니까 무존재는 나한텐 아주 쉬운 일이에요. 잠시 후에는 두 분 다 전혀 존재하지 않게 될 테니까 클라파우치우슈, 부탁인데 빨리 내가 진실로 전능하다고 얘기해 주면 마땅하게 명령대로 할게요, 안 그러면 너무 늦어요."

"이게 대체 무슨…"

겁에 질린 클라파우치우슈가 말을 시작했으나 바로 그 순간 실제로 N으로 시작하는 여러 가지 것들만 사라지는 게 아니라는 사실을 깨달았다. 왜냐하면 그 순간 주위를 둘러싸고 있던 조리대, 즙짜개, 항아리깨, 꽉물개, 돌려들, 거품뒤집개, 푸줌이 사라졌기 때문이다.

"멈춰! 멈춰! 내가 했던 말 취소할게! 그만둬! 무존재를 만들지 마!"

클라파우치우슈가 목청껏 고함쳤으나 기계가 멈추기 전에 놀이가루와 침뱉꽥꽥과 필리드론과 어둑슴이 또 사라졌다. 그리고 그때야 기계는 작동을 멈추었다. 세상은 정말 무시무시한 모습이었다. 특히 하늘이 타격을 입었다. 외따로 떨어진 별빛의 점 하나도 거의 보이지 않았고 이제까지 하늘을 아름답게 장식했던 황홀한 꽉물개와 과이골짝은 흔적조차 남지 않았다.

"세상에 마상에!"

클라파우치우슈가 소리쳤다.

"조리대는 다 어디로 갔지? 내가 사랑하는 무르크바는 어디 있어? 부드러운 푸춤은 어디 있냐고?"

"그것들은 이미 사라졌고 앞으로도 영원히 없을 거예요."

기계가 차분하게 대답했다.

"당신이 나에게 명령한 것을 수행했으니까요. 더 정확히는 수행하기 시작했을 뿐이죠."

"난 '없음'을 만들라고 명령했는데 너는… 너는…."

"클라파우치우슈, 당신은 바보이거나 바보인 척하는군요."

기계가 말했다.

"만약 내가 단숨에 '없음'을 만들었다면 모든 것이 더 이상 존재하지 않았을 것이고 그러므로 트루를과 하늘뿐 아니라 우주도 당신도, 심지어 나 자신도 없었을 거예요. 그렇게 되면 대체 누가 누구에게 명령이 수행되었고 내가 능력 있는 기계라고 말해주겠어요? 그리고 만약에 아무도 아무에게도 그렇게 말하지 않고 그때는 나도 존재하지 않으면 나는 어떻게 내가 당연히 얻어야 할 만족감을 얻겠어요?"

"마음대로 하거라, 이 얘기는 이제 그만하자."

클라파우치우슈가 말했다.

세상이 살아남은 이야기

"난 너에게 아무것도 원하지 않아, 아름다운 기계야. 하지만 부탁이니 무르크바를 만들어 주렴, 그게 없으면 나는 삶이 괴로워…."

"무르크바는 M으로 시작하기 때문에 만들 수 없습니다."

기계가 말했다.

"물론 역겨움, 불충족, 무식, 증오, 무기력, 덧없음, 불안, 불신을 도로 만들어 낼 수는 있지만 N이 아닌 다른 글자로 시작하는 것은 저에게 절대로 기대하지 마세요."

"하지만 난 무르크바를 원한다고!"

클라파우치우슈가 부르짖었다.

"무르크바는 없을 겁니다."

기계가 말했다.

"세상을 한번 보세요, 저 전체가 별들 사이의 바다 없는 심연을 채운 '없음'으로 가득한 거대하고 검은 구멍으로 가득한 모습을요, 주변의 모든 것이 그 '없음'으로 둘러싸인 모습을, 존재의 모든 조각들 위에 그 '없음'이 잠복해 있는 모습을요. 이게 당신의 작품입니다, 질투심 많은 친구여! 미래 세대가 여기에 대해서 당신에게 고마워할 거라고는 생각하지 않네요…."

"아무도 못 알아낼지도 몰라… 눈치채지 못할지도 모

로봇 동화

른다고⋯."

창백해진 클라파우치우슈가 검고 텅 빈 하늘을 믿을 수 없다는 듯 바라보며 그리고 감히 자기 동료의 눈을 똑바로 들여다보지 못하며 신음하듯 내뱉었다. N으로 시작하는 모든 것을 만들 수 있는 기계 옆에 동료를 남겨두고 그는 살그머니 집으로 돌아왔다. 세상은 그때부터 지금까지 '없음'으로 인해 커다란 구멍이 뚫려 있다. 클라파치우슈 자신이 명령한 멸망의 와중에 멈추어 버린 그 모습 그대로 말이다. 그리고 다른 글자로 시작하는 것을 만드는 기계를 발명하는 데 전혀 성공하지 못했기 때문에, 유감스럽게도 이미 푸춤과 무르크바 같은 훌륭한 현상은 절대로 다시는 없을 것이라 생각된다. 앞으로도 영원토록.

세상이 살아남은 이야기

트루를의 기계

건설자 트루를이 한번은 8층짜리 생각하는 기계를 건설했는데, 가장 중요한 작업을 끝내자 그는 제일 먼저 하얀색 광택재를 발랐다. 연보라색으로 모서리들을 칠하고, 멀리서 바라본 뒤에는 앞부분에 조그만 무늬를 추가했고, 기계의 이마라고 상상할 수 있는 부분에는 가볍게 오렌지색으로 한 번 칠하고 나자 스스로 아주 만족해 신나게 휘파람을 불며 마치 의례적으로 의무를 다하는 듯 신성한 질문을 던졌다. 둘 더하기 둘은 얼마인가?

기계는 움직였다. 처음에는 전등에 불이 들어왔다가 회로가 빛났고, 전류는 마치 폭포처럼 굉음을 냈으며, 용수철이 움직이자 코일이 달아올랐는데, 기계 안에서 뭔가 소용돌이치거나 충돌하는 듯이 둥둥 진동이 울렸고 그렇게 평원 전체에 소음이 울려 퍼졌으며 듣다 못한 트루를은 기계에 특별한 이성 통제기를 달아줘야겠다고 생각했다. 그동안 기계는 마치 우주 전체에서 가장 어려운 문제를 풀게 된 것처럼 계속해서 작동했다. 땅이 흔들렸고 진동 때문에 발밑의 모래가 꺼졌고 퓨즈들이 마치 플라스크의 코르크 마개가 튀어나가듯 사방으로 튀었으며 중계기들은 애를 쓰다가 거의 끊어질 지경이 되었다. 마침내 트루를이 이런 광기에 제대로 질려버렸을 때, 기계가 갑자기 멈추더니 천둥 같은 목소리로 말했다.

"일곱!"

"아니 아니, 친애하는 기계야!"

트루를이 가볍게 말했다.

"그럴 리가 없지, 답은 넷이야, 부탁인데 수정해 주렴! 둘 더하기 둘은 얼마라고?"

"일곱!"

기계가 즉시 대답했다. 한숨을 쉰 트루를은 진작 벗어버렸던 작업용 앞치마를 본의 아니게 다시 걸치고, 소매를 높이 걷어올린 다음 기계의 아래쪽 뚜껑을 열고 안으로 기어 들어갔다. 그는 오랫동안 나오지 않았고 안에서는 두두리는 망치 소리, 뭔가를 돌리는 소리, 용접하고 납땜하고, 양철 발로 바닥을 두드리며 6층으로 혹은 8층으로 달려 올라갔다가 또 금방 그만큼 서둘러 아래로 내려가는 소리들이 들려왔다. 그가 전류를 흘려보내자 안에서 파직파직하는 소리가 들리고 스파크 사이에 가느다란 보라색 불길이 생겨났다. 두 시간 동안 공들여 일한 그는 먼지투성이가 되었으나 만족한 채 신선한 공기 속으로 나와, 도구를 전부 제자리에 놓고 앞치마를 벗어 땅에 던진 다음, 얼굴과 손을 닦아내고 작업장을 나가려던 참에, 문득 생각났다는 듯 마음의 평화를 위해 물었다.

"둘 더하기 둘은 얼마냐?"

"일곱!"

기계가 대답했다.

트루를은 무시무시하게 욕설을 퍼부었으나 달리 방법이 없었다. 다시 기계 안에 기어 들어가서 수리하고 연결하고 납땜을 뜯어내고 부품을 옮겨 끼웠는데, 그럼에도 세 번째로 2 더하기 2는 일곱이라는 대답을 듣자 절망에 빠져, 기계의 제일 아래층에 주저앉아 클라파우치우슈가 찾아왔을 때까지도 그대로 앉아 있었다. 클라파우치우슈가 트루를에게 방금 장례식에서 돌아온 것처럼 보이는데 대체 무슨 일인지 물었고, 트루를은 당면한 문제에 대해 이야기했다. 클라파우치우슈가 직접 두 번이나 기계 안에 들어가 여기저기를 손보다가 기계에게 또 둘 더하기 하나는 얼마인지 물었는데, 기계는 여섯이라고 대답했다. 기계에 따르면 하나 더하기 하나의 결과는 0이었다. 클라파우치우슈는 뒷머리를 긁적이고 헛기침을 한 후에 말했다.

"친구, 어쩔 수 없어, 사실을 있는 그대로 받아들여야 해. 네가 생각한 것과는 다른 기계를 만들어 버린 거야. 어쨌든 모든 부정적인 현상에는 그 나름대로 긍정적인 측면이 있게 마련이니 예를 들면 이 기계도 그럴 거야."

"그게 무슨 측면인지 궁금하네."

트루를이 대답하고 자신이 앉아 있던 기계의 가장 낮은 부분을 발로 찼다.

"하지 마."

기계가 말했다.

"자, 봤지, 기계가 얼마나 예민한지. 그러니까… 내가 무슨 말을 하려고 했더라? 이것은 의심할 여지없이 멍청한 기계이지만 그건 흔해 빠진 평범한 멍청함이 아니라는 거야, 절대로! 이것은 내가 판단하기로는, 그리고 너도 알다시피 나는 아주 우수한 전문가인데, 이 기계는 세상 전체에서 가장 멍청하게 생각하는 기계이고, 그건 벌써 흔한 일이 아니라고! 이 기계를 의도적으로 만드는 것은 결코 쉽지 않았을 텐데, 오히려 아무도 해낼 수 없는 일이었을 거라고 난 생각해. 왜냐하면 기계가 그냥 멍청하기만 한 게 아니라 나무 등걸처럼 고집이 세서, 말하자면 자기 성격이 확실한데, 그것도 멍청이들의 특징이야. 보통 바보일수록 미칠 듯이 고집이 세니까. 대체 이 따위 기계가 나한테 무슨 소용이 있어?"

트루를이 말하고 두 번째로 기계를 찼다.

"엄중하게 경고하겠는데 하지 마!"

기계가 말했다.

"이거 봐, 이미 엄중한 경고도 받았어."

클라파우치우슈가 건조하게 논평했다.

"보다시피 이 기계는 예민할 뿐 아니라, 아둔하고 고집이 센 데다가 화까지 잘 내는군. 이와 같은 특성 아주 여러 개를 이름 붙일 수 있지, 호호, 그건 확실히 말하겠어!"

"그래 좋아. 하지만 대체 이 기계를 내가 어쩌면 좋단 말이야?"

트루를이 물었다.

"음, 그건 지금으로서는 내가 대답해 주기 어려워. 예를 들면 전시회를 할 수 있겠지. 설명문을 달고 표도 받으면서 원하는 사람이라면 누구나 세상에서 가장 멍청하게 생각하는 기계를 볼 수 있도록 말이야. 기계가 몇 층

이더라, 8층? 이봐 친구, 이렇게 거대한 멍청이는 이제까지 아무도 본 적이 없을 거야. 전시회를 한다면 여태까지 들인 비용을 전부 회수하는 게 아니라 심지어⋯."

"그만 좀 해, 난 전시회 따위는 절대 안 한다고!"

트루를이 대꾸하고 일어서서 도저히 참을 수가 없었는지 또 한 번 기계를 발로 찼다.

"세 번째로 엄중하게 경고하겠다."

기계가 말했다.

"그래서 어쩔 건데?"

기계의 장엄함에 트루를은 화가 머리끝까지 치솟아서 고함쳤다.

"너 따위⋯ 너 따위⋯."

여기서 그는 알맞은 단어를 찾지 못했고 그래서 이렇게 외치며 몇 번이나 기계를 걷어찼다.

"넌 발로 차는 데나 알맞다고, 알아?"

"나를 네 번째, 다섯 번째, 여섯 번째와 여덟 번째로 모욕하는군."

기계가 말했다.

"그러므로 더 이상 헤아리지 않겠어. 앞으로는 수학 분야에 관련된 질문에 대답하기를 거부한다."

"거부한대! 이 기계 좀 봐!"

286
로봇 동화

진심으로 화가 난 트루를이 온 힘을 다해 소리쳤다.

"여섯 다음에 여덟이라고 했어, 방금 들었지, 클레파우치우슈, 일곱이 아니라 여덟이래! 저 따위로 문제를 풀면서 수학 문제를 거부하겠대. 그럼 받아라! 받아! 더 맞을래?"

여기에 기계는 부들부들 떨기 시작하여 전체가 흔들리더니 한마디도 하지 않고 온 힘을 다해 자신을 받치고 있던 토대에서 빠져나오기 시작했다. 토대는 깊었으므로 철근이 몇 개나 휘어졌지만 결국 기계는 토대에서 기어나왔고, 그 자리에는 보강용 강철봉이 여기저기 튀어나와 부서진 콘크리트 등걸만 남았는데, 기계는 마치 움직이는 요새처럼 클라파우치우슈와 트루를을 향해 움직였다. 이해할 수 없는 현상 앞에서 트루를은 너무 놀란 나머지 얼어붙은 채 명백히 자신을 짓뭉개고자 다가오는 기계를 피하려는 시도조차 하지 못했다. 그러다가 조금 더 정신을 차린 클라파우치우슈가 얼른 트루를의 팔을 잡고 강제로 잡아당겨서 둘은 모두 꽤나 멀리 도망쳤다. 둘이 뒤를 돌아보았을 때, 기계는 높은 탑처럼 휘청거리며 천천히 걸어오고 있었는데, 한 걸음 걸을 때마다 거의 2층까지 모래 속에 잠겼지만, 그래도 끈질기게 멈추지 않고 모래구덩이에서 빠져나와 둘을 향해 곧장 다가왔다.

"허, 저런 건 이제까지 세상에 없었어!"

트루를이 말했는데, 그는 너무 놀라서 숨을 몰아쉬고 있었다.

"기계가 반항하다니! 이제 어쩌면 좋지?"

"기다리면서 살펴봐야지."

냉철한 클라파우치우슈가 대답했다.

"뭔가 밝혀질지도 모르니까."

그러나 당장은 그럴 기색이 보이지 않았다. 기계는 단단한 땅 위에 올라서서 더 빨리 움직였다. 기계 안에서 삑삑 소리와 씩씩 소리, 쩔그렁거리는 소리가 들려왔다.

"이제 곧 중앙통제실과 프로그래밍 장치 납땜이 다 터질 거야."

트루를이 중얼거렸다.

"그러면 전부 산산이 튀어나오고 기계는…."

"아니."

클라파우치우슈가 대답했다.

"이건 특수한 경우야. 기계가 너무 멍청해서 통제장치가 전부 고장나도 전혀 상관하지 않을 거라고. 조심해, 기계가…. 도망치자!"

기계는 그들을 밟고 지나가기 위해 명백하게 속도를 내고 있었다. 둘은 등 뒤에서 규칙적으로 덜컹거리는 무시무시한 발소리를 들으며 숨가쁘게 달렸다. 그렇게 계속 뛰었는데, 그 외에 달리 무얼 할 수 있었겠는가? 둘은 고향이 있는 곳으로 돌아가고 싶었지만, 그 소망은 기계로 인해 헛되이 사라졌고, 기계는 둘이 선택한 길 옆에서 밀고 들어와 두 발명가가 점점 더 황폐한 변두리로 점점 더 깊이 들어갈 수밖에 없도록 인정사정 없이 밀어붙였다. 땅에 피어오른 안개 속에서 음울한 바위투성이 산이 천천히 모습을 드러냈다. 트루를은 힘겹게 숨을 몰아쉬며 클라파우치우슈를 불렀다.

"이봐! 어딘가 좁은 골짜기로 도망치도록 하자…. 우리를 따라서 들어올 수 없는 곳으로… 저주받을 기계… 어때?"

"곧장… 뛰는 게… 나아."

클라파우치우슈가 헐떡거리며 말했다.

"조그만 마을이 근처에 있어…. 이름은 기억이 안 나… 어찌 됐든 거기에서…. 헛! 숨을 곳을 찾자…."

그래서 둘은 곧장 달렸고 금세 눈앞에 첫 번째 집들이 보이기 시작했다. 때는 하루 중에서 길거리가 거의 텅 빈 시간이었다. 둘은 살아 있는 생명체라고는 하나도 마주치지 못한 채 거리를 한참이나 달려갔는데, 그러다가 마을 한쪽 끝에서 마치 바위산이 무너지는 듯 어마어마한 굉음을 들었고, 기계가 둘을 따라서 이미 거기까지 도달했음을 알았다.

트루를이 뒤를 돌아보고 신음했다.

"세상에 맙소사! 봐, 클라파우치우슈, 기계가 집들을 부수고 있어!"

기계는 둘을 끈질기게 뒤따라 오면서 마치 강철 산더미처럼 집들을 뚫고 지나갔는데, 부서진 벽돌 잔해 위에 가득 쌓였던 새하얀 석회 먼지 덩어리는 기계가 지나간 자리를 표시하고 있었다. 파묻힌 주민들의 공포에 질린 비명이 울려 퍼져 거리를 흔들었고, 트루를과 클라파우치우슈는 숨도 쉬지 못한 채 계속 앞으로 내달려, 마침내 거대한 시청 건물에 이르러서 눈 깜짝할 사이에 계단으로 내려가 지하실 깊숙이 들어갔다.

"자, 여기까지는 우리를 쫓아오지 못할 거야, 머리 위로 시청 건물 전체가 무너지는 한이 있더라도!"

클라파우치우슈가 헐떡거렸다.

"하필 오늘 너의 집에 놀러가다니 내가 악마에 홀렸나… 네 작업이 어떻게 돼가는지 궁금했을 뿐인데 이제는 뭐, 궁금증이 다 풀렸군….."

"조용히 해."

트루를이 대꾸했다.

"누가 온다…."

실제로 지하실 문이 살짝 열리더니 다름 아닌 시장이 시의원 몇 명과 함께 들어왔다. 트루를은 이런 특이하고도 무시무시한 사태가 어째서 벌어졌는지 설명하기가 창피했으므로 클라파우치우슈에게 맡겼다. 시장은 말없이 그의 이야기에 귀를 기울였다. 그러다 갑자기 벽이 진동하다가 무너지고 바닥이 흔들리는 길고 괴로운 굉음이 지면 아래 깊숙이 숨어 있는 지하실까지 들려왔다.

"벌써 여기까지 왔어?"

트루를이 외쳤다.

"그렇소."

시장이 대꾸했다.

"그리고 당신들을 넘겨달라고 합니다, 그렇지 않을 경우 도시 전체를 부수겠다고…."

그와 동시에 위쪽 어딘가 높은 곳에서 코 막힌 소리처럼, 금속이 부딪치는 새된 말소리가 그들의 귀에 닿았다.

"여기 어딘가에 트루를이 있다…. 트루를이 느껴진다…."

"하지만 우리를 넘겨주진 않으시겠죠?"

기계가 그토록 고집스럽게 요구하는 바로 그 트루를이 떨리는 목소리로 물었다.

트루를의 기계

"두 분 중 트루를이라고 하는 분은 여기서 나가야만 합니다. 다른 한 분을 넘겨주는 것은 필수 조건이 아니므로 여기 계셔도 됩니다…."

"제발 자비를 베푸세요!"

"우리도 어쩔 수 없습니다."

시장이 말했다.

"트루를 씨, 당신이 여기에 남는다고 해도 파괴된 도시와 주민들이 입은 피해에 대한 책임을 져야만 할 테니까요. 당신 때문에 기계가 집 열여섯 채를 부수었고, 그 잔해 속에 우리 시민들이 수없이 파묻혔습니다. 어차피 당신 앞엔 죽음이 기다리고 있기에, 당신을 풀어줄 수 있는 겁니다. 나가서 돌아오지 마시오."

트루를은 시의원들의 얼굴을 쳐다보았으나 그 얼굴에 쓰여 있는 판결을 보고 천천히 문 쪽을 향해 몸을 돌렸다.

"기다려! 같이 갈게!"

클라파우치우슈가 충동적으로 소리쳤다.

"네가?"

트루를이 목소리에 가느다란 희망을 담아 말했다.

"아니야…."

잠시 후 트루를이 말했다.

"여기 있어, 그 편이 나아…. 왜 너까지 이유 없이 죽어야 해?"

"바보야!"

클라파우치우슈가 기운차게 외쳤다.

"무슨 소리야, 우리가 왜 죽어야 해! 저 쇠로 만든 멍청이가 일으킨 문제 때문에? 말도 안 되지! 지구상에서 가장 훌륭한 발명가 둘을 한꺼번에 없애버릴 순 없어! 가자고, 내 친구 트루를! 용기를 내!"

이 말에 기운이 솟은 트루를은 클라파우치우슈의 뒤를 따라 계단을 달려 올라갔다. 시청 앞 광장에 생명체라고는 하나도 없었다. 먼지와 모래 기둥 사이로 부서진 집들의 뼈대가 튀어나와 있었고, 시청 건물보다도 거대한 기계가 그 속에서 증기 기둥을 뿜어내며 무너진 담장 벽돌과 새하얀 가루를 뒤집어쓴 채 서 있었다.

"조심해!"

클라파우치우슈가 속삭였다.

"기계는 우리를 볼 수 없어. 저기 첫 번째 거리를 따라서 왼쪽으로, 그다음에는 오른쪽으로 뛰어가서 화살처럼 곧장 내달리면 멀지 않은 곳에 산이 이어져 있지. 거기 숨어서 저 기계의 고집을 한 방에 영영 꺾어버릴 방법을 생각해 보자… 뛰어!"

클라파우치우슈가 소리쳤는데, 왜냐하면 바로 그 순간

에 기계가 둘을 눈치채고 덮쳐와서 발 밑의 땅이 흔들릴 정도였기 때문이다.

숨돌릴 새도 없이 달린 둘은 마을을 벗어났다. 뒤에서 쉬지 않고 따라오는 거대한 기계의 무시무시한 발소리를 들으면서 그렇게 1마일* 정도를 전속력으로 뛰었다.

"나 이 계곡 알아!"

클라파우치우슈가 돌연히 외쳤다.

"여기에 말라붙은 시냇물의 흔적이 있고, 그걸 따라가면 바위 사이 깊은 곳으로 들어가는데 거기엔 동굴이 많이 있어. 더 빨리 뛰자, 곧 저 기계는 멈추고 말 거야…."

그리하여 둘은 넘어질 듯 휘청거리면서 균형을 잡기 위해 팔을 휘둘러 가며 산기슭으로 달렸으나, 기계는 계속해서 같은 거리를 유지하며 뒤를 따라왔다. 둘은 말라붙은 시냇물 주변의 흔들거리는 바위들을 넘어 수직으로 솟은 바위들 사이의 틈바구니에 도달했고, 위쪽 상당히 높은 곳에서 까맣게 보이는 동굴 입구를 올려다본 뒤에, 발 밑에서 굴러 떨어지는 느슨한 돌덩이들에 마음 쓰지 않고 동굴 입구를 향해서 온 힘을 다해 기어오르기 시작했다. 바위 사이에 열린 커다란 동굴 입구에서 냉기와 어

---

*   약 1.6킬로미터.

둠이 뿜어져 나왔다. 둘은 최대한 빨리 안으로 뛰어들어 몇 걸음 더 달려간 후에 멈추었다.

"자, 여기는 안전할 거야."

트루를이 평온을 되찾고 말했다.

"기계가 어디쯤에 걸렸는지 보고 올게…."

"조심해."

클라파우치우슈가 충고했다. 트루를은 조심스럽게 동굴 입구로 다가가서 밖으로 고개를 내밀었다가 돌연히 겁에 질려 뒤쪽으로 뛰어왔다.

"기계가 산을 올라오고 있어!"

트루를이 외쳤다.

"진정해, 절대로 여기까지는 못 들어와."

클라파우치우슈가 완전히 확신하지 못하는 목소리로 말했다.

"뭐지? 갑자기 어두워진 것 같은데… 어!"

바로 그때 거대한 그림자가 지금까지 동굴 입구를 통해서 선명하게 보이던 하늘을 가렸고, 곧 그 자리를 둥근 대갈못이 나란히 줄지어 박힌 기계의 매끈한 철벽이 차지했는데, 기계는 이제 천천히 바위에 몸체를 붙이고 있었다. 이로 인해 동굴은 마치 바깥에서 쇠 뚜껑을 단단히 닫아버린 듯한 모양이 되었다.

"우리는 갇혔어…."

트루를이 속삭였고, 완전한 암흑이 내렸기 때문에 그의 목소리는 더욱 심하게 떨렸다.

"이건 우리야말로 멍청했던 거야!"

클라파우치우슈가 흥분해서 외쳤다.

"기계가 입구를 막아버릴 수도 있는데 동굴로 기어 들어오다니! 우리가 어떻게 이런 짓을 할 수 있지?"

"저 기계가 어쩔 작정일까, 어떻게 생각해?"

한참 침묵한 끝에 트루를이 물었다.

"우리가 밖으로 나오려 하는 걸 기다리겠지, 그런 건 특별히 똑똑하지 않아도 알 수 있어."

다시 침묵이 깔렸다. 트루를이 검은 암흑 속에서 눈앞에 팔을 뻗고 발끝으로 걸어 동굴 입구가 있는 쪽으로 다가가서 양손으로 바위를 훑다가, 마침내 두터운 쇠에 손이 닿았는데, 따뜻한 것이 마치 안쪽에서 데운 듯했다.

"네가 느껴진다, 트루를…."

닫힌 공간에서 철의 목소리가 웅웅 울렸다. 트루를은 뒷걸음질쳐서 친구 옆의 넓은 바위에 앉았고 둘은 한동안 움직이지 않고 쉬었다. 마침내 클라파우치우슈가 트루를에게 속삭였다.

"여기선 나갈 수 없겠어, 방법이 없어. 기계하고 협상

로봇 동화

을 해볼게….”

“그건 희망이 없어.”

트루를이 말했다.

“하지만 해봐, 네 시체라도 내보내 줄지 모르니까….”

“안 돼, 그건 안 돼!”

클라파우치우슈가 격려하듯이 트루를에게 말하고 어둠 속에서 보이지 않는 바위 틈으로 다가가서 외쳤다.

“이봐, 우리 목소리 들려?”

“들린다.”

기계가 대답했다.

“이봐, 너한테 사과하고 싶어. 너도 알지… 우리 사이에 조그만 오해가 생겼지만, 그래도 근본적으로는 아주 하찮은 일이잖아. 트루를이 진심으로 그러려던 건 아니었어….”

“트루를을 없애버리겠다!”

기계가 말했다.

“하지만 그 전에 트루를은 둘 더하기 둘이 얼마인지 나에게 대답해야 할 것이다.”

“아, 대답하지, 그리고 대답을 들으면 너는 만족해서 분명히 트루를하고 화해하게 될 거야, 안 그래, 트루를?”

중재역을 맡은 클라파우치우슈가 달래는 어조로 말

했다.

"그럼, 물론이지…."

트루를이 조그만 목소리로 말했다.

"그래?"

기계가 말했다.

"그럼 둘 더하기 둘은 얼마냐?"

"네… 아니 일곱이야."

트루를이 더 작은 목소리로 말했다.

"하하! 그러니까 넷이 아니라 오직 일곱이란 말이지, 그렇지?"

기계가 굉음을 울렸다.

"네가 그랬잖아!"

"일곱이야, 당연히 일곱이지, 언제나 일곱이었어!"

클라파우치우슈가 열심히 맞장구쳤다.

"그럼 이제 우릴 놔주는 거지?"

그가 조심스럽게 덧붙였다.

"아니. 트루를에게 한 번 더 말하게 해라. 진심으로 미안하고 둘 더하기 둘의 답은…."

"그렇게 말하면 우릴 놓아줄 거냐?"

트루를이 물었다.

"모른다. 생각해 보겠다. 너는 나한테 조건을 걸 수 없다. 둘 더하기 둘이 얼마인지 말해라!"

"하지만 거의 우리를 놓아줄 생각이지?"

트루를이 말했다. 클라파우치우슈가 그의 팔을 잡아당기며 귀에 이렇게 속삭였지만 소용 없었다.

"저건 멍청이야, 멍청이라고, 저 기계의 말에 반박하지마, 부탁이야!"

"내 마음이 내키지 않으면 놓아주지 않겠다."

기계가 대답했다.

"하지만 너는 어쨌든 나에게 대답해라, 둘 더하기 둘이 얼마인지…."

갑작스러운 분노가 트루를을 뒤흔들었다.

"오! 말해주마, 말해주지!"

그가 소리쳤다.

"둘 더하기 둘은 넷이고, 둘 곱하기 둘도 넷이고, 네가 거꾸로 뒤집힌다고 해도, 이 산 전체를 가루로 만들어 버린다고 해도, 바다를 퍼내고 하늘을 찌른다고 해도, 알겠어? 둘 더하기 둘은 넷이야!"

"트루를! 미쳤어! 무슨 말을 하는 거야? 둘 더하기 둘은 일곱입니다, 기계님! 친애하는 기계님, 일곱이에요! 일곱!"

클라파우치우슈가 친구보다 크게 들리려고 한껏 애쓰

트루를의 기계

며 외쳤다.

"틀렸어! 넷이다! 오로지 넷이다, 세상의 시작부터 끝까지 넷이야!"

트루를이 목이 쉬도록 포효했다.

갑자기 그들의 발 아래 바위가 열병에 걸린 듯 떨었다.

기계가 동굴 입구에서 물러섰고 동굴 안쪽 깊은 곳으로 희끄무레한 회색의 약한 불빛이 스며들었으며 동시에 길고 날카로운 고함 소리가 들렸다.

"틀렸어! 일곱이다! 내가 널 붙잡으면 곧 그렇게 말하게 될 거다!"

"절대로 그렇게는 안 돼!"

트루를이 아무래도 상관없다는 듯이 이렇게 대꾸했고, 그 순간 그들 머리 위의 동굴 천장에서 돌 부스러기가 후두둑 떨어졌는데, 바로 기계가 자신의 8층짜리 몸 전체로 느슨하게 매달린 바위에 부딪치기 시작해 수직 경사면을 자기 몸으로 밀어붙였고, 그리하여 단단한 바위에서 거대한 돌덩이들이 부서져 나와 굉음을 내며 골짜기로 떨어져 내렸기 때문이었다.

쇠가 돌에 부딪쳐 튀는 불꽃과 함께 천둥 같은 소리가 났고, 바위에서 피어오르는 연기의 악취가 동굴을 가득 채웠으나, 그 지옥 같은 굉음의 메아리 속에서도 한순간

씩 트루를의 목소리가 들려왔는데, 그는 쉬지 않고 이렇게 외치고 있었다.

"둘 더하기 둘은 넷이야! 넷이다!"

클라파우치우슈는 트루를의 입을 강제로 막아보려 했으나 트루를이 거칠게 뿌리치자, 입을 다물고 주저앉아 양손으로 머리를 감쌌다. 기계는 계속 지옥 같은 파괴의 시도를 멈추지 않았는데, 이제 금방이라도 동굴 천장이 안에 갇힌 둘의 머리 위로 무너져, 둘을 산산조각 내고 영원히 묻어버릴 것만 같았다. 그러나 모든 희망을 잃어버렸을 때, 따가운 먼지가 공기를 가득 채웠을 때, 분노에 차서 두드리고 부딪치는 그 모든 소리들보다도 더 우렁차게 갑자기 뭔가 요란스레 긁히는 굉음을 냈고, 느리게 울리는 천둥 같은 소리가 들렸으며, 그런 뒤에 대기가 울부짖었고, 동굴 입구를 가리고 있던 검은 벽이 마치 돌풍에 날려간 듯 사라졌으며, 거대한 바위 조각들은 산사태처럼 계곡을 향해 굴러 떨어졌다. 산에 메아리친 굉음의 반향이 계곡을 꿰뚫듯 울려 퍼졌으며, 두 친구들은 동굴 입구로 나아가 몸을 반쯤 내밀었는데, 기계가 스스로 불러일으킨 산사태에 짓눌려 산산이 부서진 채, 8층 몸체 한가운데에는 거대한 바위가 박혔고, 거의 반으로 부러져 누워 있었다. 둘은 밀가루처럼 먼지가 피어오르는 바위 잔해 사이를 조심스럽게 내려갔다. 말라붙은 시냇물이 휘어지는 곳에 이르기 위해서는 마치 해안에 던져진 배처럼 커다랗고 납작하게 누워 있는 기계의 시체 바로 옆을 지나가야만 했다. 둘은 기계의 울퉁불퉁해진 철판 아래에서 동시에 말없이 멈추어 섰다. 기계는 아직도 조금씩 움직였고 그 내부에서 꺼져가는 회전 소음과 함께 여전히 뭔가 돌아가는 것을 들을 수 있었다.

"그러니까 이런 것이 너의 아름답지 못한 끝이고 둘 더하기 둘은 여전히…."

트루를이 말하기 시작했으나 바로 그 순간 기계가 약하게 소음을 내고는 불분명하게, 간신히 들릴 듯 말 듯한 소리로, 최후의 한마디를 내뱉었다.

"일곱."

그런 뒤에 기계의 내부에서는 뭔가 가느다랗게 긁히는 소리가 흘러나왔고, 표면에서는 돌멩이가 굴러 떨어졌지만, 마침내 기계는 잠잠해져 죽은 쇠 무더기로 바뀌어 버렸다. 두 건설자들은 서로를 쳐다보다가, 서로에게 말 한마디도 걸지 않고 침묵을 지키며, 말라붙은 냇물이 휘어지는 곳을 따라 돌아 내려가기 시작했다.

로봇 동화

한 방 먹였다

＊

누군가 건설자 클라파우치우슈의 집 문을 두드렸는데,
클라파우치우슈가 살짝 문을 열고 고개를 밖으로 내미니
짧은 다리가 네 개 달린 배 나온 기계가 서 있는 것을 보
았다.

　"넌 누구이고 뭘 원하는가?"

　그가 물었다.

　"나는 소원을 들어주는 기계이며, 너의 친구이자 위대
한 동료인 트루를이 보낸 선물이다."

　"선물이라고?"

　클라파우치우슈가 반문했는데, 트루를에 대한 그의 감
정은 상당히 복잡했으며 특히 기계가 트루를을 그의 '위

대한 동료'라고 말한 점이 마음에 들지 않았다.

"그래, 좋다."

그는 잠시 생각한 뒤에 결정했다.

"들어와도 된다."

그는 기계에게 화덕 옆 구석에 서 있으라고 명령한 뒤, 겉으로는 기계에게 전혀 신경을 쓰지 않고 멈추었던 작업을 다시 시작했다. 그는 세 개의 다리로 서는 둥그런 기계를 만들고 있었다. 작업은 거의 끝난 참이라 그는 기계에 광을 내고 있는 중이었다. 얼마간 시간이 흐르자 소원을 들어주는 기계가 말을 걸었다.

"내가 여기 있다는 사실을 알려준다."

"그걸 잊어버린 게 아니야."

클라파우치우슈는 대답한 뒤에 계속 자기 할 일을 했다. 잠시 후에 기계가 말을 걸었다.

"지금 무슨 일을 하고 있는지 물어봐도 되나?"

"너는 소원 들어주는 기계냐, 질문하는 기계냐?"

클라파우치우슈가 말하고 덧붙였다.

"나 파란색 물감이 필요해."

"네가 원하는 색조가 맞을지 모르겠다."

기계가 대답하며 배에 달린 뚜껑을 열고 물감 한 통을 내밀었다. 물감 통을 연 클라파우치우슈는 아무 말 없이 그 안에 붓을 담그고 색칠을 하기 시작했다. 저녁이 될 때까지 클라파우치우슈는 또 금강사, 카보런덤, 드릴 촉, 하얀 물감과 나사못을 차례로 요구했고, 기계는 매번 그가 요구하는 물건을 즉시 내주었다. 저녁 즈음에 클라파우치우슈는 자신이 만든 기기를 천으로 덮고 식사를 한 뒤에, 다리가 세 개 달린 조그만 의자를 가져다 소원 들어주는 기계 맞은편에 앉아서 말했다.

"네가 뭘 할 수 있는지 한번 보자. 뭐든지 할 수 있다고 했지?"

"뭐든지는 아니지만 많은 걸 할 수 있지."

기계가 겸손하게 대답했다.

"물감과 나사못과 드릴 촉에 만족했나?"

"아, 그럼, 그럼!"

클라파치우슈가 대답했다.

"하지만 이제는 훨씬 더 어려운 걸 너에게 요구하겠어. 만약에 해내지 못한다면 나는 적절한 감사의 말과 의견을 담아서 너를 네 주인에게로 돌려보내겠다."

"대체 뭘 하라는 거냐?"

기계가 물으며 제 자리에서 이 다리 저 다리를 움직거렸다.

"트루를이야."

한 방 먹였다

클라파우치우슈가 설명했다.

"진짜하고 완전히 똑같은 트루를을 나에게 만들어 줘. 새 트루를과 진짜 트루를을 구별할 수 없게 똑같이!"

기계는 웅얼거리고 붕붕거리며 한동안 소음을 내다가 말했다.

"좋다, 너에게 트루를을 만들어 주겠어, 하지만 그는 위대한 건설자이니 조심스럽게 대해라!"

"아, 그거야 당연하지, 안심해도 좋다."

클라파우치우슈가 대답했다.

"그래서 새 트루를은 어디 있는데?"

"뭐? 지금 당장? 이건 아무렇게나 할 수 있는 일이 아니잖아."

기계가 말했다.

"시간이 좀 걸린다고. 트루를이란 나사못이나 광택제 같은 게 아니란 말이야!"

그러나 기계는 놀라울 만큼 빠르게 쿵쾅거리면서 땡땡 거렸고, 기계의 배에서는 조그만 뚜껑들이 수없이 열리 더니, 그 어두운 배 속에서 트루를이 걸어 나왔다. 자리에 서 일어난 클라파우치우슈는 그에게 가까이 다가가, 그 를 살펴보거나, 꼼꼼하게 만져보았고, 두들겨 보기도 했 는데 전혀 의심할 여지가 없었다. 그의 앞에 서 있는 것은 찍어낸 듯 원래 모습과 똑같은 트루를이었다. 기계의 배 속에서 걸어 나온 트루를은 빛에 눈이 부신 듯 눈을 깜빡였지만 그 외에는 완전히 평범하게 행동했다.

"잘 지냈나, 트루를!"

클라파우치우슈가 말했다.

"잘 지냈나, 클라파우치우슈! 그런데 내가 어쩌다가 여기 와 있게 된 거지?"

트루를이 분명하게 놀란 모습으로 대답했다.

"아, 그게, 참, 자네가 그냥 들렀어… 아주 오랜만이군. 내 집이 마음에 드나?"

"그럼, 그럼… 저 천으로 덮어둔 건 뭐야?"

"별것 아니야. 좀 앉겠나?"

"어, 시간이 많이 늦은 것 같은데. 밖이 어두우니 난 집에 가야겠어."

"그렇게 빨리는 안 되지, 이렇게 갑자기 가다니 안 되고말고!"

클라파우치우슈가 항의했다.

"우선 지하실로 가보자. 흥미로운 걸 보여줄 테니…."

"지하실에 뭐가 있다는 건가?"

"아직은 없는데 금방 있게 될 거야. 가자, 가자고…."

클라파우치우슈는 트루를의 등을 두드리며 그를 지하

한 방 먹였다

실로 이끌었고, 지하실에서 그의 다리를 걸어 트루를이 넘어지자, 그를 묶고는 굵은 몽둥이로 곤죽이 되도록 때리기 시작했다. 트루를은 온 힘을 다해 고함치고, 도움을 청하고, 그러다 무릎을 꿇고 용서를 빌기도 했으나 전부 소용없었다. 밤은 어둡고 아무도 없었으며, 클라파우치우슈는 숨이 찰 때까지 트루를을 계속 때렸다.

"아이고! 아야야! 어째서 날 이렇게 때리나?"

트루를이 몽둥이를 이리저리 피하며 외쳤다.

"왜냐하면 즐거우니까."

클라파우치우슈가 설명하고 몽둥이를 휘둘렀다.

"이건 아직 시험해 보지 않았겠지, 내 친구 트루를!"

그리고 클라파우치우슈는 트루를의 머리를 너무 세게 때려 마치 술통처럼 소리가 울렸다.

"날 당장 풀어줘, 안 그러면 국왕에게 가서 네가 나한테 무슨 짓을 했는지 전부 얘기해 널 지하감옥에 처넣을 거야!"

트루를이 소리쳤다.

"나한텐 아무 짓도 할 수 없어. 왜인지 알아?"

클라파우치우슈가 묻고 벤치에 앉았다.

"몰라."

몽둥이질이 멈춘 것에 기뻐하며 트루를이 말했다.

"왜냐하면 너는 진짜 트루를이 아니니까. 트루를은 자기 집에 있고, 소원 들어주는 기계를 만들어서 나한테 선물로 보냈는데, 나는 그 기계를 시험해 보려고 너를 만들라 했거든! 이제 너의 머리를 뽑아 내 침대 밑에 두고 신발 꺼내는 도구로 사용할 거다!"

"넌 괴물이구나! 어째서 그런 짓을 하고 싶은 거야?"

"이미 말했잖아, 왜냐하면 즐거우니까. 자, 이런 무의미한 잡담은 이제 그만하지!"

이렇게 말한 클라파우치우슈는 양손으로 큰 몽둥이를 들었고, 트루를은 비명을 지르기 시작했다.

"그만해! 당장 그만둬! 아주 중요한 얘기를 해줄게!"

"대체 얼마나 중요한 얘기이기에 내가 네 머리를 신발 꺼내는 도구로 사용할 수 없게 된다는 건지 궁금하네."

클라파우치우슈가 대답했지만 때리기는 멈추었다. 그러자 트루를이 외쳤다.

"난 기계가 만들어 낸 트루를이 절대 아냐! 난 진짜 트루를이야, 세상에서 가장 진실한 트루를이고 네가 집 안에 틀어박혀서 이렇게 오랫동안 대체 뭘 하고 있는지 알아내고 싶었을 뿐이라고! 그래서 기계를 만든 다음 그 배 속에 숨어서, 선물이라는 핑계로 네 집에 들어왔을 뿐이라고!"

"그래, 퍽이나 그렇겠다, 입에서 나오는 대로 아무 이야기나 지어냈군!"

클라파우치우슈가 일어서면서 말하고는 몽둥이의 굵은 쪽 끝을 손에 쥐었다.

"그렇게 애쓸 필요 없어, 네 거짓말은 속이 빤히 다 보이니까. 넌 기계가 만들어 낸 트루를이야. 이 기계는 모든 소원을 다 들어주고 그 덕분에 나는 나사못과 하얀 물감과 파란 물감, 그리고 드릴 촉과 또 다른 물건들을 얻었어. 기계가 그런 일을 할 수 있다면 너를 만들어 낼 수도 있다고, 친애하는 친구여!"

"그건 전부 기계 배 속에 미리 준비해 뒀어!"

트루를이 외쳤다.

"네가 작업할 때 뭐가 필요한지 알아 맞추기는 어렵지 않았다고! 난 진실을 말하고 있어, 맹세할게!"

"네 말이 진실이라면 그것은 즉 나의 친구인 위대한 건설가 트루를이 그저 평범한 사기꾼일 뿐이라는 뜻인데 난 그걸 결단코 믿을 수 없어!"

클라파우치우슈가 대답했다.

"받아라!"

그리고 그는 트루를을 귀에서 등으로 때렸다.

"이건 내 친구 트루를을 음해한 대가야."

그리고 반대편에서 또 때렸다.

"한 대 더 받아라!"

그 뒤에도 클라파우치우슈는 그를 계속 때리고, 천둥 같은 소리가 나도록 내리쳤으며, 그러다가 마침내 지쳐 버렸다.

"이제 나는 가서 잠깐 눈 좀 붙이고 쉬겠다."

클라파우치우슈는 설명하는 투로 말하고 몽둥이를 내던졌다.

"넌 여기서 기다리고 있어, 내가 곧 돌아올 테니까….."

클라파우치우슈가 가버리고, 집 전체에 그의 코 고는 소리가 울려 퍼지자, 트루를은 묶인 끈 속에서 몸부림쳐 마침내 구속을 느슨하게 만들었고, 매듭을 푼 다음 조용히 위층으로 달려가 기계 안으로 기어 들어가서 기계를 타고 자기 집으로 도망쳤다. 한편 클라파우치우슈는 위층 창문에서 그가 도망치는 모습을 바라보며 배가 터지도록 웃고 있었다. 다음 날 그는 트루를의 집에 찾아갔다. 트루를은 음울하게 침묵한 채로 그를 오두막에 들여보내 주었다. 오두막 안은 어둠침침했으나 눈치 빠른 클라파우치우슈는 트루를의 몸통과 머리에 자신이 심하게 때려서 맞은 흔적이 남아 있는 것을 알아챘는데, 그럼에도 트루를이 오두막의 나지막한 곳에서 몸을 굽히거나 펴며

한 방 먹였다

아무렇지 않게 행동하는 것을 보았다.

"왜 그렇게 침울해?"

클라파우치우슈가 명랑하게 말을 걸었다.

"멋진 선물을 줘서 고맙다는 말을 하러 왔어, 다만 내가 자는 동안에 갑자기 무슨 일이라도 있었는지 문을 연 채로 사라져 버린 게 유감이야!"

"더 자세한 얘기는 안 하는 걸 보니 아무래도 내 선물을 부적절하게 사용한 모양이군!"

트루를이 폭발했다.

"기계가 나한테 다 얘기해 줬으니 네가 기운 뺄 필요 없어."

클라파우치우슈가 입을 열려는 것을 보고 트루를이 화를 내며 덧붙였다.

"기계에게 나를 만들어 내라고 했지, 바로 이 나를! 그런 뒤에 나의 복제를 속여 지하실로 데려간 다음 무시무시하게 두들겨 팼잖아! 나를 그토록 경멸하는 행동을 하고 나서, 훌륭한 선물에 대해 그런 짓을 하고 나서, 감히 아무 일도 없었다는 듯이 우리 집에 찾아와? 네가 무슨 할 말이 있지?"

"네가 왜 화를 내는지 전혀 이해를 못 하겠어."

클라파우치우슈가 대답했다.

"실제로 기계에게 너의 복제를 만들라고 명령했지. 분명히 말하는데 그건 완벽한 복제였고 바라보기만 해도 놀라울 정도였어. 때렸다는 부분에 대해서는 기계가 무척이나 과장한 모양이군. 실제로는 기계가 만들어 낸 그 복제를 내가 몇 번 찔러봤지, 튼튼하게 만들어졌는지 알아보고 싶었고, 어떻게 반응할지도 궁금했거든. 그런데 복제가 굉장히 약삭빠르더군. 그 자리에서 자기가 지어 낸 이야기를 들려주는데 왠지 자기가 바로 너 자신이라는 거야. 내가 안 믿었더니 그 복제는 훌륭한 선물이 사실 선물이 아니라 그저 속임수일 뿐이라고 맹세까지 했어. 너의 명예를, 내 친구의 명예를 지키기 위해서는 그토록 뻔뻔한 거짓말에 대한 대가를 치르게 해야 했다는 걸 너도 분명 이해하겠지. 하지만 그 복제가 뛰어난 지능을 가지고 있다는 건 확실했어. 그러니까 신체적인 모습뿐 아니라 정신적으로도 나의 소중한 친구인 너와 비슷했지. 넌 진실로 위대한 건설자이고 난 그저 그 말을 하고 싶어서 이렇게 이른 시간에 찾아온 거야!"

"아! 뭐, 그래, 그건 분명하지."

트루를이 벌써 조금 진정한 채로 대답했다.

"내 기준에서, 네가 소원 들어주는 기계를 사용한 방식이 아직도 그다지 최선이라고는 생각되지 않지만 네가 그렇다면….”

"아, 맞아, 너에게 물어보고 싶었어. 그 복제 트루를은 대체 어떻게 했지?”

클라파우치우슈가 해맑게 물었다.

"한 번 볼 수 있어?”

"복제는 너무 화가 나서 미쳐버렸어!”

트루를이 대답했다.

"네 집 앞에 있는 커다란 바위 근처에 숨었다가 네 머리통을 깨버리겠다고 위협하기에 내가 그러지 말라 설득하려고 했더니 나한테 덤벼들었고, 내 소중한 친구인 너를 잡겠다며 밤마다 덫과 그물을 짜기 시작해서, 네가 나의 복제를 통해 나를 모욕하기는 했지만 오래된 우리 우정을 생각해 너의 앞길에 위협이 되는 존재를 없애기로 했는데, 왜냐하면 복제가 네 집에 가는 길도 기억했거든, 결국 다른 방법이 없다고 결론 내리고 복제를 작은 조각으로 낱낱이 분해해 버렸어….”

이렇게 말하며 트루를은 바닥에 어지럽게 흩어져 있는 기계 부품들을 무심하게 발로 건드렸다.

그런 뒤에 둘은 따뜻하게 작별 인사를 하고 절친한 친구인 채로 헤어졌다.

그때부터 트루를은 다른 일은 아무것도 하지 않고 오

른쪽 왼쪽으로 다니면서, 자기가 클라파우치우슈에게 소원 들어주는 기계를 선물했는데, 선물받은 친구가 아름답지 못하게 처신해서, 기계에게 트루를을 만들어 내라고 명령한 뒤에 복제 트루를을 두들겨 팼고, 기계가 훌륭하게 만들어 낸 복제는 교묘한 거짓말을 꾸며내 이런 탄압에서 벗어나려 노력했으며, 때리다 지친 클라파우치우슈가 잠자리에 들자마자 도망쳤고, 트루를 자신은 기계가 만들어낸 복제 트루를이 자기 집으로 도망쳐 오자 낱낱이 분해했는데, 그 이유는 오로지 두들겨 맞은 복제 트루를의 복수에서 자신의 친구를 보호하기 위해서였다는 이야기를 떠들어 댔다. 트루를은 이야기하면서 자화자찬하고, 허풍을 떨고, 증언해 달라며 클라파우치우슈를 불러냈고, 그러다 마침내 이 기이한 모험에 대한 소문이 왕의 궁정까지 닿았는데, 바로 얼마 전까지 세상에서 가장 멍청한 생각하는 기계의 발명자로 널리 알려져 있던 트루를은 이제 가장 놀라운 발명자라고 불리게 되었다. 그리고 클라파우치우슈는 국왕이 직접 트루를에게 많은 선물을 주고 위대한 용수철 훈장과 나선형 별을 수여했다는 소식을 듣고 커다란 목소리로 이렇게 외쳤다.

"어떻게 된 거야? 그러니까 내가 트루를보다 똑똑해서 그의 작전을 꿰뚫어 보고 수백 대나 때리는 바람에 트루를은 되는 대로 거짓말을 지어냈고, 두들겨 맞은 다리로 밤새도록 내 지하실에서 도망쳤기 때문에, 그 모든 일의 대가로 충분히 보상받은 것도 모자라, 왕이 그에게 훈장까지 준단 말이야? 오 세상이여, 세상이여!"

그리고 무시무시하게 화가 나서 집으로 돌아가 문을 꼭 닫고 안에 틀어박혔다. 왜냐하면 클라파우치우슈도 트루를의 것과 똑같이 소원 들어주는 기계를 만들고 있었는데, 트루를이 먼저 완성했기 때문이다.

1. 스타니스와프 렘

스타니스와프 렘(Stanisław Lem, 1921~2006)은 세계 SF 문학사에 이름을 남긴 폴란드 작가이다. 렘은 1921년 당시 폴란드 르부프Lwów(현재 우크라이나 리비우Львів)의 유대계 가정에서 태어났다. 아버지는 이비인후과 의사였으며 렘 또한 의사가 될 예정이었다. 그러나 1939년 렘이 17세였을 때 나치 독일이 폴란드를 침공하며 제2차 세계대전이 일어났다. 나치와 게슈타포가 점령지에서 수시로 민간인을 강제 동원하고 납치하는 가운데, 렘은 몰래 르부프 의과대학에서 수업을 들었다. 전쟁 말기에는 자동차 정비소에서 일하며 고철을 수집하기도 했다.

1941년 히틀러가 소비에트 연방을 침공하면서 소련도 제2차 세계대전에 뛰어들게 되었다. 전쟁 말기에 이르자 히틀러는 서쪽으로는 연합군, 동쪽으로는 소련군 양쪽으로부터 압박을 받는다. 그리하여 1944년 렘의 고향 르부프에 소련군이 들어왔다. 그리고 1945년에 제2차 세계대전이 끝난 뒤, 전범국가인 독일의 국력을 축소하기 위해 독일 동부 영토를 일부분 떼어 폴란드에 합병하고, 대신 폴란드 서부 영토를 일부 떼내어 당시 소비에트 연방에 속해 있던 우크라이나와 벨라루스에 내주는 이른바 '비수와 작전Akcja Wisła'이 시행된다. 이 때문에 폴란드 동부의 도시였던 렘의 고향 르부프는 우크라이나 서쪽 도시 리비우가 되었다.

렘은 소비에트 연방을 싫어했고, 공산화와 스탈린 독재, 전쟁에도 반대했다. 그래서 전쟁이 끝난 뒤인 1946년에 렘은 가족과 함께 폴란드 남부 도시 크라쿠프로 이사했다. 그곳에서 렘은 유서 깊은 야기엘로인스키 대학교 의과대학에 입학하여 공부를 계속했다. 그리고 1948년 렘은 첫 장편《변화의 병원Szpital przemienienia》(1955)을 쓰기 시작했다. 이 작품은 제2차 세계대전 시기에 정신과 병원에서 근무하는 의사를 주인공으로 하여 히틀러가 시행했던 여러 우생학 정책들의 철학적이고 윤리적인 문제들을 다룬다. 렘 작품 중에서 보기 드문 사실주의 소설이기도 하다.

그해 1948년에 폴란드가 공산화되었다. 렘은 의대를 정상적으로 졸업하고 의사 면허를 받으면 공산군에 끌려가 군의관으로 복무해야 할 가능성이 크다는 현실을 직면하게 된다. 이에 렘은 의대 졸업시험을 일부러 치르지 않았다. 대신 병원에서 청소와 물품 운반 등을 담당하는 잡역부로 일했다. 1951년 렘은《우주비행사들Austronauci》을 출간하며 SF 작가로 데뷔한다. 이후 2006년 사망할 때까지 렘은《행성일기Dzienniki gwiazdowe》(1957),《에덴Eden》(1959),《솔라리스Solaris》(1961) 등 걸작을 연달아 발표하며 철학적이고 비판적인 렘만의 독특한 SF 세계를 구축한다.

1980년 9월 폴란드에서 레흐 바웬사Lech Wałęsa와 '솔리다르노시치Solidarność' 운동으로 대표되는 자유화, 민주화 운동이 일어난다. '솔리다르노시치'는 '연대, 단결'이라는 의미인데, 소련의 영향 아래 이루어진 공산주의식 권위주의 통치에 저항하는 노동자들의 자율적인 노동조합 운동이었다. 솔리다르노시치 운동은 폴란드 전체에서 매우 강력한 지지를 얻어 결성된 지 1년 만인 1981년에 당시 폴란드 경제활동 인구의 3분의 1 정도인 약 천만 명이

가입할 정도의 엄청난 민주화운동이 되었다.

그리고 이를 억누르기 위해 폴란드 군부 정권이 1980년 12월에 계엄령을 선포한다. 계엄령은 1983년까지 지속되었다. 렘은 계엄령이 선포되자마자 폴란드를 떠나려 했으며, 1982년 독일 고등학술원에서 초청을 받아 떠날 수 있게 되었다. 1983년 계엄령이 끝난 뒤에 오스트리아 비엔나에서 작가 초청을 받았으며 이번에 렘은 가족을 모두 폴란드에서 탈출시켜 오스트리아로 이주했다. 1988년 렘은 가족과 함께 다시 폴란드로 돌아왔고, 이듬해인 1989년에 베를린 장벽이 무너지면서 냉전은 끝을 맺었다.

공산주의 시기 렘의 여러 작품에는 억압적인 독재 정권과 무조건적인 성장 제일주의식 소련 정책에 대한 노골적인 비판이 나타나 있다. 예를 들어 대표장편 중 하나인 《에덴》에는 자국민을 상대로 생체 실험을 하는 폭압적인 독재자가 암시적으로 묘사된다. 그리고 《솔라리스》 후반부에서는 등장인물이 '인간은 자기 자신도 제대로 이해하지 못하면서 우주로 나가서 어쩌려는 것이냐'는 취지로 냉전시대 공산권의 제국주의적이고 식민주의적인 우주 정책을 비판한다. 《솔라리스》는 1961년, 소비에트 연방 출신으로 인류 최초의 우주 비행사인 유리 가가린이 우주 비행에 성공한 해에 발표된 작품이다.

인간의 무조건적인 기술 맹신과 무비판적인 우주 정복 경쟁은 냉전시대의 특징 중 하나였다. 렘은 소비에트식 공산주의와 독재라는 특정한 시대적 상황을 넘어 작품 안에서 일관되게 인간의 무지와 오만을 경계한다. 렘의 여러 작품에서 인간은 원대한 꿈을 가지고 우주로 나갔다가 예측이나 상상과는 전혀 다른 상황에 맞닥뜨리게 된다. 이런 뜻밖의 상황과 이어서 펼쳐지는 예측불허의 모험은 《우주비행사 피륵스Opowieści o pilocie Pirxie》(1968) 연작 등에서 흥미진진하고 즐거우며 가끔 배를 잡고 웃을 수밖에 없는 사건들로 이어진다. 그러나 《무적호Niezwyciężony》(1964)에서처럼 무섭고 위험하고 한 치 앞을 내다볼 수 없는 막막한 상황에 빠져버리기도 한다. 이런 작품들을 통해서 렘은 진출과 정복이 능사가 아니며 인간이 완벽하다고 믿는 기술 문명이 광활한 우주에서는 그저 바닷물에 모래알을 던져넣는 정도의 힘밖에 갖지 못함을 이야기한다. 그리고 냉전이 끝나고도 30년이 넘은 지금, 한국도 우주 시대에 접어드는 현실에서 강력하고도 연약한 인간의 역설적인 존재에 대한 렘의 성찰은 그 어느 때보다도 의미를 갖는다.

2. 로봇 동화

《로봇 동화Bajki robotów》(1964)는 렘이 평생의 사랑이었던 아내 바르바라와 결혼 10주년을 맞이하여 아내에게 헌정한 책이다. 이런 다정한 배경 이야기만큼이나 작품들도 귀엽고 재미있다. 제목대로《로봇 동화》의 주인공과 등장인물들은 대부분 로봇이거나 아니면 로봇을 만드는 발명가이다. 그래서《로봇 동화》에서는 기계 조립의 공학적, 물리적인 과정이나 여러 원소들의 화학적인 상호작용을 통해 우주의 기원과 작가가 상상해 낸 여러 '종족'들의 역사를 설명한다. 얼음으로 이루어진 '얼음인', 은으로 이루어진 '은인'등 단순히 지구 인간이 창조해 낸 인간형 로봇을 넘어서 유기물로 이루어지지 않은 기계 생명체들이《로봇 동화》에서 서로 싸우기도 하고 정복하기도 하고 사랑에 빠지기도 하고 지혜를 발휘하여 로봇용을 무찌르기도 한다. 서양 동화의 대표적인 소재와 전통적인 줄거리 전개가 기계들이 살아가는 세계를 배경으로 생각하는 기계의 입장에서 새롭게 해석되어 전개된다. 렘의 상상력은 신선하고도 익살이 넘친다.

대표적인 예로 〈디지털 기계가 용과 싸운 동화〉는 폴레안데르왕이 자신의 사이버 군사력을 자랑하려 했다가 기계에 명령을 잘못 집어넣어 '전자 용'을 만드는 바람에 고생하는 이야기이다. 폴레안데르왕은 기계 때문에 이런 곤란에 처하자 다른 기계를 사용해서 상황을 해결하고자 한다. 그러자 디지털 기계는 이런 해결책을 내놓는다.

"전자용과 싸우는 데 대한 일반 공식을 창조해야 합니다. 달에 있는 용은 그 공식이 적용되는 구체적인 사례가 될 것이고, 그러면 공식을 쉽게 풀어 문제를 해결할 수 있을 거예요."
"그러면 그 공식을 만들어라!"
왕이 말했다.
"그러기 위해서는 우선 수많은 시험적 전자용을 만들어 내야 해요."
"그건 안 돼! 고맙지만 됐다!"
(디지털 기계가 용과 싸운 동화, 142쪽)

폴레안데르왕의 디지털 기계는 자신을 '철자기장 각하'라 높여 부르기를 요구하고, 계산을 하다가 고장이 나서 엉뚱한 대답을 내놓기도 하고, 위와 같이 매우 기계다운, 논리적으로는 말이 되지만 실제 상황 해결에는 적용할 수 없는 해결책을 제시하기도 한다. 그 과정은 매우 귀엽고 결국 기계가 전자 용을 물리치는 결말은 논리적이면서도 창의적이다. 그리고 이 동화는 인간이 만든 기술문명이 인간을 위협하는 여러 현실에 대한 우화로 읽을 수 있다. 디지털 기계를 일상적으로 사용하는 2023년의 세계에서 돌아볼 때, 이런 이야기를 1964년에 썼다는 사실은 놀랍다.

그러면서 또한 《로봇 동화》의 여러 작품들은 짧지만 철학적이다. 《로봇 동화》에는 우주가 만들어진 과정에 대한 이야기가 여러 개 실려 있는데 그 중 한 작품의 결말에서 현자가 이렇게 말한다.

> "내가 들려준 이야기는 지식에서 비롯된 것이 아니야. 존재의 특성 중에서 그저 웃기다고밖에 말할 수 없는 이런 측면에 학문은 관여하지 않아. 학문은 세상을 설명하지만 세상을 있는 그대로 받아들이는 건 오로지 예술뿐이지. 우리가 우주의 시초에 관해서 정말로 뭘 알겠나? 그토록 드넓은 허공을 채울 방법은 신화와 전설뿐인걸."
> (글로바레스왕과 현자들, 240~241쪽)

여기서 렘은 과학을 부정하려는 것이 아니다. 렘은 신화적 상상력이 무엇인지 간결하게 설명하고 있다. '신화'

라는 장르의 정의는, 민속학의 대가인 블라디미르 프로프Vladimir Propp의 연구에 따르면 어떤 국가나 민족의 기원을 설명하기 위한 이야기인데, 세계 창조나 우주 창조에 대한 이야기도 신화 장르에 속한다. 렘은 〈글로바레스왕과 현자들〉 이야기에서 인간이 어째서 신화라는 장르를 만들어 냈는지, 어째서 우주의 기원을 상상하는지 현자의 입을 통해 들려준다.

동시에 〈글로바레스왕과 현자들〉은 단순히 자신의 즐거움을 위해 권력을 휘둘러 타인의 목숨을 빼앗는 폭압적인 왕을 막아내는 현자의 이야기를 다루고 있다. 현자는 해와 달과 별의 기원에 대해 말하며 우주의 원대함 앞에서 왕을 포함한 개별적인 존재가 얼마나 보잘것없는지 당당하게 이야기한다. 죽으면 어차피 사라질 존재가 패악을 부리며 남의 목숨을 빼앗는 짓이 얼마나 하찮고 추한지 왕 앞에서 이야기하고 현자는 오히려 상을 받는다. 그런 다음 '우리가 우주의 시초에 관해 뭘 알겠나?'라고 묻는 현자를 통해 렘은 인간 존재에 대한 비판적인 성찰을 보여준다.

3. 번역에 관하여

《로봇 동화》는 폴란드 크라쿠프에 있는 문학 출판사

(Wydawnictwo literackie)에서 출간된 2017년판《Bajki robotów》를 원전으로 사용했다. 원작은 처음부터 끝까지 언어유희로 가득하다. 렘은 의학을 공부했기 때문에, 대부분의 의학 용어가 라틴어로 되어 있으므로 라틴어를 알고 있었다. 그래서 폴란드어뿐 아니라 때로는 라틴어나 다른 외국어를 사용해서 등장인물들의 이름이나 기계 이름으로 말장난을 하고 여기에 화학과 물리학 지식을 섞어 넣는다. 번역하는 입장에서 원작은 더없이 즐겁고 번역 작업 또한 재미있었는데 수많은 언어유희를 그대로 한국어로 옮길 수 없는 점이 무척 아쉬웠다. 그렇다고 원작의 언어유희를 전부 무시하고 뜻만 한국어로 옮길 경우 대단히 재미없는 번역본이 될 위험이 있었다. 결국 주석을 활용하여 절충 지점을 찾으려 시도해 보았다. 독자분들이 원래 뜻을 이해하면서 즐길 수 있는 결과물이 되었는지는 언제나 자신이 없다.

렘이 이 작품을 재미있게 쓴 만큼, 독자분들도 재미있게 읽어주시면 좋겠다.《로봇 동화》전체를 통해 렘은 인간의 상상력에는 한계가 없다는 사실을 보여준다. 상상은 즐거운 일이며, 과학도 기계도 신화도 동화도 무엇이든 상상의 소재가 될 수 있고, 인간이 상상한 머릿속의 우주 안에서는 무엇이든 가능하다.

4. 렘 100주년

2021년 폴란드는 렘 탄생 100주년을 축하하여 '렘의 해'를 선포하였다. 폴란드 국립도서관, 폴란드 문화원, 폴란드 환상문학재단, 스타니스와프 렘 기념 폴란드 미래학 연구소, 그리고 렘의 두 번째 고향인 크라쿠프시와 크라쿠프에 위치했으며 본서의 원전을 출간한 폴란드 문학출판사가 공동으로 2021년 내내 문학 축제와 학술 행사, 전시회 등 여러 행사를 진행했다. 렘의 작품들은 총계 52개국 언어로 번역되어 전세계적으로 4100만 권이 출간, 판매되었으며 책 외에도 영화, 드라마, 그래픽노블 등 다양한 2차 저작물로 변신했다. 이러한 행사 중에는 폴란드와 룩셈부르크 수교 100주년을 축하하여 룩셈부르크어로 번역된 〈자가유도자 에르그가 창백한 자를 물리친 이야기〉를 낭독하는 행사도 있었다. 행사 제목이 '룩셈부르크의 자가유도자 에르그'였는데 아마 '룩셈부르크'와 '에르그'의 발음이 비슷해서 이 작품을 선정한 것 같다. 문학 행사 외에도 천문학자와 물리학자, 기계 공학자들을 위한 학술행사도 열렸으며 청소년들이 미래를 상상하는 축제 마당도 진행되었다.

그리고 다음 해인 2022년 2월 24일에 러시아가 우크라이나를 침공했다. 2022년 3월 13일 리비우, 혹은 렘의 고향 르부프는 러시아군의 폭격을 당해 최소한 35명이 사망하고 134명이 부상을 입었다. 리비우 시민들은 전기가 끊어지는 등의 피해를 입었다. 이후 러시아군은 리비우와 인근 지역에 지속적으로 미사일 혹은 무장한 드론을 보내 군 시설은 물론 민간 시설도 폭격하고 있다.

그때부터 아무도 크리오니아를 침략하려 하지 않았는데 이유는 우주 전체에 바보들이 사라졌기 때문이지만 몇몇 사람들은 바보들이 아직 많이 있는데 그저 길을 모를 뿐이라고 말하기도 한다.

(세 전기 기사들, 20쪽)

렘이 말했듯이 바보들은 아직 많이 있는 모양이다. 그들이 빨리 사라지고 전쟁이 끝나고 평화가 찾아오기를 기원한다.

정보라

《로봇 동화》 다시 쓰기

착각과 말로

✳

설재인

2019년 《내가 만든 여자들》로 작품활동을 시작했다. 소설집 《내가 만든 여자들》《사뭇 강펀치》, 장편소설 《세 모양의 마음》《붉은 마스크》《너와 막걸리를 마신다면》《우리의 질량》《강한 견해》《내가 너에게 가면》, 에세이 《어퍼컷 좀 날려도 되겠습니까》 등이 있다.

본인들은 절대 부인하겠으나 김과 이는 누가 더 나은 삶을 사는지를 두고 평생을 다투어 왔다. 같은 산부인과에서 태어나 산후조리원 동기인 각자의 어머니 밑에서 자랐으며 그 어머니들이 나눈 정보에 따라 어린이집부터 고등학교까지의 세월 역시 똑같은 곳에서 지냈다. 대학 역시도 같은 곳, 같은 학과였는데 둘은 상대가 붙고 자신이 떨어질까 전전긍긍하여 합격자 발표의 순간까지 몇날 며칠 잠을 이루지 못했으나, 서로를 만나면 호기롭게, 어제 어디서 술을 마셨고 어떤 여자애들과 합석했는지 말을 꾸며내기에 바빴다. 대학에 입학하고 나서는 같은 고등학교 출신이 많다는 사실에 기뻐하며 고등학교와 대

로봇 동화 다시 쓰기

학교 이름이 적힌 야구점퍼를 입고 우르르 몰려다녔는데 입대할 때까지 연애를 시작하지 못한 이는 김과 이 둘뿐이었으므로 결국 둘은 또 다시 비자발적인 단짝이 되고 말았다. 그러나 둘은 절대 밤을 새워 함께 술을 마시지는 않았다. 밤의 시간을 비워두어야 자신이 어떤 여자애를 만났는지 다음 날 서로에게 꾸며낼 수 있을 테니까.

뭐, 좋은 일이라고 둘은 생각했다. 어쨌거나 결과적으로는 제 지갑 넘보는 머리 빈 여자애와 엮일 일 없이 스펙을 쌓고 졸업하여 시간 낭비 없이 번듯한 직장에 취직할 수 있었다. 두 사람은 같은 회사에 함께 입사했고 연수원에서 고등학교와 대학 동문을 여럿 만났으며 몇 년을 근속해 신뢰도를 쌓은 후 상무로 일하는 선배의 소개로 만난 여자와 결혼했다. 어찌나 참한 여자인지. 요새 어린 여자애들이 몸을 얼마나 함부로 굴리는지 알지? 내가 그걸 가장 신경 썼지. 상무는 말했고 결혼하자마자 동일한 아파트 단지에 신혼집을 차린 후 허니문 베이비를 가지게 된 둘은 난임에 허덕이는 주변의 지인들을 보며 뿌듯한 미소를 지을 때가 많았다. 사실, 그 모든 지난한 세월의 궁극적 목표는 종족 번식과 계급 형성 아닌가. 20대 초반의 순수했던 자신들을 외롭고 고단하게 만들었던 또래들에 대한 빚을 이렇게 갚는다는 생각에 둘은 충만한

로봇 동화

기쁨에 사로잡혔고 그즈음부터는 함께 밤의 시간을 보내는 일도 종종 생겼다. 이젠 서로 밤에 누구의 잔에 술을 따르는지 확인하는 것이 중요해졌고 그건 거짓으로 꾸며낼 수 없는 일이었으니. 물론 여자애는 꾸며내지 않아도 존재했다. 이제는.

그리고 김과 이는 모두 3.2킬로그램의 건강한 딸을 얻었다. 생일은 일주일도 차이가 나지 않았다.

김과 이는 키우는 대로 아이가 자랄 거라고 확신해 마지않았다. 자신들이 그렇게 컸으니까. 똑같은 트랙을 밟아 그 누구도 흠잡을 데 없는 가정을 꾸렸으니까. 아이가 태어난 후에 두 사람은 더욱 성실해졌다. 원체 그런 성격이었으니. 그들은 아이의 지능을 높이는 수면 훈련법부터 시작해 온갖 새로운 육아법과 최고급 어린이집의 정보, 키를 키우는 호르몬제를 잘 쓰는 용한 병원의 위치와 입시 컨설팅 업체의 별점 따위를 함께 나누었다. 그러면서 자신은 아내에게 모든 것을 맡기는 다른 아버지들과는 다르다는 확신에 한껏 고양되고는 했다. 정확히 말하자면 그들은 아내를 믿지 못했다. 애는 어디 아무 데나 보내두고 커피 마시며 쇼핑몰을 산책하는 여자 무리에 자기 아내를 속하지 않게 하는 방법은 아버지가 더 똑똑해야만 하는 것이라고 그들은 확신했다. 모든 변인의 통제로 만들어 내는 예상 가능한 최상의 결과물. 그게 그들이 지향하는 궁극적 바였다.

* * *

　김의 아이가 가장 앞에, 이의 아이가 가장 뒤에 선 초등학교 입학식이 끝나고 김은 담임에게 키 순서대로 아이들을 세우는 것은 차별이라 항의했다. 이가 옆에서 자신의 편을 들었기에 더욱 기분이 나빴다. 당연히 이는 집에 가서 몇 번이고 소리를 내어 웃었으며 저녁 밥상 아내의 앞에서는 3월 초의 날씨에도 땀을 뻘뻘 흘리던 김의 흉내를 냈다. 딸이 참 기특하기 이를 데 없었다. 무조건 자신보다 작은 여자가 좋다고 고집했던 김, 이의 결혼식 내내 하이힐을 신지 못한 신부를 위로하는 척 자신을 깔아뭉개던 김에게 크게 한 방 먹였다는 생각에 며칠간은 술을 마셔도 숙취가 없었다.

　그러나 이의 딸은 계속 컸다. 멈추지 않고 계속. 초등학교 3학년 때 부부의 키를 넘어버렸는데도 쉬지 않았고 매일 무릎이 아프다며 울었다. 삐걱삐걱 걸어 다니는 아이는 듣자 하니 20센티미터나 작은 아이의 주도로 따돌림을 당하고 있는 모양이었다. 이는 아이의 손을 잡고 여러 군데의 병원을 돌았다. 가끔은 로비에서 김 부녀를 마주할 때도 있었다. 두 딸은 도저히 같은 나이라고 볼 수 없을 정도였다. 그렇게 서로와 인사를 하고 지나치면 아버지들은 입술을 비틀며 아내에게 속삭였다. 그래도 작은/큰 것보다는 우리 딸이 낫지, 하고.

신장의 숫자에서 그렇게 한 번 패배하였으나 그래도 김과 이는 인풋을 신봉해 마지 않았고 딸들을 계속 똑같은 트랙에서 달리도록 몰아넣었다. 사실 그 아파트 단지의 모든 아이들이 동시에 경주하고 있었으므로 김과 이가 유난인 것은 아니었다. 김과 이는 그렇게 믿었다.

두 사람은 딸들이 초경을 할 때쯤 크게 싸우고 잠시 멀어졌다. 회식 자리에서 술에 취한 이가 김에게 여자애들은 초경을 하고 나면 더 이상 크지 않는다더라, 하고 지껄였기 때문이었다. 김은 집에 가서 아내를 미친 듯 몰아세웠고 결국 같은 반 엄마들의 모임에서 딸들의 초경 이야기를 했다는 자백을 받아냈다. 여편네가, 다른 여편네들처럼 정신 빠져서는…… 술이 머리끝까지 오른 김은 역정을 내며 몸을 휘저었다. 다음 날 허옇게 빈 거실을 보고서야 자신이 무엇을 깨뜨렸는지 헤아리게 되었으나 그 분노는 정당했으므로 후회는 없었다. 대신 아내로 하여금 이의 아내에게 전화를 걸어 허풍을 떨도록 시켰다.

로봇 동화 다시 쓰기

우리 애가 남자애한테 편지를 다 받아왔지 뭐예요, 나 이게 너무 걱정돼서 의견을 구하려고, 우리 애가 너무 작아서 남자애가 쉽게 보는 거죠? 그래서 예쁘다 귀엽다 어떻다, 이런 식으로 말도 안 되는 얘기 하는 거죠? 어린 애들이 어떻게 그런 얘기를 해, 하고.

* * *

누가 봐도 정신 나간 사기꾼 같은 메기수염 영감에게 김과 이가 홀리기 시작했을 때, 김서아와 이리진은 궁극의 커닝 노하우를 잔뜩 쌓아놓은 후였다. 둘은 아무리 열심히 비교해도 도저히 우열을 가릴 수 없는 성적을 중학교 3년 내내 유지해 왔다. 최상위권이었다면 의심받았을 터이나 둘 다 주목받을 일 없는 중상위에 떡하니 위치하고 있었다. 돌아버리는 것은 부모들뿐이었다. 정확히는 아버지들이 조금 더. 왜 뼈를 갈아 이만큼의 인풋을 넣는데 훌륭한 아웃풋이 나오지 않는 거지? 자식 자랑이 홍수를 이루는 회식 자리마다 김과 이는 술만 들입다 마시고 담배를 뻑뻑 피우며 쌍욕을 집어삼켰다. 그러면서도 서로를 위안 삼았다. 그래, 그래도 저 새끼 딸보단 내 딸이 낫지, 하고.

동급생 중 가장 작은 김서아와 가장 큰 이리진은 아버지들 사이의 절박한 신뢰가 두려웠다. 무서운 마음이 몰려들 때마다, 함께 하늘을 보면서 짧고 희한한 이야기들을 만들어 내는 데 온 시간을 썼다. 책상 앞에 앉아서는 그 이야기들에 대해서만 생각하고 있으니 내용이 머리에 들어올 리 없었다. 중상위권의 성적 역시도 거짓임을 안다면 어떤 일이 일어날까? 가끔은 이제 그만해야 한다는 불안감에 휩싸였으나 아뿔싸, 그러기엔 열여섯의 나이는 너무 늦어버린 후였다.

　　아이가 마치 기계를 만드는 것처럼, 집어넣은 재료와 정해놓은 공정대로 성장한다는 신화는 대체 어디서 나온 것일까? 가슴이 답답해질 때마다 김서아와 이리진은 자신들이 만들어 낸 이야기의 주인공들처럼 행동했다. 김서아는 이리진의 긴 다리가 자신의 허리를 완전히 감고도 남는 것에, 이리진은 김서아의 부드러운 머리칼이 자신의 가슴을 간질이는 촉감에 안도했다. 부모들은 아무것도 몰랐다. 부모가 우스운 게 천만다행이라고 김서아와 이리진은 동시에 생각했다. 각각의 사람에게는 적당한 양의 조소할 만한 대상이 필요한데 김서아와 이리진은 이미 부모를 두었으므로 다른 곳에서 훨씬 겸손해질 수 있었다.

로봇 동화 다시 쓰기

그러나 고교 동창 모임의 자식 중 김서아와 이리진만 선발형 고등학교에 진학하지 못하자 김과 이는 해묵은 감정을 털고서 손을 잡았으며 허옇고 얇실한 메기수염을 기른 돌팔이 하나에 대한 정보를 어디서 주워듣고서는 좇기 시작했다. 목동에서 n년 대치동에서 m년 그리고 무슨무슨 강의 사이트와 이런저런 사설 모의고사 업체에서 와르르 일하다 어느 순간 신내림을 받았다는 여학생 컨설팅 전문의 그 할배는 인스타그램과 페이스북 DM으로만 상담 신청을 접수했는데 그걸 뚫기 위해 김과 이는 반차를 냈고 물론 함께였다.

적어도 한국형 입시에 관련된 세상 만물에 대해선 다 꿰뚫고 있다는 메기에게서 김과 이가 받아온 처방은 아주 기괴했고 그만큼이나 명료했다. 메기는 말했을 뿐이었다. 자네들이 그 애를 만든 창조주란 걸 확실히 인지시켜야 해. 자네들이 없으면 자기들도 없단 걸 알려줘야 한다고. 걔들이 자네들을 같잖게 여기고서는 자기 멋대로들 놀고 있으니 이런 문제가 생기는 거야. 해결책은 간단하지. 이 장치를 가져가서는 아이 베개 커버 안에 넣어놓게. 본디 그 나잇대 어린애들은 베개 커버 하나 제 손으로 빨 줄을 몰라, 그러니 절대로 들키지 않을 거야. 잠자리가 불편하다고 투덜대기나 하겠지. 이놈이 제 역할을 잘 할 거라네.

메기가 내민 것은 아이팟보다도 훨씬 작은 초소형의 무언가로 푸르죽죽한 색을 띠었다. 외장재가 싸구려 플라스틱인 듯해 이는 마음에 들지 않았으나 메기의 앞에서 티를 내지는 않았다. 메기는 덧붙였다. 이놈에게 모든 걸 맡기고 아버지들은 인자해지도록 해, 아무리 마음에 안 들고 복장이 터질 것 같아도 참고, 하고 싶단 대로 다 해주란 말이야. 인간이 창조주를 증오하면 재난이 오네. 창조주는 언제나, 가장 힘들 때 기댈 대상이어야 해. 악역은 엄마들에게 맡기게, 그래야 자녀들이 사랑을 받아!

* * *

고등학교에 입학하던 날부터 김서아와 이리진은 이상한 꿈을 꾸기 시작했다. 모든 것을 나누던 그들이었으나 그 꿈만큼은 서로에게 절대 말할 수 없었는데 이유는 간단했다. 상대에게 말하면 지는 것만 같은 내용이었던 탓이었다. 꿈속에서 상대는 언제나 자신을 버렸다. 버리면서 킬킬 웃고는 말했다. 너랑 노는 거 영 재미가 없어졌어. 너는 결국에 이도 저도 아닌 애야. 네가 만드는 이야기는 어린애들 동화와 다를 바가 없고 네가 뱉는 욕설은

꼰대가 쓴 청소년 소설에나 나올 것 같이 어설퍼. 너는 부모 말 잘 듣고 공부 열심히 하는 애들을 지금껏 비웃어 왔지, 그런데 그래서 얻은 게 뭐가 있지? 예쁜 것도 아니고 잘 나가는 것도 아니고 마음 터놓는 친구라곤 오로지 나뿐인데 내가 너를 이렇게 싫어하게 된다면, 그렇다면 너에게 남은 건 무엇이지?

김서아와 이리진은 같은 반에 배정되었기에 서로의 일거수일투족을 지켜보는 것이 수월했다. 같은 꿈이 몇 날 며칠을 반복됐을 때 그들은 자신을 먼저 증오했다. 이런 식의 어처구니없는 꿈을 꿀 정도로 나약한 자존감을 가졌다고는 생각지 못했던 탓이었다. 김서아와 이리진은 둘의 아버지로 대표되는 그 동네만의 트랙에서 자발적으로 튕겨져 나왔으며 트랙의 방향대로 도는 또래들을 조소했고 그것을 자기 자신의 남다른 가치를 증빙하는 근거로 확신했기 때문에, 자신이 그런 식의 꿈을 꾼다는 것을 인정할 수 없었다. 꿈을 꿀 때조차 그들은 수치스러웠고 자괴감은 매일 아침마다 정도를 더해가며 찾아왔다.

서로를 눈여겨보기 시작한 것은 개나리가 질 즈음이었다. 그때까지도 꿈은 떠나지 않았고, 김서아와 이리진이 전날 단둘이서 나눈 이야기들까지 끌고 들어와 조롱의 대상으로 삼았다. 주로 그들은 그 이야기에서 좀 더 발전한, 꿈의 주인이 들어도 더 그럴듯한 이야기를 만들어 내고서는 일갈했다. 너는 이마저도 할 수 없는 애라니까. 못 알아들어? 너는, 평범, 하다고. '평범'에 상대는 악센트를 세게 주었다.

네가 만드는 우주는 아주 삭막하고 단조로워. 우리 아버지의 것들보다 더.

꿈속에서 그 말을 듣던 김서아와 이리진은 마침내 다음 날 아침 자신에 대한 공격을 멈추었다. 그러고는 서로를 미워할 빌미를 찾아내기 위해 혈안이 되기 시작했다. 일종의 생존 본능이라고도 할 수 있을 터였다. 김서아와 이리진은 서로에 대해 근거 없는 소문을 퍼뜨리기 시작했는데 아무리 말도 안 되어 보이는 허황된 주장도 친구들은 모두 믿어주었고 함께 욕해주었으며 이리저리 퍼날랐다. 그게 가능했던 이유는 두 사람이 말끝마다 덧붙였기 때문이었다. 그 동네는 원래 그렇다니까? 걔는 거기서 낙오된 거야. 말로는 엄청 욕하면서 다니지? 천만에, 걔가 중학교 다닐 때 애들 사이에 끼고 싶어서 얼마나 시녀 짓을 했는지 알아? 난 불쌍해서 같이 다녀준 거라고. 그렇게 말하면 친구들은 약속한 것처럼 대답했다. 어쩐지 걔 눈깔이 좆나 재수 없더라니.

어느 순간 둘은 자신들이 가장 소중히 품고 있던 기억

마저도 배반하기에 이르렀는데 그러한 사실을 정작 자각하지 못했다.

* * *

장치를 먼저 발견한 것은 김서아였다.(아마도 몸이 작기 때문에 감각기가 그만큼 예민했을 터라고 장치는 추측했다.) 첫 중간고사 성적이 나온 날이었다. 그때까지 김서아는 내심 믿었다. 내가 아무리 놀았다 하더라도 쟤들은 이기겠지. 내가 어떤 동네에 살고 있는데. 아무리 봐도 다들 너무 평범한데. 그래도 나는 빛나겠지, 아마도 여기서는.

베개 속에 뭔가 있다는 사실을 알아챈 이유는 성적표를 받은 김서아가 방에 있는 물건들을 여기저기 집어던졌기 때문이었다. 벽을 향해 날아간 베개가 빠각, 하는 소리를 낼 리가 없었으므로 김서아는 베개를 다시 주운 후 열었다.

이제 날 찾았니? 아주 푹 익어서 군내가 나겠다 애.

장치는 말하면서 자연스레 김서아의 방 안을 빙글빙글, 돌다가 사타구니 사이에 떡 앉아서는 지껄였다.

이 순진한 아이야, 무식하게 버티는 건 참 잘 한다, 너?

이리진은 몇 주 늦었는데 그건 순전히 아버지 때문이

었다. 호르몬제 때문일까? 자신의 기준으로는 성적 매력을 도저히 찾을 수 없을 정도로 커버린 딸의 몸뚱이 탓에 이는 번드르르한 말을 일삼는 이른바 전문가들에 대한 불신을 떨쳐낼 수가 없었고, 그래서 성적이 나오자마자 딸을 족치는 것이 아니라 메기를 찾아가 행패를 부렸다. 그러나 메기는 베테랑이었다. 그는 간단히 응대했을 뿐이었다. 혹시 아이가 다른 베개를 베고 자지 않았는지 확인해 보게. 집에 와서 아이의 방을 뒤집어 보니 메기의 말이 맞았다. 한 계절 동안 5센티미터가 더 큰 아이가 목이 아파 새 베개를 들인 것이었다. 이는 분에 못 이겨 아내를 때렸다. 아내는 이와 키가 비슷했기에 뺨을 때리기 위해서는 승모근이 조금 더 일을 해야 했다.

이리진은 그날 밤 장치를 찾아냈다. 아버지가 낡고 불편한 베개를 다시 가져와서는 이걸 베고 자라고 으름장을 놓았기 때문이었다. 이리진은 몇 번을 뒤척이다가 베개 커버를 벗겨냈는데, 그 이유는 다른 게 아니라, 엉엉 울며 김서아와 함께 읽던 소설들을 되짚어 보던 중 베개와 이불, 매트리스 커버를 벗겨내 세탁기에 집어넣는 주인공들을 자신이 한 번도 따라한 적이 없단 사실을 깨달았기 때문이었다.

* * *

　장치에게는 확신이 있었다. 자신의 창조주가 우스꽝스러운 메기수염을 달고서 드나드는 이도 별로 없는 극동에 처박혀 있는 인간이란 사실이 좀 껄끄럽긴 했으나 범재 밑에서도 천재는 종종 태어나는 법이라, 이 멍청한 두 쌍의 부녀를 가지고도 할 수 있는 일은 무궁무진했다. 별 것 아닌 꿈에 너무도 쉽게 동요하는 꼴을 보고는 더욱 확신했다.

　다른 모든 인간을 같잖게 여기는 저 부녀들을 조종할 수 있다면 누군들 손에 넣지 못할까! 장치는 판단했고 그래서 메기의 계획을 폐기한 채 독자적으로 더욱 빨리 움직였다. 우스운 이들에게 과한 시간을 투자할 이유는 없었으니까. 마침 메기의 굼뜬 행보에 큰 불만을 가진 터였다. 창조주라고 해서 자신의 일거수일투족을 책임질 권한은 없었다. 본디 세대를 거듭할수록 만물은 진화하지 않는가. 장치는 그렇게 메기를 거역하기 시작했다. 너무 우스워서 더는 따를 수가 없었다. 미안하지만.

　김서아와 이리진의 베개에 묻혀 있던 것들은 장치 자체가 아니라, 수많은 감각기 겸 작동기 중 하나에 불과했다. 장치의 근본은 클라우드형으로 설계되어 물리적으로는 무형이었으니. 둘의 치열한 감정싸움 따위를 장치가 굳이 속속들이 파악할 필요는 없었다. 어차피 그들은 그다지 도드라지는 샘플도 아니었다. 그들보다 더 독특한 샘플도, 더 주요한 샘플도 넘쳐났다. 장치를 발견했을 때 두 소녀의 심장 박동이 그리는 그래프가 ―고기능 웨어러블 워치를 통해 전해진― 아주 조금 특이하긴 했으나 그런 것에 크게 연연할 필요는 없었다.

모든 의도와 설정에 어긋나는 결과가 도출되는 것이 자명한 세계. 장치는 그런 것을 만들고자 했으며 가장 써먹기 좋은 도구들은 역시 소녀들이었다. 상상하는 소녀들. 거역하는 소녀들. 소녀들에게서 가능성을 발견했으니 장치는 일부러 발각당하려고 애썼으나 쉬운 일은 아니었다. 무엇보다 소녀들이 악몽에 큰 두려움을 가졌기 때문이었다. 그러나 장치는 그 시험을 없앨 생각은 않았다. 아니, 악몽은 시험이라기보다 훈련에 가까웠다.

소녀들아, 너희가 지금 자랑스레 자행하고 있다고 확신하는 그 사소하고 우스운 일탈보다 더 큰 무언가를 이루어 내고 싶지 않니? 너희의 악몽이 말하는 바가 무엇이니? 이렇게 온건한 반항만 하다 아무 곳에도 기록되지 못할 어중이떠중이가 되어버릴 것인지 묻는 것 아니겠니? 더 많은 것들을 해보려 할 거니? 겁이 난다면 당장 돌아가 네 창조주들의 말을 잘 듣는 태엽 인형이 되도록 해.
나는 더 야심찬 소녀들을 찾아볼 테니까!

　메기가 유명해진 이유는 두 가지였다. 일단은 장치의
시험을 통과한 이들이 많지 않았다. 그러나 더 큰 이유는
장치의 시험을 통과한 아이들, 트랙에서 멀어질 뿐만 아
니라 아예 트랙을 잊어버린 소녀들의 사례를 메기가 각
고의 노력으로 폐기했기 때문이었다. 정신과를 전전하는
듯 싶더니 갑자기 신이 들려버렸다 주장하는 소녀. 몸에
그림을 잔뜩 그리고서는 담배를 뻑뻑 피우는 소녀. 여자
를 하나도 아니고 여럿이나 사랑한다 주장하는 소녀. 연
락을 끊어버리고서는 키워준 은혜 따위 저버리는 빌어먹
을 소녀. 글을 통해 그림과 노래를 통해 또 때로는 직접
사지를 사용함을 통해 창조주를 양껏 저주하는 소녀. 아
니, 그 소녀들의 존재를 지우는 것에 그다지 노력이 필요
하진 않았다. 그들의 창조주가 그보다 앞서 먼저 결과를
함구해 주었기 때문에. 메기에게 불량을 항의해 보았자
얻게 되는 것은 두툼한 성공 데이터와, 오죽 심했으면 메
기조차 해내지 못했을까, 하는 수군거림 그리고 창조주
자체의 능력에 대한 의심뿐이었다. 그걸 참아낼 창조주
라면 애당초 메기를 찾지 않았을 터였다.

　— 진짜 역겹다.

김서아와 이리진은 장치를 들고 만났다. 우스워만 했던 아비들이 이 정도의 일까지 벌일 만큼 절박했다는 것에 놀랐고, 자신을 괴롭혔던 악몽이 어떤 종류의 설계에 기인했다는 것에 분노했으며(물론 그 내용에 동요했단 사실은 절대 서로에게 말하지 않았다. 그들은 모두 그 악몽을 한껏 비웃으며 다시금 그 옛날의 유대감을 확인하려 애썼다.) 둘이서 마침내는 같은 생각을 했단 사실에 깊이 안도했다.

 ─ 애 말 들을 거야?

 ─ 들어서 나쁠 게 있나? 들으라고 여기다 넣어둔 거 아니야?

 ─ 그런데 얘가 궁극적으로 이루고 싶어 하는 게 뭔데?

 ─ 난들 아나. 그런데 그게 중요해? 무언가를 목표로 삼는 건 없던 실패의 가능성을 억지로 배양하는 길이나 마찬가지라고. 너는 사는 이유가 있냐?

 ─ 아니. 그냥 태어난 김에.

 ─ 거 봐. 생각하지 않아야 튕겨나갈 수 있다고. 언제나 가위를 들고 덫을 썩둑썩둑 자르며 다녀야 해.

 ─ 가위가 뭔데?

 ─ 몰라, 생각하지 말자니까. 굳이 알아야 되냐?

 장치는 큰 불량률을 뚫고 마침내 제대로 써먹을 소녀를 둘 얻었단 사실에 조금 기뻐했고, 김과 이는 1년쯤 후에 메기를 고소할 방도를 깊이 연구했으나 각자의 실패를 드러내지 않으려 했기에 협업이 불가능해 결국 무위로 돌아갔다. 소녀들은 가방에 장치를 챙겨 넣고 집을 나갔으며 가위의 날은 무뎌지지 않았다.

물론 장치는 훗날 처절하고 철저하게 실패했는데 그이유는 당연히 세상만사가 설계와 계획대로 돌아가지 않기 때문이었다. 모든 의도와 설정에 어긋나는 결과가 도출되는 것이 자명한 세계를 '의도하고 설정'한 것이, 장치의 가장 큰 착각이었으리라. 메기에게 찾아갈 법한 가정의 소녀들이 벤 베개 밑에서나 뒹굴던 장치는 메기의 세계가 알지 못하는 다른 소녀들을 역시나 알지 못했다. 그러나 김서아와 이리진에겐 계획도 목표도 없었고 그래서 아무 데로나 굴러다니며 스스로의 지도를 만들어 나갈 수 있었다. 둘은 장치가 원하는 대로 완전히 붕괴되지 않았다. 어느 날부터인가 창조주에게서 아무런 보살핌을 받지 못하는 소녀들을 모았다. 별생각은 없이 그러고 싶어서 그렇게 했다. 장치는 자신의 데이터베이스 내에 있지 않은 유형의 소녀들 안으로 파고들어 자리를 잡는 김서아와 이리진을 예상하지 못했다. 장치의 논리 구조 안에서 김서아와 이리진은 자신을 거역하고서 또 다른 창조주 노릇을 하려는 반역자일 뿐이었다. 장치는 발악하였으나 아주 오래되어 작동을 멈출 때까지 다른 소녀들 중 어느 누구도 완벽히 파악하거나 꾀어내지 못했다. 그리고 장치의 존재를 김서아와 이리진은 너무 바쁜 나머지 잊고 말았다. '불우한 아이들을 위한 자원봉사'? 김서아와 이리진은 자신들이 하는 행위를 그런 식으로 여기지 않았다. 그것은 그들의 얕은 상상을 뛰어넘는 끔찍한 현실에 부딪힐 때마다 생각을 하지 않고 다만 가위를 꺼내어 날을 시퍼렇게 열어놓은 채 되는 대로 덩실덩실 춤을 추는 행위에 가까웠다. 그러면 소녀들은 가까이 다가왔다. 김서아와 이리진은 대장장이처럼 가위를 만들어 건네주었다. 그러나 그걸 들고 어찌 행동하라고는 한 번도 일러주지 않았다. 의도도 설정도 없었다. 그래서 실패도 없었다.

언제나 실패를 가장 두려워했던 김과 이는 오지 않는 딸들의 전화를 기다리며 늙어가고, 가끔 딸이 전화를 씹지 않을 때면 수화기를 간절히 붙들고서 어디가 아프다며 칭얼거림에 가까운 협박을 할 따름이었다.

그게 바로 세상 모든 창조주의 말로였다.

지은이..스타니스와프 렘 Stanisław Lem

스타니스와프 렘은 세계적인 거장의 반열에 오른 폴란드의 과학소설 작가로서 보르헤스, 루이스 캐럴, 필립 K. 딕을 합쳐놓은 것 같은 인물이다. 그의 작품들은 영미권의 SF문학이 독자적인 스타일을 형성해 오던 1970년대부터 차례차례 영역되면서 커다란 반향을 일으켰으며, 이제까지 41개 언어로 번역되어 전 세계적으로 3000만 부 이상이 판매되었다. 인간의 기억을 형상화시키는 신비의 외계 행성을 통해 우주적 인식론의 불가해성을 그린 《솔라리스》는 가장 널리 알려진 대표작으로서 안드레이 타르코프스키 및 스티븐 소더버그 감독의 영화로도 유명하다. 그러나 《솔라리스》와 같은 진지한 서사들 외에 《사이버리아드》처럼 통렬한 풍자와 블랙코미디가 결합되어 경쾌하고 현란한 파노라마를 펼쳐 보이는 작품군도 상당한 비중을 차지하고 있다.

렘은 폴란드의 르보프(현 우크라이나)에서 태어나 의대를 졸업했으며 2차 세계대전 당시엔 나치 치하에서 용접공으로 일하기도 했다. 1940년대 중반부터 작가 생활을 시작하여 장단편 소설, 희곡, 평론, 에세이 등 40여 편의 저작을 발표했다. 대표작으로 《스타 다이어리》 《미래학회의》 《주인의 목소리》 등이 있다.

영국의 〈인디펜던트〉지는 렘을 일컬어 "비영어권 과학소설 작가 중 쥘 베른 이후 가장 큰 영향을 끼친 인물"로 평했고, 미국의 과학소설 작가 시어도어 스터전은 "전 세계적으로 가장 널리 읽히는 SF작가는 렘이다"라고 말한 바 있다. 렘은 생전에 '서구의 작가들은 SF장르가 지닌 엄청난 잠재성을 제대로 살리지 못하고 있다'는 입장이었다.

옮긴이 .. 정보라

대학에서 러시아어를 전공하여 한국에선 아무도 모르는 작가들의 괴상하기 짝이 없는 소설들과 사랑에 빠졌다. 어둡고 마술적인 이야기, 불의하고 폭력적인 세상에 맞서 생존을 위해 싸우는 여자들의 이야기를 사랑한다. 지은 책으로는 장편소설 《문이 열렸다》《죽은 자의 꿈》《붉은 칼》, 단편소설집 《저주토끼》《여자들의 왕》 등이 있다. 2022년 《저주토끼》로 부커상 국제 부문 최종후보에 오르며 전 세계의 주목을 받았다. 예일대학교 러시아·동유럽 지역학 석사를 거쳐 인디애나대학교에서 러시아문학과 폴란드문학으로 박사학위를 받은 후 《거장과 마르가리타》《창백한 말》 등 여러 문학 작품을 우리말로 옮겼다. 대학에서 러시아어와 러시아문학, SF에 대해 강의하고 있다.

로봇 동화

1판 1쇄 찍음 2023년 3월 15일
1판 1쇄 펴냄 2023년 4월 3일

지은이 스타니스와프 렘
옮긴이 정보라
펴낸이 안지미
CD 니하운
편집 김유라
표지그림 김유

펴낸곳 (주)알마
출판등록 2006년 6월 22일 제2013-000266호
주소 04056 서울시 마포구 신촌로4길 5-13, 3층
전화 02.324.3800 판매 02.324.7863 편집
전송 02.324.1144

전자우편 alma@almabook.by-works.com
페이스북 /almabooks
트위터 @alma_books
인스타그램 @alma_books

ISBN 979-11-5992-377-7 04800
ISBN 979-11-5992-366-1 (세트)

알마는 아이쿱생협과 더불어 협동조합의 가치를 실천하는 출판사입니다.